나는 정말 너를 사랑하는 걸까?

김혜남 (정신분석 전문의) 지음

갤리온
GALLION

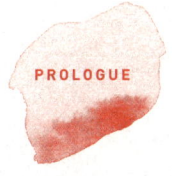

사랑에 목마른,
그러나 사랑이 두려운 영혼들에게

우리의 마음속엔 저마다 지워지지 않는 한 아이가 살고 있다. 더 이상 자라지 않고, 자라고 싶지 않은 아이. 아이는 네버랜드로 날아가 버린 피터 팬처럼 우리의 마음속 한구석에 자리 잡은 섬 안에서 살고 있다. 귄터 그라스의 소설 『양철북』에 나오는 오스카처럼 성장을 멈추어 버린, 그래서 어린아이의 시선과 두려움, 공상을 고스란히 간직하고 있는 아이.

그 아이의 불안을 잠재우는 길은 성장을 멈추어 버린 그 아이에게 다시금 성장할 수 있는 기회를 주는 것이다. 사랑은 바로 그 아이를 성장시킬 수 있는 좋은 기회다. 사랑하는 사람들이 어린아이같이 말하고, 아이처럼 유치한 장난을 치면서 깔깔거리는 모습을 본 적이 있는지…… 우리는 그 모습을 보면서 '닭살'이라며 눈살을 찌푸리지만 그게 바로 과거 어느 언저리에선가 성장이 멈추어 버린 아이를 성장시키는 과정이다.

왜냐하면 연인들의 그 모습은 사랑을 갈구했지만 사랑 대신 상처만 입은 과거의 어린아이로 돌아가 다시 사랑을 갈구하는 것이기 때문이다.

그런데 이번에는 상처 대신 사랑이 내게로 온다. "나 예쁘지?"라고 물으면 사랑하는 이에게서 "넌 어떻게 해도 예뻐"라는 피드백을 받는 것이다. 그러면 그 아이는 행복해져서 다시 성장할 용기를 내게 된다. 아무리 사랑에 치이고 데었더라도, 사람들이 다시 사랑을 찾아 떠나는 이유는 바로 여기에 있다.

다섯 남매 중 셋째 딸로 태어난 나는 어릴 적부터 항상 사랑을 그리워하고 갈망했다. 하지만 사랑은 아무리 먹어도 허기진 것임을 그때 나는 몰랐다. 다만 나는 내가 받을 사랑까지 모두 독차지해 버리는 둘째 언니가 원망스러울 따름이었다.

나와 둘째 언니는 한 살 터울로 거의 쌍둥이처럼 같이 자랐다. 하지만 유난히 내성적이고, 수줍음이 많고, 외로움을 많이 타던 나와 달리, 언니는 모든 면에서 뛰어났고, 항상 사람들에게 관심의 대상이었다. 그런 언니는 나에게 존경과 선망의 대상이기도 했지만, 성장기 내내 말할 수 없는 질투의 대상이기도 했다. 나는 아무도 모르게 언니의 불행을 상상해 보곤 했다. 언니가 가진 재능이 하나라도 없어지면 나도 남들의 관심을 더 받을 수 있을 것 같았다. 고백하건대 나의 마음속에는 언니가 아주 없어져 버렸으면 하는 바람도 있었던 것 같다.

그런데 내가 고3이 되던 해, 언니는 정말로 교통사고로 죽어 버렸다. 언니는 어느 대학에 수석으로 합격한 상태였고, 사고도 그 학교 앞 차도에서 일어났다.

나는 그때부터 죄인이 되었다. 내가 그렇게 생각했기 때문에 언니가 죽은 것만 같았다. 죄책감은 나로 하여금 언니의 죽음을 제대로 슬퍼하지도 못하게 만들었고, 웃을 수도 없게 만들었다. 집안의 반대를 무릅쓰고 의대에 진학한 것도 언니의 죽음에 대해 어떤 식으로든 빚을 갚고 싶은 마음 때문이었다.

그래도 여전히 나는 언니의 죽음으로부터 자유로워질 수 없었다. 이제는 언니가 용서해 주지 않을까 잠깐 방심하고 있으면, 안에서 곪을 대로 곪은 상처가 교통사고 후 날씨만 흐려지면 되살아나는 통증처럼 튀어나와 나를 괴롭혔다. 내가 왜 살아야 하는지 가르쳐 주는 사람이 있다면 나의 모든 것을 내주어도 괜찮다는 생각마저 들었다.

그럴수록 사랑이 하고 싶어졌다. 사랑을 하면 그런 지독한 정신적 방황을 멈출 수 있지 않을까 해서였다. 하지만 막상 누기 나에게 다가오면 화들짝 놀라 도망가기 일쑤였다. 그런 내가 할 수 있는 거라곤 오직 먼발치에서 바라보는 짝사랑뿐이었다.

당시 내가 정신과를 전공으로 선택한 것은 당연한 일이었는지도 모른다. 물론 그때까지만 해도 정신분석에 발을 들여놓은 상태는 아니었다. 한 가지 오해를 풀고 넘어가자면 일반 정신과에서 주로 하는 인지 치료와 정신분석 치료는 엄연히 다르다는 점이다.

만일 불면증과 우울증으로 고통받는 환자가 왔는데, 그 환자의 문제가 일부분에 국한되어 있으며, 빠른 증상 제거가 필요하다고 치자. 그럴 때는 인지 치료가 필요하다. 그런데 도저히 해결의 기미가 보이지 않는, 즉 증세의 뿌리가 깊고 오래되어 같은 문제가 반복적으로 나타나는 경우가 있다. 이때 필요한 것이 바로 정신분석 치료다.

비유를 하자면 배고픈 아이에게 물고기 잡는 방법을 하나하나 가르쳐 주는 것은 인지 치료이고, '스스로' 물고기 잡는 법을 터득해서 언제 어떤 상황에서든 물고기를 잡을 수 있는 능력을 키워 주는 것은 정신분석 치료다.

내가 그런 정신분석에 매료된 것은 20년 전 한국정신분석학회에 가입하고, 고 김명희 선생님과 세미나를 하는 자리에서였다. 그때 선생님은 수년 동안 정신분석 치료를 했던 한 환자의 분석 과정을 자세하게 들려주셨는데, 나는 그 이야기에 나도 모르게 빠져 들어갔다.

알고 보니 정신분석은 과거의 충격적 경험과 기억이 다람쥐 쳇바퀴 돌 듯 반복되어 우리를 맴돌 때 그 자리에서 벗어나도록 도와주는 하나의 이론적 도구였다. 인간의 무의식을 한 겹 한 겹 벗겨 가며 환자로 하여금 자신을 이해하고 과거의 깊은 상처에서 헤어 나올 수 있도록 돕는 과정인 것이다.

정신분석을 해 온 지도 20년. 이제 나는 안다. 애써 아무렇지 않은 듯했지만 언니의 죽음이 내게 안겨 준 상처는 너무 컸다. 그래서 또다시 받을지 모르는 상처를 무척 두려워했다. 오죽하면 그것으로부터 안전한 짝사랑의 동굴에만 갇혀 있었겠는가. 그러나 나는 그 안에서 결코 행복하지 못했다.

게다가 그 상처는 내가 가난한 남자와 결혼하게 만든 주된 이유 중의 하나였다. 물론 나의 짝사랑을 이루어지게 해 주려고 동분서주했던 과 동기를 어느 순간부터 사랑하게 되었던 건 사실이다. 사랑하니까 결혼도 했고 그 사랑이 현재의 나를 있게 하는 원동력이 되어 주었다. 하지만 내가 가난한 남자와 결혼해서 헌신하고 희생하면 죄책감을 조금이나마 덜 수 있지 않을까 생각했던 것은 분명하다. 아니, 언니의 죽음에 대한 죄책감이 있었기에 나는 주저하지 않고 그를 택할 수 있었다.

이처럼 내가 모르는 사이, 나를 지배하고 내 사랑의 운명마저 결정짓는 무의식은 당신에게도 있다. 그중의 무엇인가가 당신의 사랑을 막고 있다. 그것이 당신에게는 무엇인가?

6년 전부터 나는 병을 앓고 있다. 처음으로 아무것도 하지 못하고 한 달 동안 병원 침상에 누워 있으면서, 나는 마음속으로 많이 울었다. 갑자기 나를 덮친 병마에 대해 나는 아무 준비가 안 되어 있었기 때문이다. 하지만 죽음의 그림자가 눈앞에서 서성거리고 그것이 언제 나를 덮쳐 올지 모른다는 생각이 들었을 때, 내가 정말 슬펐던 것은 따로 있었다. 그것은 바로 건강했을 때 충분히 남기지 못한 앙상한 내 사랑의 기억이었다.

'왜 나는 내가 사랑하는 사람에게 마음껏 사랑을 주지 못했을까? 왜 나는 그들의 사랑을 받으려 하지 않았을까?'

죽음의 위협을 느꼈을 때야 뒤늦게 사랑의 중요성을 깨달은 것이다.

그런데 안타깝게도 요즘 사람들은 지독한 외로움으로 사랑을 절실히 원하면서도, 사랑을 두려워한다. 사랑이란 감정의 무게를 견디지 못하고, 상처받는 것에 대한 두려움 때문에 친밀해지는 것조차 두려운 것이다. 그들은 사랑의 현실 앞에서 쉽게 좌절하고, 분노하고는 또다시 사랑의 문을 닫아 버린다. '다음에는 절대 내가 먼저 사랑하지 않고, 그래서 다시 상처 입지도 않을 거야'라고 결심하면서…….

하지만 상처를 두려워하면 사랑을 할 수가 없다. 사람이 살아가는 세계에 상처 없는 무균실은 존재하지 않으며, 상처 없는 친밀한 관계 또한 존재하지 않기 때문이다. 그러니까 사랑은 원래 상처투성이인 인간끼리 만나 서로의 상처를 보듬어 주는 것이다. 서로의 아픔을 공감하고 함께 있어 주는 과정을 통해 각자가 가진 상처를 치유하고 그 안에서 성숙해지는 것이다.

그런데 내 안의 상처에 갇혀 있으면 사랑이 다가와도 그 사랑을 기쁘게 받아들이지 못하고 밀어내 버리게 된다. 만약 무언가 당신의 내부에 당신의 사랑을 가로막는 게 있다면 이제는 피하지 말고 들여다보라. 그리고 그 상처도 당신임을 받아들이면서 사랑할 수 있는 능력을 키워라. 당신의 마음속에서 성장이 멈추어 버린 아이가 용기를 내어 다시 성장할 수 있도록 말이다.

나는 죽을 때까지 이 병을 안고 살아가야 한다. 어쩌면 생각보다 내게 주어진 시간이 많지 않을 수도 있다. 그래서 나는 살아 있는 것만으로 감사하다.

그리고 내 병이 다행히 내가 일하는 것과, 일상생활에는 별 지장을 주지 않는 것에 참 감사하다. 하지만 내가 무엇보다 감사한 건 아직 내게 사랑할 시간이 남아 있다는 것이다.

그래서일까. 사랑에 목마른, 그러나 사랑을 두려워하는 당신을 보면 많이 안타깝다. 예전의 나를 보는 것처럼 마음이 아프다. 그래서 용기를 내어 이 책까지 쓰게 되었다. 이 책이, 당신이 사랑의 상처를 치유하고, 그래서 용감하게 사랑을 찾아 떠나는 데 도움이 되길 바라며…….

2007년 12월
김혜남

CONTENTS

• Prologue

1 사랑을 시험하는 것들

／ 운명 Destiny ·· 17

／ 사랑 Love ·· 31

／ 섹스 Sex ·· 42

／ 21세기 The 21st century ·· 57

／ 결혼 Marriage ·· 69

2 그래도 의심이 풀리지 않는다면 문제는 당신에게 있다

／ '기억' 이 우리에게 주는 교훈 ·· 85

／ 사랑 없이는 단 하루도 견디지 못하는 당신에게 ·· 96

／ 상대를 있는 그대로 못 보는 당신에게 ·· 105

／ 희생만이 기쁨이 되는 당신에게 ·· 112

／ 그래도 의심이 풀리지 않는다면 문제는 당신에게 있다 ·· 122

／ 당신이 사랑을 밀어내 버리는 방식 ·· 130

3 사랑을 하려거든 사랑할 수 있는 능력부터 키워라

/ 어쩌면 당신은 사랑 불능자일지도 모른다 ························ 141

/ 상처 없는 사랑이란 없다 ··· 149

/ 사랑을 하려거든 사랑할 수 있는 능력부터 키워라 ··········· 160

/ 소홀히 넘겨 버리는, 그러나 아주 중요한 문제 ··············· 169

/ 정신분석에서 배우는 사랑의 지혜 ······························· 180

/ 사랑하는 능력을 키우는 네 가지 방법 ·························· 194

/ 죽음보다 더한 고통, 실연은 이렇게 떠나보내라 ············· 206

4 사랑을 온몸으로 껴안는 사람만이 진정으로 자유롭다

/ 당신도 혹시 첫사랑을 찾고 있는가? ···························· 217

/ 플라토닉 러브가 반쪽짜리 사랑인 이유 ······················· 225

/ 오이디푸스 콤플렉스가 사랑에 미치는 영향 ·················· 234

/ 사랑 없이는 정말 살 수 없는 걸까? ··························· 244

/ 사랑을 온몸으로 껴안는 사람만이 진정으로 자유롭다 ······ 251

사랑을 시험하는 것들

진정한 사랑을 원한다면 결코 시험을 두려워하지 말라.
사랑이 쉽게 이루어지는 거라면 누가 사랑을 위대하다고 말하겠는가.

운명

DESTINY

인간은 운명을 회피하면서도 운명을 동경한다. 나도 예외는 아니다. 그런데 가끔 그런 이야기를 하고 있노라면 아주 날카롭게 다음과 같은 질문을 던지는 사람이 있다.

"아니, 당신은 정신분석을 한다면서 운명을 운운하나요?"

맞다. 나는 정신을 분석하는 것을 업으로 삼고 있다. 모든 것은 이유가 있다는 믿음에서 출발하는 정신분석. 그것은 일상 행동의 실수나 말실수도 분명 이유가 있으니, 그 원인인 무의식을 파헤쳐 들어가 보면 그 뿌리를 찾을 수 있다고 주장하는 학문이다. 그러니 그의 말처럼 정신분석가가 운명을 운운한다는 것은 기본적으로 말이 안 되는 소리일 수도 있다.

하지만 나는 운명의 존재를 결코 부인할 생각이 없다. 아니, 그럼 왜 정신분석가가 되었느냐고? 말장난 같지만 나는 아무리 발버둥 쳐도 벗어날 수 없는 운명이란 존재의 거대한 힘을 믿기 때문에 정신분석가가 되었다. 절대로 설명이 불가능할 것 같은 운명의 실체를 파헤쳐 나가다 보면 나의 운명을 아주 조금이나마 바꿀 수 있지 않을까 해서 말이다.

남자와 여자가 무인도에 갇혔다고 반드시 사랑하게 되는 건 아니다

몇 년 전이었다. 레지던트 과정을 밟고 있던 한 후배가 대뜸 나에게 물었다.

"선배님도 운명을 믿으세요?"

갑자기 무슨 뚱딴지 같은 소리냐고 했더니, 그 후배의 사연은 이랬다. 소개팅에 나가 만난 사람이 있는데 자신은 별로 마음에 들지 않았단다. 그런데 그쪽에서는 자기를 본 순간 그토록 찾아 헤매던 운명의 여자라는 느낌이 들었다면서 자꾸 귀찮게 쫓아다닌다는 거였다. 순간 웃음이 났다. 그 후배는 예전부터 자신은 절대 운명을 믿지 않는다고 했기 때문이다.

"남자고 여자고 다 거기서 거기고, 그들을 사랑으로 엮이게 하는 건 순전히 상황과 적절한 타이밍이다."

그것이 그녀의 주장이었다. 그녀는 그 근거로 생면부지의 남자와 여자가 무인도에 표류하면 백발백중 사랑을 하게 될 수밖에 없다는 예를 들곤 했다. 왜냐하면 그들은 무인도에서 구명되기까지 『로빈슨 크루소」에나 나올 법한 갖가지 생명의 위협을 같이 넘기고, 암흑 같은 적막 속에서 외로움도 함께 달래게 되니까……. 때론 죽음이 바로 눈앞에 와 있는 듯한 절망 속에서, 혼자가 아니라는 데서 얻을 법한 위로도 이루 말할 수 없을 테니 말이다. 그런 상황에서 아무리 그 상대가 평소엔 전혀 눈길도 주고 싶지 않던 옆 자리의 김 대리건, 내 타입이 전혀 아니었던 선배건, 사랑하지 않을 수 있겠느냐는 것이었다.

무인도 이야기까지 하면서 '운명이란 없다' 를 주장하는 그 후배 앞에서 '운명은 분명 존재한다' 고 말하는 건 결코 쉬운 일이 아니었다. 나는 다만 그녀에게 내가 겪은 한 가지 일을 이야기해 주었다.

하루는 딸아이와 함께 쇼핑을 나갔다가 새 한 마리를 사게 되었다. 노란색의 작은 몸집에 빨간 부리를 가진 그 새는 수놈이었다. 그런데 며칠 두고 보면서 왠지 혼자 있는 게 안쓰러워 암놈을 하나 사서 새장에 같이 넣어 줬다.

하지만 결과는 별로 좋지 못했다. 수놈은 친구를 반가워하기는 커녕 오히려 전보다 잘 울지 않아 새장은 적막하기 이를 데 없었다. 나는 고개를 갸우뚱거리면서도 새도 낯가림을 하나 보다 싶어 놔두었는데, 사태는 더 악화될 뿐이었다. 수놈은 암놈이 가까이 오지 못하게 하고, 물과 모이도 먹지 못하게 방해했다. 한 달이 넘어서도 좋아질 기미가 보이지 않자 나는 암놈이 저러다 죽겠다 싶어, 가게에 돌려주었다. 그러자 가게 주인이 다른 암놈을 추천했다. 다른 암놈이라고 별수 있을까 싶어 그만두려 했지만 가게 주인이 하도 강력히 추천하기에 반신반의하면서 데려왔다.

그런데 이게 웬일인가. 새장 문을 열고 그 새를 넣자 놀라운 일이 벌어졌다. 글쎄 그 냉정하고 괘씸한 수놈이 냉큼 새로 온 새 곁으로 바짝 붙는 게 아닌가. 다음 날엔 둘이 벌써 서로 깃털을 보듬어 주고 같이 모이를 먹고 물을 먹는 사이가 되어 있었다. 기막혀하는 나를 보며 남편이 한마디했다.

"저놈이 드디어 제짝을 만났군."

우리 가족이 '새장 사건'이라고 명명한 그 일을 후배에게 들려주었던 것은 그게 '운명이 존재한다'는 사실을 알려 주는 단적인 예라고 생각했기 때문이다. 새들이 새장 속에 갇혀 있어도 좋고 싫음이 있는 것처럼 남녀를 무인도에 데려다 놓아도 그들 사이에 아무 일도 생기지 않을 수 있다. 그러니까 그들이 만약 사랑에 빠지게 된다면 그것 또한 운명이다.

그러나 후배 말처럼 사랑에 빠지기 쉬운 상황은 있다. 이별을 경험하게 되는 순간, 또는 무인도 표류처럼 위기의 순간에 우리는 쉽게 사랑에 빠진다. 그래서 졸업을 앞두고 같은 테두리 내의 사람들끼리 커플이 되는 경우가 많고, '애수' 같은 영화에서처럼 전쟁에 나가기 전 군인이 사랑에 빠지기 쉽다. 때론 집을 멀리 떠나 있다는 것이 사랑에 빠지는 요인이 되기도 한다. 이럴 경우 자신을 억제하는 마음이 느슨해지는 것과 더불어 집과의 이별이 새로운 가능성을 촉진시켜 사랑을 찾게 되기 때문이다.

이처럼 사랑에 빠지기 쉬운 상황에 휩쓸려 사랑을 하게 되든 그렇지 않든, 운명은 자꾸만 사랑을 시험하려 든다. 그래서 사람들은 며칠 뒤 결혼식인데 갑자기 상대방이 내 운명이 아닐지도 모른다고 의심하고, 사랑에 빠지려는 순간에도 상대방보다 나와 더 잘 맞는 사람이 있지 않을까 의심한다. 첫눈에 반해 열정적인 사랑에 빠진 경우가 아니라면 그 의심은 더해진다.

진짜로 운명의 상대를 만났다고 생각했을 때 이미 되돌리기엔 너무 늦은 상황이 되어 있다면 그보다 더 큰 비극이 어디 있겠는가. 그래서 안타까운 목소리로 "왜 이제야 나타난 거야? 조금만 더 일찍 나타나지 그랬어?"라고밖에 할 수 없다면……

하지만 운명 같은 첫 느낌으로 사랑에 빠져 드는 게 과연 좋기만 할까?

첫눈에 반한 사랑이 오히려 위험한 이유

첫눈에 반하다 혹은 필(feel)이 꽂히다.

이런 강렬한 느낌은 사랑을 부르는 가장 확실한 증거이며, 사랑임을 의심하지 않는 첫 번째 요건이 된다. 도서관에서, 출근길 지하철에서, 여행길 기차 안에서, 심지어 거리에서 우연히 마주친 사람이 어느 날 운명처럼 나에게로 다가온다고 생각해 보라. 그 사랑을 누가 감히 의심할 수 있겠는가. 혜수 씨도 그런 경우였다.

그녀는 스물아홉의 나이에 곧 결혼을 앞두고 있었다. 의상 디자이너인 그녀는 일을 한번 맡으면 끝장을 보는 성격이었다. 그녀의 성실함과 일에 대한 적극적인 의욕은 눈에 띌 수밖에 없었고, 그러면서 그녀가 하는 일도 더 많아졌다. 덕분에 연애는 꿈도 꾸지 못했다. 그러다 같은 회사에 다니던 남자 동료와 친해지면서 서서히 사랑을 쌓아 갔고, 결혼을 약속하기에 이르렀다.

하지만 이상하게 결혼 날짜가 다가오면서 자꾸만 불안해졌다. 그녀 또한 운명의 시험에서 자유로울 수 없었던 것이다. 남들처럼 사랑에 푹 빠져서 열렬한 감정에 들떠 본 적이 없는 그녀는 이게 정말 사랑일까 싶어졌다. 이미 결혼하기로 했는데 사랑을 의심하는 자신이 한심하게 느껴졌지만 그럴수록 불안한 마음은 더해 갔다.

그러던 어느 날 친구가 결혼을 앞두고 심란해하는 그녀를 위로해 준다며 동호회 모임에 불렀다. 그녀는 내키지 않았지만 친구 때문에 마지못해 그 자리에 나갔다. 그런데 어느 순간 구석 자리에서 조용히 술을 마시는, 왠지 슬퍼 보이는 한 남자가 눈에 들어왔다. 그런 느낌은 난생처음이었다. 그 외에 다른 어느 누구의 말도 들리지 않았고, 그가 조금만 움직여도, 그가 희미하게 미소만 지어도 가슴이 시려 왔다. '첫눈에 반한다' 라는 게 어떤 건지 그제야 이해가 되었다. 그녀는 어느새 먼저 그에게 말을 걸고 있는 자신을 발견했다. 예전 같으면 도저히 상상도 못할 일이었다. 내성적이고 수줍음을 많이 타는 그녀였기 때문이다.

어쨌든 그와의 첫 만남은 그렇게 이루어졌고, 수순대로 그와 열렬한 사랑에 빠져 들었다. 그는 이미 한 번 이혼한 적이 있는 남자였지만 그게 문제가 될 순 없었다. 남자 친구와 주위의 만류에도 불구하고 그녀는 파혼하고 그 남자와 결혼했다.

하지만 그 선택은 불행의 시작이었다. 소심하고 여린 그는 자신의 약한 면에 대한 콤플렉스가 심했다. 그것이 문제가 되어 직장을 옮긴 적도 여러 번. 직장을 그만두고 온 날이면 그는 어김없이 조용하고 슬프게 술을 마셨다. 그 모습에 반해 그를 선택했지만 언젠가부터 그것은 그녀에게 고통이 되었다. 술을 마시는 그에게 괜히 시비를 걸고, 싸움을 걸기 시작한 것도 그때부터였다.

'내가 저 모습을 보고 첫눈에 반한 걸까?'

싸움이 잦아지면서 그녀는 자신이 선택한 사랑이 정말 운명이었을까, 깊은 고민에 빠지게 되었다. 그녀가 나를 찾아온 것은 고통이 깊어져 일도 제대로 할 수 없는 지경에 이르렀을 때였다.

"무슨 일 때문에 오셨나요?"

내가 묻자, 그녀는 선뜻 말문을 열지 못하고 주위를 두리번거렸다. 그런 그녀의 눈에 눈물이 그렁그렁 맺히더니 펑펑 울기 시작한 것은 그로부터도 한참 후였다.

"남자 친구를 버린 대가를 이렇게 치르는 걸까요?"

그녀는 자신이 남자 친구를 버린 벌을 받는 거라고 생각했다. 하지만 나는 그녀의 문제를 풀기 위해선 그녀가 남편을 만나기 오래 전으로 거슬러 가야 함을 직감했다. 그리고 얼마 후 그녀는 스스로 남편의 모습에서 예전 아버지의 모습을 떠올리게 되었다.

그녀의 아버지는 외항 선원이었다. 먹여 살려야 할 자식은 많은데 별 뾰족한 수가 없어서 궁여지책으로 선택한 직업이었다. 그러나 소심하고 여린 아버지에게 그 직업은 고통 그 자체였다. 그래서 험하고 거친 파도와 싸우고, 동료들과 힘겹게 부대끼다 오랜만에 집에 오는 날이면 어김없이 술을 마셨다. 그녀는 아버지를 항상 그리워했지만 정작 아버지 앞에서 그런 이야기를 꺼내 본 적은 단 한 번도 없었다. 그저 술을 마시는 아버지의 쓸쓸한 뒷모습만 물끄러미 바라볼 뿐이었다.

혜수 씨의 문제는 아버지가 채워 주지 못한 사랑을 남편에게서 구하려는 데 있었다. 그녀에겐 자신에게 사랑을 주지 못하고 무력함 그 자체였던 아버지에 대한 분노가 가슴속 깊이 응어리져 있었다. 그녀는 남편을 본 순간 어릴 적 아버지의 사랑을 받지 못해 깊은 상처를 입은 자신을 어루만져 주고 싶은 욕구를 느꼈을 것이다. 결국 과거와 똑같은 상황을 반복함으로써 상처를 치유하고 싶은 그녀의 무의식이 남편에게 첫눈에 반하는 결과를 낳은 것이다.

하지만 그녀는 자신을 외롭게 만들었던 아버지에 대한 미움을 그와 전혀 상관없는 남편에게 퍼붓기를 반복했고, 그럴 때마다 남편은 자신을 이해해 주기는커녕 심하게 몰아세우는 그녀를 원망했다. 그렇게 싸움이 있고 난 날이면 남는 건 더 깊어진 상처뿐이었다. 난 아직도 혜수 씨가 문득 중얼거렸던 말을 기억한다.

"첫눈에 반하는 사랑을 해 보고 싶었어요. 누구나 그런 운명적인 사랑을 바라지 않나요? 그리고 운명을 쫓아가면 행복해질 거라 생각했어요. 하지만 다 행복한 건 아닌 것 같아요. 저처럼 말이에요."

사랑에 빠진 사람들은 종종 사랑이 과거의 문이 쾅 닫히며 항상 새롭게 시작하는 것이라고 믿는다. 그래서 "난 전엔 사랑을 해 본 적이 없어. 단지 사랑에 빠졌다고 착각했을 뿐이야'라고 말하기도 한다. 그들은 자신들의 감정과 관계가 과거의 것과는 매우 다르다고 느낀다. 새롭게 시작된 사랑의 경험은 과거 시절 품었던 주제의 낡은 메아리가 아니라, 이전의 지루했던 생활로부터의 해방인 것이다.

그래서 연인들에게 사랑은 갑작스러운 것이며 전혀 새로운 것이다. 하지만 이러한 연인들의 주장과는 달리 그들의 사랑은 생각보다 과거와 매우 단단하게 연결되어 있다.

프로이트는 성인의 모든 인간관계는 이전 감정의 재편집이며, 아이가 생후 초기 어머니와 나눴던 유대감과 자라면서 오이디푸스 갈등과 관련해 아버지에게 느꼈던 감정이 바로 사랑의 끌림으로 재현된다고 했다. 그러므로 프로이트에게 '모든 사랑은 재발견'인 것이다.

그런 의미에서 보자면 사랑은 무의식의 운명이다. 오랫동안 자신의 무의식에서 갈망하던 대상이 바로 그 사람이며, 그리고 어떤 특정한 상황에서 자신이 내적으로 필요로 하는 사람이 바로 그 사람인 것이다. 어느 날 어떤 대상에게 갑자기 빠져 들게 되는 것이 결코 우연이 아닌 이유가 여기에 있다. 즉 우리는 처음에 상대방에게 무조건적으로 빠지는 게 아니라 매우 조건적으로 빠져 든다. 그러니까 운명적인 만남이란 애초부터 없는 것이다.

특히 첫눈에 반하는 사랑의 경우 그 대상은 이미 오래 전부터 마음속에 그리고 있던 연인의 모습에 가까운 사람이며, 자신의 내적 상태와 밀접한 관계가 있다. 그중 가장 흔한 것이 부모와 같은 유형을 찾는 경우다. 자신의 부모에게서 느끼는 감정과 유사한 감정을 불러일으키

는 상대나, 자신이 이상적으로 생각하는 부모상이 엿보이는 상대에게
도 마찬가지 현상이 나타날 수 있다. 또 구원하고 싶은 자신의 모습을
가지고 있는 대상, 혹은 반대로 구원받고 싶은 자기를 돌봐 줄 수 있는
대상을 택하는 경우도 있다.

　이를테면 어릴 때 두려움이 많았고 성인이 되어서는 강박적인 성격
을 갖게 된 남자가 어린아이처럼 남과 떨어져서 혼자 있는 것을 견디
지 못하고 공포증을 앓고 있는 여성과 결혼한다.

　이는 자신의 억압된 두려움과 불안을 어루만져 주고 보살펴 주고 싶
은 무의식적 욕구에 기인한다. 갈등의 깊이가 그리 크지 않을 때는 이
러한 과정을 통해서 어릴 때의 상처를 치유하는 제2의 기회를 갖게 되
기도 한다.

　이때 사랑은 과거 자신이 억압했거나 부인함으로써 부족해지거나
잃어버린 어떤 모습을 복구하려는 경향이 강하기 때문에 상당히 자기
애적인 요소를 띤다. 그러나 사랑이 항상 모든 것을 이기는 건 아니라
서 아이 때 받았던 상처의 깊이와 정도에 따라 사랑의 힘이 승리하기
도 하고, 실패하기도 한다.

　그런 의미에서 첫눈에 반하는 사랑은 거부할 수 없는 운명이라고 생
각하며 온몸을 내맡기기엔 너무 위험한 측면이 많다. 사람은 무의식적
으로 상대에게 자기 내부에 있는 것을 투사하면서 그와 유사한 특성을
가졌다고 판단되는 상대에게 강렬한 호감을 느낀다. '짝을 잘 만났다'
함은 이때 상대방이 가진 자질을 올바로 파악했다는 것을 의미한다.
반면 실패한 '필(feel)'은 외모나 분위기로 상대의 모든 부분을 혼자 유

추하여, 자기 내부에 있는 어떤 것을 다짜고짜 투사시켜 받는 느낌이다. 그런데 첫눈에 반한 사랑을 성공시키기 위해서는 그만큼 짧은 시간 안에 상대의 자질을 파악해야 하기 때문에 실패한 필을 가지게 될 확률이 높다.

언젠가 학생 한 명이 수업 도중 갑자기 손을 들더니 대뜸 나에게 이런 질문을 했다.

"교수님, 그럼 정신분석을 통해 무의식의 세계를 파고들어 가면 내가 원하는 사랑을 얻을 수 있나요? 무의식을 통제하면 잘못된 사랑을 선택할 리 없잖아요."

그 학생의 말처럼 무의식을 통제할 수 있으면 잘못된 사랑으로 더 깊은 상처만을 남길 이유가 없을 것이다. 하지만 우리의 마음속에 있는 무의식의 세계는 아주 거대하며 우리가 의식하지 못하는 사이에 그 모습을 드러낸다. 그래서 정신분석학을 창시한 프로이트조차 우리가 할 수 있는 일이라곤 '거대한 무의식의 세계에 조금이나마 의식을 채워 가는 일' 뿐이라고 했다. 평생 한 사람의 정신을 분석한다 해도 그 구조를 다 파악한다는 건 아마 어려울 것이다.

그러므로 무의식을 통제하여 최고의 정제된 사랑을 하겠다는 결심은 아예 하지 않는 게 좋다. 비록 상처뿐인 사랑이어도 우리는 인간이기에 그것을 피할 길이 없기 때문이다. 다만 우리는 과거의 경험들을 성공적으로 통합시켜 사랑을 할 수 있는 능력을 키움으로써 아주 위험한 사랑에 빠져 드는 최악의 경우를 막을 수 있을 따름이다.

'최초의 인간(primeval man)'이 있었다.

그는 네 개의 팔과 네 개의 다리, 그리고 두 개의 성기를 갖고 있었다. 그는 앞뒤 자유자재로 움직일 수 있었고, 엄청나게 빠르며, 힘이 셌고, 아주 거만했다. 결국 그는 막강한 힘으로 신을 위협하기에 이르렀고, 이에 분노한 제우스는 그를 둘로 갈라 놓았다. 그 후 인간은 자신의 나머지 반쪽을 향한 그리움에 사로잡히기 시작했다. 그리고 하릴없이 자꾸만 말라 갔다. 그러자 제우스는 다시 인간에 대한 동정심으로 몸 뒤쪽에 있는 성기를 앞쪽으로 옮겨 다른 반쪽과 결합할 수 있도록 만들어 주었다. 그때부터 인간은 자신의 반쪽을 찾아 헤매게 되었다.

플라톤의 심포지엄에 나타나 있는 위의 신화를 정신분석적 관점에서 재해석해 보면 최초의 인간은 '자기애적 환희(primary narcissism)'의 상태에 있었고, 과대 자기를 이룬 그들은 신과 동등하려고 했으며, 그래서 처벌로 찢어진 셈이다. 이 이야기는 사랑의 목적은 서로 합쳐서 하나가 되는 것인데 그것은 결코 이루어질 수 없는 바람에 불과함을 보여 주고 있다.

하지만 더욱 가슴 아픈 건 그럼에도 불구하고 나머지 반쪽을 찾아 헤매는 것이, 인간 실존의 운명이라는 사실이다. 아무리 힘들다고 해도 사랑을 그만둘 수 없다는 사실이 얼마나 무섭고 슬픈 일인가. 태어난 순간부터 죽음을 향해 달려가는 것도 싫은데 살아 있는 내내 반쪽을 찾아 헤맬 수밖에 없고, 반쪽을 만나도 완전히 합치될 수 없다 니…….

그래서일까. 오토 랭크라는 분석가는 인간이 받게 되는 충격의 원형 으로 '출생의 충격(birth trauma)'을 든다. 돌이켜 보면 우리는 누구나 숨 쉴 노력도 필요 없는 가장 안락하고 편안한 엄마의 자궁 속에 있었다. 그때 우리가 할 수 있는 거라곤 울음과 발버둥질을 통해 배고픔과 불편 함을 표현하는 것 정도였다. 그만큼 우리는 무기력하고 불완전했다.

그런데 그런 불완전하기 짝이 없는 우리는 어느 날 갑자기 출산이라 는 과정을 통해 엄마로부터 떨어져 바깥세상과 만나게 되었다. 완전한 엄마의 통제와 보호 속에서 벗어나, 비로소 나를 느끼기 시작하며 만 나게 되는 활력으로 가득 찬 세상. 하지만 세상은 편안한 것만도 아니 고 심지어 나에게 많은 것을 요구하기까지 한다. 그러니 엄마로부터 분리되어 출생한다는 것은 오토의 말처럼 충격일 수밖에 없다. 그럴 리 없겠지만 만약 '태어남'을 선택할 수 있다면 글쎄, 과연 나는 어느 쪽을 선택할까? 당신이라면 어느 쪽을 선택하겠는가?

그런데 이런 비극과 슬픔에도 불구하고 우리는 아주 자발적으로 사 랑을 꿈꾼다. 그 누굴 생각하느라 밤새 뒤척이고, 떨리는 가슴으로 만 남을 준비하며, 그의 사랑을 받는 것이 내 인생에서 최고의 행복이 되 는, 그를 위해서는 나의 목숨까지도 버릴 수 있는 그런 사랑을…….

그건 아마도 '사랑한다는 것'이 바로 인간을 인간답게 만드는 것이 고, 우리의 인생에서 우리가 꿀 수 있는 최상의 꿈이기 때문 아닐까. 그래서 옥타비오 파스는 이런 말을 남겼다.

'사랑이란 존재의 위험과 불행으로부터 우리를 보호해 주지도, 죽음으로부터 우리를 구원해 주지도 않지만, 인간에게 시간을 확장시켜 줄 수 있는 힘을 가진 실존의 가장 핵심적인 요소다. 사랑 안에서는 몇 분이 몇 세기로 바뀌고 그 질량을 측정할 수 없게 되면서 인간은 찰나나마 죽음의 질병에 대한 잠정적 치유책을 발견할 수 있게 된다. 사랑은 인간에게 이처럼 잠정적이나마 존재론적 구원을 베풀어 주기에 '사랑은 지구사에서 축복받은 자가 가질 수 있는 아름다움에 가장 근접해 있는 것' 이 된다.'

그렇기 때문에 사랑은 비록 상처를 받을지라도 하는 게 낫다. 물론 인간이기에 사랑을 거부해 봐야 거부할 수도 없지만 말이다. 그러나 '운명적 만남' 은 없다는 사실을 명심할 필요가 있다. 다만 무의식이 어떤 사람을 선택하느냐가 우리의 운명을 결정짓는 것임을 말이다.

하지만 내가 상대방과 사랑에 빠지게 된 데는 어떤 자명한 이유가 있다고 해도, 그 사랑의 의미가 퇴색되는 건 결코 이니다. 모든 사랑의 감정은 진실하다. 다만 첫눈에 반한 사랑에 대한 과대 포장은 당신에게 치명적인 독이 될 수 있다.

사랑
LOVE

유일한 남자여서였을까. 아니면 그 사람에게서 풍겨 나오는 너무도 깍듯한 매너가 인상적이서였을까. 어느 모임에 나갔는데 처음부터 그에게 눈길이 갔다. 사랑에 관한 이야기가 테마로 떠오르자 문득 그는 어떤 사랑을 할까 궁금해졌다. 그때 마침 내 옆에 있던 여자가 그에게 물었다.

"혹시 사랑에 빠져 본 적 있으세요?"

갑작스러운 질문이었지만 그는 전혀 불쾌한 기색 없이 담담하게 말했다.

"사랑에 빠진다는 게 어떤 건가요?"

정말 진지한 목소리로 사람들에게 되묻는 그. 나는 그가 어떤 사람인지 더 궁금해졌다. 그는 3개월 이상 만난 여자가 없다고 했다. 반듯한 외모에, 능력 있고, 집안도 좋은데, 그럼 여자를 보는 눈이 까다로운 걸까? 하지만 그는 알고 보니 사랑에 빠지려야 빠질 수가 없는 타입의 남자였다. 그는 여자와 만나고 이야기 나눈 모든 것을 분석하길 좋아했다.

'나는 왜 저 여자에게 끌린 걸까? 왜 저 여자는 나에게 호감을 갖는 걸까? 이런 감정이 정말 사랑일까?'

그런 질문들을 자신에게 던지길 수십 번, 그냥 마음 가는 대로 만나보는 게 아니라 조금만 납득이 안 되어도 더 이상 만나지 않았다. 그의 이성이 그로 하여금 사랑의 감정에 빠져 드는 걸 허락하지 않은 것이다. 세상 그 무엇보다 사랑에 빠지는 게 어렵다는 그를 보며 나는 또 다른 생각에 빠졌다.

'사랑에 빠진다는 건 도대체 뭐지? 사람들은 뭘 보고 그렇게 말하는 걸까?'

사랑에 빠진다는 것의 의미

사랑의 경험은 각자에게 독특한 것이지만 또한 일반적인 특성을 가지고 있다. 우선 사랑에 빠지기 위해선 스탕달이 말한 '사랑의 결정화 작용(love as a crystallization)'을 거친다. 겨울에 나뭇가지 하나를 소금 광산에 던져 넣으면 한 달 후 그 나뭇가지는 빛나는 결정체로 덮여 있게 된다. 잔가지까지 반짝반짝 빛을 내는 다이아몬드로 뒤덮여 마른 가지는 자취를 감추는 것이다.

사랑은 소금 광산이 마른 나뭇가지에 그랬듯이 사랑하는 사람을 최고의 아름다움을 가진 사람으로 바꾸어 놓는다. 즉 사랑의 결정화작용이란 우리의 마음이 사랑하는 사람을 이상화하여 그와 그녀에게서 신선한 완전함을 발견하는 것이다. 이것이 가능하기 위해서는 우선 사랑하는 사람끼리 서로의 어떤 특질에 대해 경탄하고, 둘 사이에 어떤 상호 관계를 꿈꿀 수 있어야 한다. 상호성이 가능하다는 희망이 있을 때 사랑은 싹트게 되며 결정화작용이 시작된다. 즉 상대를 이제껏 다른 사람이 보아 왔던 것과는 다른 시각으로 보게 된다.

그러나 완전한 결정화작용이 가능하기 위해서는 한 단계를 더 거쳐야 하는데, 그것은 바로 '의심'의 과정이다. 사랑하는 사람이 완전하지 않을지 모르고, 자신을 사랑하지 않을지도 모르며, 어떤 증명이 필요할지도 모른다는 생각에 스스로 괴롭힘을 당하게 되는 것이다. 그러므로 스탕달에 따르면 사랑에 빠진다는 것은 우선 경탄과 환상 그리고 적어도 한 가닥의 희망이 일어나고 여기에 곧 의심이 뒤따르는 과정이다.

그 과정을 거치고 나면 사람들은 사랑에 완전히 빠져서 시인이 된다. 사랑하는 사람의 품 안에서 마치 아기였을 때 어머니의 품 안에서 느꼈던 것과 같은 합치감과 대양감을 맛본다. 어머니와 내가 한몸처럼 느껴지던, 우리가 추구하는 최고의 이상적인 상태 말이다.

어머니의 품 안에 있는 아기는 아직 자아가 발달하지 않았기 때문에 '신체 자아(body ego)'를 통해 외부 세계의 의미와 리듬, 생명력을 감지하고 자연의 리듬과 소통한다. 사랑에 빠지면 아기 때처럼 신체 자아가 다시금 활동하여 모든 것은 살아 움직이게 되며 하나하나가 그

의미를 띠게 된다. 그래서 연인과 같이 거니는 오솔길, 자주 들르는 카페 등의 공간은 특별한 생명력과 의미를 가지고 존재하게 되며, 아주 오랜 시간이 지난 후에도 그 장소를 방문하면 당시의 느낌이 다시 살아난다. 연인과 같이 경험했던 것이 죽지 않고 우리의 추억 속에 살아 있게 되는 것은 바로 이 때문이다.

또 사람들은 사랑에 빠지면 직관력이 최고조에 달하고 연인과 교감할 수 있는 능력이 발달해서 동시에 똑같은 느낌을 경험하며, 이를 신기해하고 행복해한다. 이제 둘은 말없이도 통하는 사이가 된다. 감정적 텔레파시가 가능해지는 것이다. 연인을 생각하고 있을 때 전화벨이 울리고, 동시에 똑같은 음식을 먹고 싶어하는 것이 바로 그것이다.

그뿐이랴. 사랑은 사람을 변화시킨다. 사랑하는 사람에게 받아들여지고 인정받는다는 것은 일종의 구원이다. 연인의 품 안에서 사람의 세계는 확장되며 그의 인생은 한 편의 드라마같이 느껴진다. 흥분은 단조로움을 밀어내고, 매 순간을 의미로 가득 채우며, 몸에는 기쁨의 전율이 흐르고, 영혼은 세상을 다 안을 듯 확장된다.

이러한 심리적 팽창감은 실제 세계의 팽창으로 이어진다. 사랑에 빠진 사람이 느끼는 확신은 그로 하여금 새로운 도전과 위험을 감수하게 하고, 새로운 계획을 강행하게 한다. 그리고 자신이 사랑받을 자격이 있는지는 의심하지만 자신이 근본적으로 선한 사람이며 능력이 있는 사람이라는 것을 믿어 의심치 않는다.

그는 이제 연인의 눈으로 세상을 바라본다. 그의 흥미는 확장되고 연인의 흥미에 관심을 갖게 된다. 그는 새로운 취향과 통찰을 얻고, 자신을 열고 믿을 수 있는 능력을 얻게 되며, 웃을 수 있는 능력이 일깨워진다. 자신을 확대시키고 변화시키는 것 외에도 사랑은 사람으로 하여금 자신의 굳어진 한계를 깨게 해 준다는 점에서 일종의 초월이며, 그래서 두 사람 사이의 종교로 명명되기도 한다.

사랑에 빠지면 우리의 몸 또한 열병을 앓게 된다. 우선 식욕을 잃고 숨이 차며 잠을 이루지 못하게 된다. 사랑에 빠진 사람은 자신의 뛰는 심장에서 사랑이 자라는 것을 느낄 수 있고, 때로 몸의 어디에선가도 그 징후를 느낄 수 있다. 그 열병이 심한 사람들은 사랑하는 사람 앞에서 혀가 굳어 버리고, 당황하며, 얼어붙게 되는 경험도 한다. 사랑한다는 것은 상대방에게 자기를 열고 자신의 진실한 부분을 드러내는 것으로, 거절당할 수도 있다는 가능성을 내포하고 있기 때문이다.

사랑이 사랑을 시험하게 만든다

"우리 이대로 사랑하게 해 주세요."

몇 년 전 인기를 끌었던 어느 광고 카피다. 광고란 스쳐 지나치게 마련인데 이상하게 이 카피는 잊혀지기는커녕 시간이 갈수록 울림이 커진다. 왜 그럴까? 아마도 '이대로' 라는 말 때문일 것이다. 우리는 카피를 보고 들으며 '이대로' 사랑할 수 있도록 내버려 두지 않는 여러 상황을 벌써 그리고 있었던 게 아닐까.

이쯤에서 물어보고 싶다. 혹시 사랑의 장애물로 사랑 그 자체를 생각해 본 적이 있는지. 사랑이 힘들면 힘들수록 우리가 유일하게 믿고 기대게 되는 것이 바로 사랑이지만 사랑은 결코 믿을 만한 대상이 아니다. 오히려 사랑이 사랑을 시험하게 만든다. 그것은 사랑이라는 감정이 슬픔과 외로움, 미움을 동반하기 때문에 빚어지는 현상이다. 슬픔과 외로움, 미움은 우리가 인간으로서 제일 견디기 힘들어하고 그래서 될 수 있으면 마주하고 싶지 않은 감정들이다.

하지만 사랑은 그런 감정들을 반드시 동반한다. 그런 의미에서 보자면 '사랑한다는 것 자체가 버겁다'라는 말은 괜히 나온 말이 아닌 듯하다. 도대체 왜 그런 견디기 힘든 감정들이 사랑과 함께 찾아오는 걸까?

슬픔

불처럼 타오르는 사랑에 빠지면 나에게는 이 세상에 그 사람만이 존재하는 것처럼 인식된다. 연인에 대한 생각이 머릿속을 떠나지 않고, 잠시라도 떨어져 있으면 서로가 안절부절못하고 뭔가 불안전하다고 느끼며, 숨이 막히고, 식욕을 잃어버리고, 가슴이 텅 빈 듯한 느낌을 받는다. 그러다 보니 사랑을 확인하기 위한 표적이 필요하게 되고 그것을 보면서 연인이 곁에 없을 때에도 그 사랑을 확인하려고 한다.

또 떨어져 있어도 서로의 시계에 따라 생활한다. 아침에 눈을 뜰 때 연인이 일어나는 시간을 생각하고, 밥을 먹으면서 그의 식사 시간을 예측하며, 그가 잠자리에 들 것 같은 시간에 맞추어 자리에 눕는다. 모든 대화의 주제는 연인에 대한 것이 되고, 다른 것에는 관심을 보이지 않아 주변 사람들에게 핀잔을 듣기도 한다.

물론 핀잔이 귀에 들어올 리 만무하다. 그저 그들은 사랑의 기쁨에 들떠 어쩔 줄을 모른다. 하지만 그럴수록 슬픔은 크게 마련이다. 왜냐하면 사랑은 앞서도 말했듯이 사랑하는 사람과의 영원한 합일을 추구하는 것이기 때문이다. 잃어버린 반쪽을 찾아 하나였던 모습 그대로 돌아가고 싶은 욕구. 그러나 그것은 불행히도 결코 채워질 수 없는 욕망이기에 슬퍼지는 것이다.

또 사랑이라는 것은 성인으로서 새로운 사람을 찾아 떠나는 여행의 시작, 새로운 관계의 시작을 의미한다. 그것은 곧 내가 과거에 사랑했던 부모나 가족과의 결별을 뜻하기 때문에 슬플 수 밖에 없다. 그러한 슬픔은 사랑으로 인해 생겨나지만 사랑이 결코 달래 주지 못한다.

그러므로 슬퍼지는 순간 되새겨야 할 것은, 슬픔을 두 사람 관계의 문제로 비화시키지 말아야 한다는 것이다.

외로움

우리의 가슴 한쪽엔 언제나 설명할 수 없는 외로움과 소외감이 메아리를 울리고 있다. 그것은 아무리 친한 친구나 가족이라 할지라도 해결해 주지 못한다.

헬레네 도이치란 분석가는 외로움이란 다른 사람에게 제일 중요한 사람이 되지 못한다는 느낌에서 유래한다고 하였다. 유아기와 아동기 때의 짧았던 순간을 빼곤(이 순간도 우리는 의식하지 못한 채로 지나갔다) 우리는 '첫 번째'가 되어 본 적이 없다.

그러나 사랑은 우리에게 그러한 환희의 순간을 되돌려 준다. 다른 사람의 인생에서 가장 중요한 사람이 된다는 것은 사랑이 주는 절대적인 약속이다.

하지만 상대를 있는 그대로 온전히 내 안으로 받아들이는 중에 우리는 상대가 나와는 다른 자신만의 세계와 영혼을 갖고 있음을 발견한다. 즉 나와 합치고자 하는 사람이 결국에는 나와 다른 존재임을 뼛속 깊이 느끼게 되는 것이다. 그러면서 우리는 모두가 서로 분리된 외로운 존재일 뿐임을 깨닫게 된다. 그 속에서 사람은 다시 한 번 성장할 수 있는 기회를 얻는다.

나와 다른 존재임에도 불구하고, 나의 모든 것을 받아들이고 사랑해주는 상대에게 깊은 감사를 느끼면서 비로소 사랑은 성숙해지고 더욱 깊어지는 것이다.

그러나 이러한 분리됨을 견디지 못하고 부정하면, 상대에게 매달리고 끊임없이 확인을 요구하며, 서로를 피로와 혐오 속에 몰아넣을 수도 있다.

미움

그리스 철학자인 아가톤은 '증오는 사랑보다 오래된 것이다' 라는 말을 했다. 그것은 미움은 사랑의 또 다른 이름으로, 사랑과 미움은 동전의 앞면과 뒷면처럼 항상 공존한다는 걸 뜻한다. 사랑은 무엇인가를 절실히 원하는 상태다. 구강적인 갈망부터 성적인 욕망, 서로에 대한 실존적인 이해와 받아들임에 대한 기대까지 우리가 가지고 있는 모든 욕구를 상대를 통해서 실현하고자 하는 것이다.

그러나 가까워진다는 것은 헤어지는 것만큼이나 어려운 일이다. 그것은 서로의 내면에 좀 더 깊이 다가감이요, 그럼으로써 서로의 내면에 자리 잡고 있는 여러 힘과 충동에 고스란히 노출될 위험성을 안고 있다는 의미이기도 하다.

우선, 가까워지면 자신의 경계를 잃어버리고 상대에게 속할 것 같은 두려움과 상대에 의해 조정당할지도 모른다는 두려움, 그와 함께 자율성을 지키고 싶은 욕구 등이 나타나게 된다. 더구나 공격성이 튀어나와 가장 사랑하는 사람을 파괴하고 해를 입힐지도 모른다는 두려움은 너무 친밀해지는 것을 근본적으로 봉쇄한다.

특히 내면의 충동을 억제할 수 있는 자아의 힘이 약한 경우 사랑은 더욱 위험하고 두려운 것이 되기도 한다. 이때 사랑을 해도 결코 하나가 될 수 없다는 사실마저 알게 되면 그 분노는 더욱 거세진다. 그 분노를 나오는 대로 상대에게 터뜨릴 것인지 사랑으로 승화시킬지는 당신에게 달려 있다. 사랑의 이름 아래 분노는 그렇게 당신을 비웃으며 당신을 시험하고 있다.

이제 알겠는가? 사랑한다는 게 왜 그렇게 힘든지……. 물론 사랑이 쉽지 않음을 안다고 사랑을 피할 수 있는 것도 아니지만 말이다. 그래서일까? 모든 연인들이 쉽사리 잊지 않고 기억하는 게 있다. 그것은 바로 '첫 번째 다툼'이다.

처음 사랑에 빠졌을 때 연인들은 그들이 완벽히 조화를 이루어 영원히 싸우지 않을 것이라 생각한다. 따라서 싸울 수밖에 없는 상황이 되면 무척이나 괴로워한다. 사랑하는 사람과 싸움을 한다는 것은 상상조차 못해 본 일이기 때문이다.

그러나 첫 다툼을 무사히 치르고 나면 연인들은 오히려 그 전보다 더 가까워진다. 그들의 사랑이 서로가 가진 공격성이나 분노를 이길 만큼 강하다는 사실이 입증되었기 때문이다.

하지만 그 이후 보이는 연인들의 모습은 천차만별이다. 어떤 연인들은 사랑에 종말을 고하며 일상적인 감정을 나누는 사이로 돌아간다.

반면 어떤 연인들에게 다툼은 사랑의 교태이며, 때로 즐길 수 있는 놀이가 되기도 한다. 이런 경우 사랑 싸움은 그저 잠시 맛보는 맛없는 음식에 불과하다. 또 다툼을 열정적인 감정을 지속시키는 매개체로 받아들이는 연인도 있다. 극단으로 치닫는 경우, 다툼을 통한 강렬한 분노나 폭발적 행동만이 자신들의 사랑을 보여 주는 유일한 증거라고 생각한다. 이들은 싸움이 잦아들면 오히려 불안을 느낀다.

슬픔이나 미움, 외로움과 친구가 되고 싶은 사람은 없다. 하지만 사랑을 하기 위해선 그 친구들을 기꺼이 받아들일 수밖에 없다. 그렇지 않으면 사랑이 사랑을 시험하고 있는데, 그 시험과는 관계가 없는 당신의 연인이 힘들어질 수 있다.

연인에게 책임을 지우지 않고 이 시험에서 무사히 살아남는 법, 그래서 사랑을 계속 유지시켜 나가는 법, 그것은 딱 한 가지뿐이다. 슬픔과 미움, 외로움을 기꺼이 맞이하는 것이다. 슬플 땐 슬퍼하고, 미울 땐 미워하고, 외로울 땐 외로워하면서 말이다.

왜 남자가 바람을 피우면 '외도'이고
여자가 바람을 피우면 '불륜'인가

남자가 부인 이외의 다른 여자와 사랑에 빠지면 주로 외도나 혼외정사라는 표현을 하며 일시적인 바람으로 여기는 데 비해, 여자에게 이런 일이 생기면 사람들은 유달리 불륜임을 강조한다. 그리고 여자의 불륜은 가족과 사회를 무너뜨릴 수 있는 위협으로 받아들인다.

불륜이란 인간이 지켜야 할 도리인 인륜을 어겼다는 것을 의미한다. 이런 엄격한 잣대를 특히 여성에게만 들이대려 하는 것은, 기본적으로 남성 위주의 사회에서 부인을 소유 및 재산의 개념으로 여겨 온 관습의 영향으로 볼 수 있다.

그러나 개인이나 사회 모두 여성의 외도에 과도한 불안을 보이는 것은 어릴 적 우리가 전적으로 의존할 수밖에 없던 어머니란 울타리가 무너지는 것에 대한 불안과 관련이 있다.

우리가 태어나서 처음 의지하게 되는 대상은 어머니다. 아이를 양육하고 보호하는 것이 거의 어머니의 몫이기 때문이다. 특히 생후 초기에 우린 어머니 없이 한시도 살 수 없었다. 그렇기 때문에 놀라거나 위험한 상황에 처하면 나도 모르게 '엄마'라는 소리부터 나오는 것이다. 이런 어머니가 가정을 깨고 다른 누군가를 사랑한다는 것은 무의식중에 우리의 생존을 위협하는 일로 받아들여질 수 있다.

더군다나 부인이 다른 남자를 사랑한다는 것은 오이디푸스 시기에 어머니가 자기말고 아버지에게 돌아갔을 때 느끼던 좌절과 왜소감 그리고 질투를 다시 불러일으키며, 이러한 질투로 인해 처벌받을지도 모른다는 두려움을 느끼게 한다.

그렇기 때문에 부인의 외도는 남편의 외도보다 사람들에게 더 큰 불안을 야기시키며 위협적인 사건이 되는 것이다. '불륜'이라는 이름으로 이야기될 만큼……

섹스
SEX

"**오**늘 밤 같이 있고 싶어."

"안 돼. 집에 들어가야 해."

"왜 안 된디는 거야? 넌 나를 사랑하지 않는 거야? 난 너랑 같이 있고 싶단 말이야."

"오늘 밤 같이 있고 싶어."

"그러지 뭐. 근데 너무 많은 의미를 부여하진 마. 내가 널 사랑하는지는 아직 미지수니까."

"그렇게 심플하게 얘기해 주면 나야 고맙지."

어제오늘 몇 커플이 위와 같은 이야기를 나누었을까. 나는 첫 번째

와 두 번째 경우를 비교하거나 남자와 여자의 차이를 논하고 싶은 마음은 없다. 더군다나 어느 것이 옳다 그르다 판단 내리고 싶지도 않다. 그저 집요하게 사랑과 섹스를 연결시켜 이야기하는 구조를 파헤쳐 보고, 사랑과 섹스가 각자 원래 있어야 할 자리가 어디인가를 찾아보고 싶을 뿐이다. 그래야만 섹스가 우리의 사랑을 시험하고 의심할 때 그것으로부터 자유로워질 수 있을 테니까.

죽음에 이르도록 황홀한 잔치, 섹스

사랑하는 사람을 마주 보고, 그의 눈빛에서 사랑과 갈망의 빛을 읽으면, 점차 몸과 마음이 따스해짐을 느낀다. 그의 속삭임이 귓전을 간질이며 영혼 깊숙이 스며드는 듯하고, 그의 체취는 코를 통해 두뇌에 도달해 잊어버렸던 먼 기억을 되살린다. 입술과 혀와 손끝으로 그를 더듬고 느끼며, 피부와 피부가 밀착되면서 세포들까지 서로 닿기를 원하게 되면, 차츰 상대에 대한 갈망은 격렬한 욕망으로 발전하면서 몸은 그동안 숨죽이고 있던 제 고유의 리듬을 회복하고 저마다의 목소리와 열기를 뿜어낸다. 몸이 마음을 일깨워 두려움을 쫓아내고, 기억이 닿지 않는 곳에 있던 판타지까지 그 족쇄가 풀리면, 물고 빨고 핥고 보여 주고 들여다보고 싶던 유아기의 충동이 성적 유희로 탈바꿈하여 서로의 몸을 구석구석 탐하게 된다.

그러면 이제 몸은 자신의 과거와 현재의 욕망을 다 아우르고, 더 이상의 긴장을 감당할 수 없는 상태에 다다라 황홀함으로 떨면서 사랑하는 사람에게 자신의 모든 것을 내준다. 무의식 깊숙이 있던 서로의 몸과 마음, 영혼이 하나가 되는 합일의 꿈이 이루어진다고 느끼게 되는 것이다.

그것은 곧 신체의 의지에 완전히 자신을 맡겨 버림으로써 자신이 하나의 원형질이 되는 듯한, 일종의 죽음과도 같은 경험이다. 또 자기 존재의 생물학적 뿌리에 다다르면서도 한편으로는 그러한 자신의 변화를 인식하는 일종의 자기 초월적 경험이기도 하다. 그러한 느낌은 자신의 여성성이나 남성성을 감사히 받아들이게 하고, 자신에게 들어와 자신을 완성시켜 준 상대에게 깊은 감사를 느끼게 하며, 나른한 손으로 서로를 어루만지며 깊은 잠에 빠져 들게 한다.

그래서일까? 위와 같은 성적 황홀감은 그 자체만으로도 다른 모든 것을 포기할 수 있을 만큼의 강렬한 경험에 비유되며, 때론 인생에 있어서 최고의 순간으로 묘사되기도 한다. 조르주 바타유가 말했던가.

'에로티시즘은 죽음에 이르도록 황홀한 생의 찬미다.'

신체적인 접촉과 자극을 원하고 신체의 표면을 섞고자 하는 오랜 열망은, 어린 시절 부모와 밀착되어 떨어지고 싶지 않던 공생적 합일에 대한 열망과 관련 있다. 그렇기 때문에 사랑의 행위는 생후 초기의 경험과 많은 연관을 갖는다.

아기들은 어머니의 품 안에서 따뜻한 온기와 편안함을 느끼며, 어머니의 젖꼭지를 빨면서 포만감과 함께 야릇한 쾌감을 갖는다. 또 어머니가 기저귀를 갈아 주고 대변을 닦아 줄 때의 묘한 흥분과 안아 주고 얼러 줄 때의 수동적인 움직임이 주는 즐거움을 통해 어머니와 만족스러운 사랑의 관계를 즐긴다.

이러한 경험은 여러 발달 단계를 거치면서 새로운 원초적인 성적 판타지를 쌓아 가게 만든다. 그러므로 성행위는 부모에게 느끼던 금기된 성적 판타지를 성인이 되어 새로운 대상과 사랑을 나누면서 비로소 실현시키는 것에 다름 아니다.

한 사람과 156번의 섹스를 한 것과 156명과 한 번씩 한 것의 차이?

그런데 성적인 열정이나 오르가슴을 느끼는 데 반드시 정신적 성숙이 필요한 건 아니다. 성적인 흥분은 사랑의 감정으로 깊숙이 관계를 맺지 않아도 일어난다. 정상적인 성행위보다 자위행위를 할 때 오르가슴을 더 잘 느낄 수 있는 것도 그 이유에서다. 그리고 이러한 성적 느낌은 자신이 존재하고 있음을 확신하는 가장 최초의 그리고 가장 근본적인 느낌이다.

이러한 성적인 흥분 상태를 통해서만 자신이 살아 있음을 느끼는 사람들은 섹스 중독증에 빠질 확률이 높다. 또한 인간관계에서 다른 모든 의사소통의 수단이 의미를 상실했을 때 섹스를 통해서 관계를 맺고, 섹스를 통해서 자신의 존재를 확인하려 하기도 한다.

요즘 사람들은 상처받는 것을 두려워한다. 상처받을까 봐 친밀한 관계를 맺지 못하고 적당한 거리를 유지하면서 그때그때 자신들의 감정에 따라 관계를 맺는다.

이것은 앤서니 기든스가 말한 두 사람의 순수한 감정에 따라 맺어지는 '순수한 관계'의 개념에 가깝다. 그것은 관계 외적인 것에 의존하지 않고 순수하게 관계 자체의 내적인 속성에 따라 형성된다. 또한 그 관계는 각 개인에게 충분한 만족을 준다고 당사자 모두가 생각하는 한에서만 지속되며, 철저한 기브 앤 테이크(give and take-내가 너를 사랑하는 것만큼 너도 나를 사랑해야 하고, 네가 나를 사랑하는 만큼 나도 너를 사랑해 준다는 생각)의 평등을 성취한다.

그러나 이러한 순수한 관계는 찰나적이며 영속성이 없기에 순간의 감정과 욕망에 따라 만났다 헤어지기를 반복하는 '합류적인 사랑'을 한다. 이때 가장 필요로 하는 것은 '강렬한 감정'이다. 그러므로 그저 불안하기만 한 사람들은 강렬한 감정을 좇아 성을 즐긴다. 성은 강렬한 감정과 무의식적 욕동들을 한꺼번에 풀어 놓기 때문이다.

이러한 성에서 최고의 감각과 생명감을 안전하게 느끼고 즐기는 방법은 성에서 감정을 분리시켜 놓는 것이다. 낮은 감정으로 높은 강도의 섹스를 즐기는 세태가 유행하게 된 건 이러한 이유에서다.

몇 년 전 '애너벨 청 스토리'로 화제가 된 애너벨 청이 다음과 같은 말을 한 적이 있다.

'한 사람과 156번의 섹스를 한 것과 156명과 한 번씩 하는 것에 어떤 차이가 있는가?'

성과 사랑을 분리하는 사람들에게 상대는 결코 중요하지 않다. 상대방은 자신의 쾌락을 충족시켜 주는 도구일 뿐이기 때문이다. 그들은 절정에 오른 순간에도 상대방에게 만족할 줄 모른다. 그래서 결코 채워지지 않는 굶주림처럼 끝없이 자신의 쾌락을 추구하게 된다. 그러한 태도는 수없이 많은 남성과의 자유로운 성적 편력기를 책으로 펴내 화제가 된 프랑스의 미술 평론가 카트린 밀레의 말에서 단적으로 드러난다.

'내 성기에 성기를 삽입했다고 말할 수 있는 남자들 중에서 내가 이름을 댈 수 있거나 다시 만나면 알아볼 수 있는 사람은 49명 정도 된다. 하지만 익명 속에서 서로 혼동되는 사람들의 수는 산정할 수 없다.'

문제는 더 자극적이고 더 쾌락적인 섹스를 좇다 보니 오르가슴에 대한 지나친 집착이 나타난다는 것이다. 여자들은 오르가슴이 없는 섹스는 무언가 잘못된 것이라는 생각에 불안해하고 인생에서의 '최고의 순간'을 찾아 헤맨다.

그러나 정상적인 여성들도 50퍼센트 정도는 성교만으로 오르가슴에 이르지 못한다. 그러다 보니 성행위는 여자를 만족시키기 위해 애쓰는 남자와 오르가슴에 이르지 못해 불만스런 여자의 피곤하고 지치는 소모전으로 전락하고 있다.

전경린의 소설 『열정의 습관』에는 미홍, 인교, 가현이라는 세 여성의 성적 오디세이가 그려져 있다.

미홍은 성을 통해 자아실현을 하고자 한다. 즉 관습적인 여성성을 치욕적인 수동성으로 생각하며 성적 합일감과 극치감을 통해 자신의 존재 의미를 찾으려 한다. 그녀에게 성은 오르가슴이란 무기를 가진 권력으로, 남성들을 무력화시키는 수단이 되기도 한다. 한편 인교에게 성은 자신을 감추고 파괴하는 한 방편이다. 어린 시절의 상처 때문에 성을 통해 남성들에게 복수하려는 인교는 아무하고나 섹스를 하며, 성적으로 무력한 남성들을 실컷 비웃고 무력화시키지만 자신의 상처는 그만큼 더 깊어질 뿐이다. 가현은 성적인 욕구를 억압하고 관습에 얽매여서 모범적인 생활을 영위한다. 그녀에게 섹스는 밤에 하는 일일 뿐이다.

그러나 이 세 여성은 모두 오르가슴의 신화를 좇고 있다. 마치 오르가슴이 없는 섹스는 공허하며, 여성들의 자아실현은 모두 능동적인 성의 실현을 통해서만 이루어진다고 외치는 것 같다. 미홍은 자신과 진실로 사랑을 나눌 수 있는 진성을 만난다. 그러나 '약속이 아니라 육체의 신의를 통해 처음으로 믿음을 갖게 되었다. 세상이 진성의 품 안과 같았다면 불안이 무엇인지조차 몰랐을 것이다' 라는 말에서 이미 그녀의 성에 대한 이율배반적인 측면이 드러난다. 그녀는 적극적이며 능동적인 성의 실현을 찾아 헤매었지만, 사실은 이상적인 남자의 품에서 자신의 파라다이스를 발견하고 싶어한다. 그녀의 자아 실현은 또 다른 성을 통해서만 가능한 것이다.

나는 사랑으로부터 고립되어 버린 섹스, 그것이 결코 바람직하다고 생각지 않는다. 그것은 오히려 사랑을 유지시키는 데 있어 커다란 걸림돌로 작용한다. 그 이유는 바로 섹스, 그 자체가 갖는 위험성에 기인한다.

에로틱한 욕동은 정신분석학적으로 볼 때 몇 가지 특징을 갖는다. 첫째, 즐거움을 추구한다. 그리고 그 즐거움의 대상은 서로 관통하거나 침범하고 싶은 사람이 된다. 그것은 친밀감과 합침, 그리고 섞임에의 열망이며 서로의 경계를 강하게 넘어 들어가 그 사람과 하나가 되고자 하는 열망이다.

둘째, 사랑하는 사람이 성적으로 흥분하고 오르가슴에 도달하는 것을 보며, 자신이 마치 그가 된 듯 상대와 동일시함으로써 합치감의 희열을 강화하는 것이다. 여기서 사랑하는 사람의 욕망에 즐거움을 느끼고, 자신의 성적 욕망에 사랑으로 반응하는 상대를 통해서 기쁨을 배가시키면서 황홀의 극치를 경험하게 된다. 이 순간은 성을 구분하던 일반적인 경계가 사라지고, 사랑하는 사람과의 동일시를 통해서 자신이 동시에 남성과 여성이 된 듯한 느낌을 가지며, 남녀의 성기가 합쳐지고 감싸지면서 즐거움과 완성감을 갖게 된다.

에로틱한 욕동의 세 번째 특징은 모든 성적인 만남에 내포되어 있는 금기, 다시 말해 성의 오이디푸스적 구조에서 유래된 금기를 극복하는, 일종의 반란의 느낌을 가지고 있다는 것이다. 스탕달이 지적한 대로 옷을 벗는 행위는 수치심이란 사회적 관념을 무효화하고 연인들로 하여금 수치심 없이 서로를 바라보게 함이요, 성행위 후 다시 옷을 입는 행위는 관례적인 수치심으로 돌아가는 것이다. 또한 사회적 관례나 오이디푸스적 경쟁자를 이긴다는 의미도 있으며 상대의 경계를 깨뜨리고 파고들어 상대를 관통하고 먹어 버리는 공격성의 의미도 있다.

성적인 결합은 이렇게 그 사람의 몸과 마음, 과거와 현재, 의식과 무의식의 욕동과 판타지가 그대로 풀려 나오면서, 상대의 경계를 무너뜨리고 자신의 경계를 관통당하면서 합일에의 접점을 향해 달려 나가는 강렬한 행위이기 때문에 자칫하면 브레이크를 잃어버린 기관차가 되어 서로를 위험하게 할 수도 있다.

왜냐하면 밀접하게 친밀해진다는 것은 서로의 내부에 있는 원초적 욕망이나 공격성이 변형되거나 승화되지 않은 채 그대로 상대를 향해 달려나갈 수 있는 가능성을 내포하기 때문이다. 또한 자신이 그러한 위험성에 무방비 상태로 노출될 수 있음을 의미한다. 그리고 서로가 무차별적으로 섞임으로써 자신이 상대에게 먹혀 버려 결국 자기를 상실해 버릴 수 있는 위험성도 가지고 있다.

그러므로 섹스에서 서로의 경계를 지켜 주는 것이 무엇보다 필요하며, 그러기 위해서는 섹스에의 강렬한 충동을 성적인 유희로 바꾸어 줄 수 있는 부도러움이 필수가 된다.

부드러움의 감정이란 자신과 대상을 전체적으로 바라보면서, 서로에 대한 신뢰를 구축하고, 이러한 신뢰 아래서 상대에 대한 감사와 배려를 할 수 있는 능력으로 자신과 타인이 분리되고 독립된 개체라는 사실을 인정하고 받아들이는 능력을 기초로 한다. 그래야만 상대에게 솔직하게 자신을 열 수 있고, 자신이 그동안 숨겨 왔던 성적이고 공격적인 욕망과 판타지마저 타인에게 과감히 드러내는 위험을 감수할 수 있게 된다.

결론적으로 섹스의 위험성을 막아 줄 수 있는 것은 사랑뿐이다. 그런데 때로 상대방의 육체에 이끌려, 그 육체를 소유하고 싶은 절박한 충동만을 느끼면서 상대에게 빠져 들게 될 때 사랑과 섹스는 혼란스럽게 뒤엉켜 버린다.

섹스가 사랑과 함께해야 하는 이유

언젠가 어느 우울한 오후, 큰 키에 수려한 외모를 가진 한 여성이 나를 찾아왔다. 그녀는 3년째 사귀고 있는 남자 친구에 관한 문제로 너무 많은 스트레스를 받아 몹시 지친 상태라고 말했다. 들어 보니 그들의 만남은 마치 영화와 같았다. 그녀는 친구들과 여행을 갔다가 여행지에서 만난 한 남자와 하룻밤을 보냈다. 그녀는 자기가 그러리라고 상상조차 못했고, 남자 친구 또한 그랬다. 그들은 그 하룻밤의 꿈 같고 낭만적인 섹스를 그들의 운명으로 기쁘게 받아들였다.

그래서 각자의 일상으로 돌아간 뒤에도 '운명적인 사랑'이란 이름으로 만남을 지속했다. 만나는 장소는 대부분 남자 친구 혼자 사는 오피스텔이었고, 어쩌다 다른 곳에서 만나더라도 항상 그날의 만남은 남자 친구의 오피스텔에서 마무리되었다. 거의 매일 섹스를 나눈 것이다. 마치 마약이나 알코올에 중독된 듯이 상대를 며칠만 만나지 못해도 자기도 모르게 불안해졌다.

그런데 그녀는 어느 순간 그런 만남이 버거워졌다. 매달 임신 공포에 시달렸고, 오랫동안 다른 사람과의 관계에도 소홀하다 보니 자신이 한심하게 느껴졌다. 그래서 남자 친구에게 당분간 만남을 자제하자고 제안했지만, 상대는 이제 나를 사랑하지 않느냐고 그녀를 다그쳤다. 그런 일이 거듭될수록 그녀 역시 욕망에 용해되어 그것이 사랑인지 아닌지 판단이 서지 않았고, 벗어날 수 없는 관계가 되어 버렸다.

사랑과 섹스의 뒤엉킴, 그것은 무척이나 풀기 어려운 숙제다. 하지만 사랑의 감정 없이 섹스에 빠져 있는 경우는 그것이 아무리 강렬하다 해도 상대의 몸에 대해서 다 알고 난 후에는 결국 열정이 사라지게 된다.

로만 폴란스키 감독의 '비터 문'에서 오스카와 미미는 파리의 시내버스에서 만나 격렬한 사랑에 빠져 든다. 그들은 밤낮을 가리지 않고 서로의 육체에 탐닉하며 황홀한 사랑을 나눈다. 그러나 시간이 지나면서 열정이 줄어들게 되고, 둘은 소멸되어 가는 열정을 되살리기 위해 차츰 변태적인 행위에 몰입한다. 그러나 변태적 성행위도 이전의 열정을 되살릴 수 없게 되자 오스카는 병든 미미를 버리고, 훗날 미미는 오스카에게 복수하여 서로를 파괴한다.

육체적인 사랑은 열정적인 사랑과 분명히 다르다. 육체적인 사랑의 경우 상대를 성적으로 소유하려는 집착에 빠져 있는 반면, 열정적인 사랑에서는 상대의 몸과 마음을 알고 그것을 포용하려고 한다.

'비터 문'의 경우는 육체적인 사랑이다. 육체적인 사랑의 경우 상대에 대한 소유욕과 집착이 그 사랑의 특징이다. 신체적, 정신적으로 상대를 소유하려고 하며, 상대를 안고 있을 때조차 그 사람이 사라져 버릴 것 같은 불안에 상대에게 더욱 집착하게 되는 것이다. 그래서 상대를 완전히 자기 것으로 만들어 지배하려 하기도 하는데, 이때 섹스는 상대에게 힘과 권력을 휘두르려는 일종의 공격성의 표현으로 사용되기도 한다.

이것을 잘 나타내는 것이 일본에서 일어났던 실제 사건을 영화화한 '감각의 제국'이다.

사다라는 요정 종업원과 그 요정의 주인 키치조우는 만나자마자 육체적으로 강렬하게 끌리면서 사랑에 빠진다. 사다는 키치조우를 완전히 소유하려 하며, 그가 화장실에 가는 것조차 견디지 못한다. 그는 그런 사다에게 용해되어 가며 자신의 목숨까지 그녀의 욕정 앞에 맡기게 된다. 이제 그의 성기가 자신의 몸 안에서 빠져나가는 것조차 견딜 수 없게 된 사다는 그를 교살한 후 그의 성기를 잘라 내어 소중히 간직한다. 그리고 그의 시체에 '사다, 키치조우, 둘이서 영원히'라고 쓴다.

이 영화는 상대의 몸에 대한 성적 욕망이 상대의 육체를 영원히 자기 것으로 만들려는 소유욕과 상대를 파괴하고자 하는 파괴욕으로 변질되는 파국을 그리고 있다. 또한 사다의 사랑은 키치조우에 대한 사랑이 아니라 그의 남근에 대한 사랑이며, 그 남근을 영원히 자기 것으로 하고자 하는 욕망을 나타낸다고 볼 수 있다.

육체에의 탐닉에 빠져 들면 결국 서로의 내면에 있는 공격성이 그대로 노출되면서 상대를 말 그대로 집어삼키고 싶은 구강적 공격성에 압도당하고 만다.

그러한 원초적 본능을 중화시키고 승화시킬 수 있는 것은 사랑이다. 사랑이 있어야만 섹스를 통해 서로를 파괴함이 없이 안전하게 하나로 합쳐지는 경험을 할 수 있다. 사랑이 없으면 서로가 위험한 상황에 노출되는 것을 피할 수 없으며 그들의 관계는 소유와 집착, 파괴로 바뀌어 버린다.

그렇기 때문에 한 사람에 대한 장기간의 성적 탐닉은 두 사람 모두를 정신적, 육체적으로 파괴시키며 끈적끈적한 욕망의 진흙탕에서 서

서히 익사시킬 위험성이 있다. 영화 '비터 문' 과 '감각의 제국'의 결말
처럼 말이다.

섹스, 그 아름답고 쓸쓸한 두 얼굴

섹스의 가장 중요한 목적은 물론 종족 번식이다. 사실 남성이나 여
성의 오르가슴 또한 수태를 더 잘하기 위한 진화 과정의 산물이 아닌
가. 그러나 인간은 다른 동물과 달리 섹스의 다른 기능을 발달시켰는
데 그것은 바로 파트너와의 유대를 만들고 유지하는 기능이다.

그렇기 때문에 섹스에서 두 사람의 사랑이 성적 쾌락 못지않게 중요
한 요소가 된다. 성적인 열정의 궁극적 목적은 성교와 오르가슴에 있
지만, 사랑하는 사람을 성적으로 갈망하고 그 사람의 신체적이고 정서
적이며 인간적인 가치를 감사히 여기면서 성적 흥분감이 더욱 고조되
는 것이다.

그러므로 사랑하는 사람끼리의 열정적인 섹스는 사랑의 결과이기
도 하지만, 그들의 사랑을 더욱 풍부하고 활기차게 하는 것이며, 또한
두 사람 사이의 끈을 더욱 견고히 해 주는 것이다. 그것은 사랑 속에서
나―육체와 마음, 영혼을 통합하는―를 찾는 시간이며, 사랑을 주고
받을 수 있는 타인―그의 육체와 마음, 영혼을 포함하여―을 느끼는
시간이기도 하다.

하지만 사랑하는 사람과 섹스를 한다고 해서 인간 본연의 고독이 사
라지는 것은 결코 아니다. 이는 섹스가 가진 모순 때문이다.

열정적인 사랑의 최고조는 사람들에게 자아의 경계를 넘어서 자신의 생물학적 근간을 인식하는 초월의 순간임과 동시에, 상대의 경계를 넘어서 그 사람과의 정교한 동일시로 둘이 하나가 됨을 느끼는 순간이기도 하다. 그러나 이 순간은 그렇게 자신을 넘어오는 상대가 나와 분리되고 독립된 개체라는 것 또한 절실히 느끼면서도 기쁨을 느끼는 주체로서의 자기를 잃지 않는 순간이기도 하다.

여기에 섹스가 내포하고 있는 모순이 존재한다. 자기를 초월하여 사랑하는 사람과 하나로 합쳐지는 느낌을 갖는 동시에 자기의 확고한 경계를 의식하고 인간은 어쩔 수 없이 분리되어 있다는 것을 인식하는 것이다.

어쩌면 결국 육체의 합침도 고독한 반쪽들이 잃어버린 반쪽을 찾아 헤매는 몸부림의 끝이 되지 못한다는 것을 안 순간 사람들은 진실로 존재의 슬픔을 느끼지 않을까 싶다. 나 또한 그랬듯이……

하지만 그 사실에 절망하여 사랑과 섹스를 분리시키거나, 섹스에 대한 탐닉에 빠지는 건 위험하다. 그럴수록 더욱 좌절하게 되고, 인간 본연의 고독은 더욱 깊어질 수밖에 없기 때문이다. 그래서였을까. 나는 '포르노그래픽 어페어'를 보면서 나도 모르게 눈물이 났다.

이 영화에서 두 주인공은 서로에 대해 아무것도 모른 채 오로지 섹스만 하기로 한다. 그러나 이러한 관계도 지속되어 갈수록 대화가 개입되고, 점차 둘 사이에는 사랑의 감정이 싹트기 시작한다. 그러나 사랑이라는 실제 감정을 느끼면서부터 둘의 섹스에 대한 판타지는 깨지고, 그들은 섹스와 사랑 사이에서 혼란스러워한다. 결국 각자 황홀했던 섹스의 기억만을 고이 안은 채 서로의 곁을 떠난다.

나는 그 남녀의 모습이 꼭 우리의 모습 같았다. 사랑이 두려워 섹스만 하고 싶은, 섹스를 통해 내가 살아 있음을 확인하고 싶어 하는, 그러나 내 존재조차 버거워 결국 섹스도 사랑도 떠나게 되는 그들의 초라한 모습이 말이다.

우리는 섹스에 많은 기대를 하지 않는 것이 좋을지도 모른다. 사랑에 많은 기대를 하지 않는 게 좋은 것처럼. 물론 이것이 섹스의 가치를 폄하하려는 말은 결코 아니다. 섹스는 분명 초라한 존재나마 살아 있음을 확인하고, 그 기쁨을 느끼는 참으로 보기 드문 경험임에 틀림없기 때문이다.

그러므로 우리가 할 일은 섹스를 통한 기쁨이 우리를 다시 힘을 내어 살게 만드는 원동력이 되도록 하는 것일 게다.

21세기
THE 21ST CENTURY

그리스 신화에 '나르키소스' 탄생에 얽힌 이야기가 나오는데 재미있는 건 나르키소스의 어머니인 강의 요정 레이리오페가 예언가인 테이레시아스에게 아기가 장차 어른이 되면 천수를 누리겠느냐고 물어보았을 때 들은 대답이다.

"어렵지 않을 것입니다. 이 아기가 저 자신을 알지 못한다면 말입니다."

사람의 일생이 자기가 누구인가를 알아 가는 과정이라고 얘기할 만큼 그게 중요하다고들 하는데, 나르키소스는 자신을 알지 못해야 천수를 누린다고 하니 이런 해괴망측한 이야기가 어디 있겠는가.

나르키소스는 그 예언을 뒤로 한 채 보는 사람으로 하여금 모두 사랑을 느끼게 만들 정도로 잘생긴 청년으로 자라났다. 하지만 그는 그

수많은 선남선녀 중 그 누구에게도 사랑을 느끼지 못했다. 오히려 다가오는 사랑을 매몰차게 박대했다. 그러던 어느 날 상처를 입고 그의 곁을 떠난 많은 사람 중 누군가가 하늘을 향해 이렇게 기도했다.

"저희가 그를 사랑했듯이, 그 역시 누군가를 사랑하게 하소서. 하시되 그 사랑을 이룰 수 없게 하소서. 이로써 사랑의 아픔을 알게 하소서."

그 기도는 이루어졌다. 나르키소스는 어느 날 사냥하다가 숲 속의 샘물에 비친 자신의 얼굴에 반해 버렸다. 그는 물에 비친 제 모습에 넋을 잃고서 그만 그와 사랑에 빠진 것이다. 그는 이룰 수 없는 사랑으로 괴로워하며 울부짖었다.

"숲이여, 나보다 더 아프게 사랑하는 자를 본 적이 있는가? 내가 사랑하는 자는 여기에 있다. 그러나 아무리 손을 내밀어도 끝내 닿지 못하는구나. 내 사랑이 나를 피하는구나."

결국 그는 사랑의 슬픔을 이기지 못하고 시름시름 앓다가 죽음을 맞이한다.

왜 갑자기 나르키소스 이야기를 하느냐고 의아해할 사람들이 있을 것이다. 그 이유는 다름이 아니라 신화 속에 등장하는 수많은 인물 중에서 나르키소스가 21세기를 살고 있는 우리와 가장 많이 닮아 있기 때문이다. 어떻게 닮아 있느냐고? 그걸 설명하려면 잠시 우리가 사는 세상을 들여다볼 필요가 있다.

언제부터인가 세상을 지배하는 자본의 논리는 인간의 가치도 물질적 대상과 마찬가지로 교환과 소비의 대상으로 취급한다. 그 속에서 사람들은 모두 자신을 최상의 상품으로 꾸미기 위해 열을 올린다. 위장이라도 해서 자기 자신의 가치를 스스로 높이지 않으면 금세 도태되고 끝내는 버려지고 마니까.

한 고등학교 선생님이 교실 칠판 상단에 '대학은 평생 나의 브랜드'라는 문구를 걸어 놓아 성적 향상에 효과를 봤다는 말을 한 적이 있다. 자신만의 노하우라는 듯 의기양양한 그 선생님이 했던 말,

"요즘 애들은 브랜드 없는 건 안 사잖아요. 그래서 너희도 좋은 대학의 브랜드를 달아야 사회에 나가 잘 팔린다고 한 거죠."

당시에는 강한 거부감으로 고개를 돌렸지만 생각해 보면 사회의 단면을 적나라하고도 무섭게 보여 주는 말인 듯하다. 사람들은 이 사회 속에서 성공의 겉모습에 집착하며 '자기 수양' 보다는 '이미지 획득'에 의한 '자기 영달' 에 목숨을 건다. 자신의 능력과 업적 자체보다 더 중요한 건 다른 사람들의 인정과 환호다.

사회학자 라쉬에 의하면 다른 사람들의 경탄과 선망이 그의 성공의 지표가 될 때 사람들은 최선을 다하는 와중에도 끊임없는 불안감에 시달리게 된다고 한다. 다른 사람들의 경탄과 선망은 언제든지 사라질 수 있는 위태로운 것이므로. 그렇지만 성공할 수만 있다면 그것 정도야 못 참겠는가. 정작 슬픈 현실은 아무리 노력을 해도 경쟁에서 이기는 자보다 지는 자가 훨씬 더 많다는 사실이다.

때문에 사람들은 점점 더 섬처럼 고립되면서 스스로에게도 소외되고 고독해진다. 그러나 개인이 감정을 가질 때 공동체가 흔들린다는

걸 아는 사회는 사람들이 고독감을 깨닫지 못하도록 의식적으로 여러 완충물을 제공한다. 쏟아지는 광고와 홍보의 홍수는 상품의 소비가 행복으로 가는 길인 양 떠들어 대고, 새로운 욕구를 창출하기보다는 자신만이 뒤떨어지고 소외될지도 모른다는 불안감을 야기시켜 그 본연의 목적을 이루려 한다. 더구나 넘쳐 나는 자극에 무방비 상태로 노출된 우리의 마음은 자신의 욕구를 주체하지 못하고 순간순간의 욕구 충족을 좇게 한다. 모든 것―우리의 정신조차도―은 파편화돼 총체성과 통합성을 잃어버리고 그저 순간마다 각자의 '전체적 자기(whole self)'가 아닌 '부분적 자기(part self)'로 관계할 뿐이다. 사람들은 서로를 쉽게 믿지 못하고, 많은 일의 배경을 의심하며, 자기 자신조차 확신하지 못한다.

이제 사람들은 '마리보적 존재(marivaudian being)'가 되어 간다. 마리보적 존재란 매 순간 새롭게 태어나는 과거도 미래도 없는 인간으로서, 역사를 가지지 않는다. 과거에 흘러가 버린 것으로부터는 아무것도 뒤따르지 않게 되고 그는 끊임없이 놀라게 된다. 일어나는 일들에 대한 자기 자신의 반응도 점검할 수 없는 상태에서 또다시 일어나는 일들이 쉴 새 없이 그를 엄습한다. 숨 막히고 현혹되는 상황이 그를 둘러싸고 있다.

이러한 모든 문화가 응축되어 만들어 내는 것이 바로 나르시시스트다. 나르시시스트의 성격은 우선 병적인 자기 과대를 특징으로 한다. 그들은 어릴 적 어머니의 적절한 공감과 사랑을 받지 못하고, 자신의 욕구에 맞춘 사랑이 아닌 어머니의 일방적인 사랑에 깊은 소외와 원망을 느끼게 된다. 이런 아이들은 열등하고 무기력한 진짜 자기 모습을 감추려 하고, 없어도 있는 듯이 위장을 하고, 못하는 것도 잘하는 양 으스댄다. 그리고 점점 성장해 감에 따라 무기력하고 약한 자기의 모습을 방어하기 위해 고도의 기술들을 발달시키는데, 이것이 몸에 익어 '과대 자기'의 모습이 된다. 그러나 이러한 자기 과시적인 만족은 실체가 없는 거품 같은 것, 물 위에 비친 자기 환영과 같은 것이기 때문에 늘 타인의 경탄과 환호가 있어야만 유지될 수 있고, 그래서 이들의 인간관계는 단지 자기만족을 위한 착취적인 수단으로 전락한다.

나르시시스트들은 그때그때 자기 욕구에만 충실할 뿐 타인의 감정을 공감하거나 헤아리지 못한다. 그러나 이들의 '자기'는 타인이란 존재가 없으면 생존할 수 없는 것이기에 나르시시스트들은 항상 만성적인 불안과 공허에 시달린다. 이런 모습은 마치 나르키소스가 샘물이 없는 데선 자기 모습을 볼 수 없는 것과 같은 이치라고 볼 수 있다.

자기 자신에 대한 확신이 결여된 사람은 자신의 감정에 대해서도 확신이 없다. 그래서 나르시시스트들은 이상화한 관계의 전형을 좇아 모방하기에만 급급할 뿐 진심에서 우러나와 자발적이고 자연스럽게 다른 사람과 관계하는 법을 모른다. 그들은 표준화된 대인 관계의 지침서를 필요로 하며, 그 지침서에 따라 가장 이상적이라고 평가된 관계 유형을 맺고는 비로소 안심한다. 즉 자신의 감정이나 판단에 따라 행동하지 않고 그들이 읽은 교과서에 따라 행동하려 애쓰는 것이다. 그러나 이러한 노력의 결과는 오히려 소외를 가중시킬 뿐이다.

생각해 보라. 열 명의 학생이 학교가 끝난 후 각자의 집으로 돌아갔는데 열 명의 어머니가 똑같은 말로 아이를 맞이하는 장면을, 열 명의 남편이 퇴근하여 집에 들어갔을 때 그네들의 부인이 비슷한 말과 행동으로 남편을 맞이하는 장면을……. 이렇게 정형화된 관계 속에서 사랑은 공허한 것이 되며, 관계를 깨지 않는 것만이 중요해지고, 사람들은 감정적으로 더욱 소외된다.

나르시시스트들의 사랑 방정식

자신만의 성을 높이 쌓고, 이상적으로 보이는 관계를 유지하는 자신에게 만족하며, 메아리 없는 세상에서 숨죽이고 사는 나르시시스트들. 그들이 하는 사랑의 특징은 감각적이고, 순간적이며, '감정이 배제된 성'이 사랑을 대치한다는 점이다.

그들은 '자아 이상(ego-ideal)'을 상대에게 투사시켜 그 사람을 사랑함으로써 자기의 이상이 실현되는 듯한 착각을 즐긴다. 상대를 온전히 사랑하는 것이 아니라 상대 속에 투사된 자기의 이상을 사랑하는 것이다. 이것은 샘물에 비친 자기의 모습과 사랑에 빠진 나르키소스를 연상시킨다. 자기의 이상을 사랑하는 그들은 상대방을 공감하고 사랑하는 능력이 결핍되어 있기 때문에 상대에게 실망스러운 점이 발견되면 곧 상대를 평가 절하하고 극심한 분노를 일으킨다.

더구나 그들은 친밀한 관계를 견디는 힘이 약하다. 친밀해진다는 것은 서로의 감정을 공유하는 것이다. 이는 서로의 단점을 발견하고, 서로의 내면에 있는 감당하기 힘든 공격성이 노출되어 서로를 파괴할 가능성을 내포하고 있다. 때문에 나르시시스트들의 사랑은 감각적으로 되어 가고 순간적이고 가벼운 즐거움만을 주는 성욕화한 관계가 되기 쉽다.

감정이 메마르고 일상생활에서의 작은 기쁨들이 사라질 때 사람들은 더 많은 자극을 위해 본능적 욕구에 몰입한다. 그로 인해 성은 일상생활의 많은 부분을 지배하며 성적인 쾌락은 그들이 가질 수 있는 주요한 쾌락의 원천이 된다. 이제 성은 사랑하는 상대의 존재를 전체적으로 지각하고, 합일의 과정을 통해 인간관계의 의미를 심화시킬 수 있는 건강하고 창조적인 힘을 상실하고 만다. 그들은 오로지 성을 도구로 삼아 자신의 쾌락에 몰두할 뿐이다. 순간적 욕망을 다스릴 힘이 약한 그들에게 순간적인 성적 만족감은 행복의 척도가 된다.

게다가 '누구나 즐길 수 있는 상쾌한 성'과 '구속력 없는 약속'이라는 진보적인 이데올로기의 등장은 이전까지 있어 왔던 성의 비인격화에 대한 비판을 무마시키면서 성으로부터 감정적 이탈을 기꺼이 달성하게 한다.

그러나 성에는 누구도 어쩌지 못하는 강렬한 감정이 붙어 있다. 성은 일찍이 부모와 가졌던 뒤얽힌 관계에 대한 기억을 되살리면서 그 기억 속에 내재해 있는 여러 소망, 욕망, 두려움, 죄책감 등을 불러일으킨다. 이렇게 서로에게 더욱 집착하게 되거나 아니면 더 친밀해질 수 있는 위험성을 내포하고 있기 때문에 나르시시스트들은 성과 감정을 더욱더 분리하여 이해하려 한다. 이제 순전히 성을 위해 존중되는 성은 영속적인 관계에 대한 어떤 희망도 가져다주지 않는다. 오히려 역으로 영속적인 관계에 대한 두려움만을 가져올 뿐이다.

그런 나르시시스트들이 좋아하는 사랑의 공간이 바로 사이버 공간이다. 그곳에선 자신이 원하는 것만을 상상하고 감당하는 게 가능하다. 사이버 공간 자체가 나의 상상에 대상을 맞추어 나갈 뿐 상대의 존재에 대한 실체적 느낌은 알 필요가 없는 곳이기 때문이다. 그러므로 사이버 공간 안에서의 사랑은 서로에게 자신의 내부를 침범당할 위험성이 적으며, 차가운 계약적 관계 안에서 적당히 즐기는 순간적이고 감각적인 사랑이 가능하다.

영화 '아메리칸 사이코'를 보면 이러한 현대 나르시시즘의 인간이 적나라하고 극단적으로 나타난다.

주인공 패트릭 베이트먼은 최고의 아파트에서 값비싼 화장품과 향수에다 최고급 옷으로 온몸을 치장하고, 누구나 부러워하는 식상에 다닌다. 그러나 누군가 자기보다 조금이라도 나은 것을 가지고 있는 것을 보면 견디지 못한다.

그는 어느 날 거리의 부랑아를 이유 없이 죽인다. 이후 그의 살인 행각이 시작되는데, 그는 자신의 것보다 좋은 명함이나 옷, 아파트를 가진 동료를 거침없이 죽여 수집하듯이 옷장에 걸어 놓는다. 또 비싼 콜걸을 불러 섹스를 한 후 잔인하게 난도질해 죽인다. 그는 살인과 섹스, 약혼녀와의 이별 등 그 어떤 것에도 아무런 감정 반응을 보이지 않는다. 단지 자기보다 나은 것을 지닌 사람을 보면 걷잡을 수 없는 분노에 휩싸여 상대를 죽여 없앰으로써 자신이 최고의 위치에 있다는 것을 확인할 뿐이다.

말하자면 자신의 열등감을 자극하는 대상은 그가 누구이건 가차 없이 죽여 버리는데, 이는 자신의 과대 자기를 손상시키는 상대에 대한 무차별적인 분노 반응인 것이다. 그래서 '해고당했다' 는 부랑아의 말을 듣자마자 '너 같은 쓰레기는 없어져야 한다' 며 그를 잔인하게 죽여 버리고, 여자들은 자기에겐 없는 젖가슴과 자궁을 가지고 있고 자기의 정액을 빨아들여 일시적으로 거세시키는 위험한 존재이기 때문에 사정 후 무참히 죽여 버림으로써 상대에 대한 자신의 우월함을 확인한다.

그러나 그런 주인공이 사실은 벌레 한 마리 죽이지 못하는 심한 겁쟁이라는 것이 다른 사람의 입을 통해 드러난다. 결국 현실에서의 겁 많고 유약한 주인공이 살인이라는 엽기적 환상을 통해 대리 만족을 했던 것이다. 바로 이러한 점이 환상과 현실을 똑바로 구분하지 못하는 나르시시스트의 취약한 자아 구조를 보여 주는 지점이다.

영화에서 주인공의 약혼녀가 파혼을 통보받은 후 레스토랑이 떠나갈 듯이 크게 울다가, 곧 눈물을 닦고 희희낙락하는 모습 또한 매우 상징적이다. 나르시시스트들에겐 어떠한 감정도 지속됨이 없이 모든 것이 그저 파편화한 상태로 존재한다는 사실을 극단적으로 보여 주고 있는 것이다.

그래서 오늘도 나르키소스의 후예들은 쉽게 사랑하고, 쉽게 헤어진다. 병적인 자기 과대가 발달한 그들에게 가장 참을 수 없는 고통은 자신이 다른 사람으로부터 상처받았다는 사실이다. 그래서 헤어질 때 슬품을 느끼기보다는 아예 자신의 감정을 거두어 버리고 아무 일도 없다는 듯이 쉽게 돌아서선 곧 다른 대상을 찾아 나선다. 감각적이고 순간적인 사랑을 즐기다 쉽게 좌절하고 분노하고, 그 책임을 얼른 상대에게 전가하며 쉽게 헤어지는 것. 이것이 나르시시스트들의 사랑 방정식인 것이다. 그들이 어찌어찌 관계를 유지시켜 결혼에 골인했더라도 이혼율이 높은 건 어쩌면 당연한 건지도 모른다. 그들에게 결혼은 서로 다른 사람이 사랑이란 감정을 토대로 가정이란 건축물을 함께 세워 가는 과정이 아니다. 그저 다른 사람을 통해 자신의 욕구를 충족하고 자신이 얼마나 이상적인 생활을 유지하는가를 보여 주는 척도일 뿐이다.

당신도 혹시 나르키소스의 후예인가? 만약 당신이 나를 찾아와 "나는 정말 그를 사랑하는 걸까요?"라고 묻는다면 나는 이렇게 답해 줄 것이다.

"지금 당신에게 필요한 건 딱 하나입니다. 상대방을 의심하기 전에 당신을 돌이켜 보십시오. 사랑이 잘 안 되는 원인들을 무조건 상대편에게 몰아세우는 일일랑 그만두고 말입니다."

연상 연하 커플이 유행하는 이유

대학교 4학년 여대생 은비 씨. 졸업을 앞두고 오랜만에 친한 친구들과 커플끼리 모였다. 그런데 그녀는 그날 몹시 기분이 상했다. 나가 보니 동갑내기인 그녀의 남자 친구가 남자들 중 나이가 제일 많았던 것이다. 거기까진 괜찮았다. 그중 나이가 가장 어렸던 남자가 그녀보다 네 살 아래였는데, 그가 그녀를 '은비 씨'라고 부르는 것이었다. 참고로, 그녀는 집에 가면 그녀에게 꼼짝 못하는 두 살 아래 남동생이 있다. 그녀는 순간적으로 무척 당황했지만, 그는 친구의 남자 친구 자격으로 동석한 사람이 아닌가. 기분은 상해도 웃으며 넘어갈 수밖에…….

요즘엔 남자가 여자보다 어린 연상 연하 커플이 참 많다. 분명 예전에는 드물던 현상이다. 이러한 변화의 원인은 무엇일까? 물론 여러 각도에서 분석할 수 있겠지만, 나는 정신분석학적인 측면에서 견해를 밝히려 한다.

나는 우선 모든 사랑의 원형은 부모와의 사랑이라는 점에 착안한다. 일반적으로 아들은 어머니 같은 여자를 원하고, 딸은 아버지 같은 남자와 결혼하고 싶어한다.

요즘 부모 세대들—나 역시 여기에 속하지만—특히 어머니들이 자식에게 휘두르는 힘이 막강하다. 어머니들은 젊었을 때 사회에서 받은 여성으로서의 좌절을 자식을 통해 보상받고 싶은 심리 때문에 자식에게 지나치게 집착하는 경향이 있다.

여기에 한몫하는 것이 아버지의 부재다. 요즘 대부분의 가정생활은 아이들 중심으로 돌아간다. 그리고 유난히 밀착된 어머니와 아이의 관계는 그 사이에 아버지가 비집고 들어갈 틈을 안 준다. 그래서 아버지의 전통적인 권위가 사라진 지금, 그들이 자식에게 줄 수 있는 것은 애정 이외에는 별로 없게끔 되어 버렸다. 그로 인해 아이가 어머니로부터 독립할 수 있는 기회는 더욱 박탈되고 말았다.

어머니가 이와 같이 아이에게 집착하는 경향은 아들일 경우 더 심해진다. 아들은 어머니에게 있어 자신에게 없는 남근의 대치물이 되기 때문이다. 때문에 이러한 환경에서 자라난 남자는 성인이 되어 자신이 의지하고 보호받을 수 있는 나이 많은 여성을 더 선호하게 된다. 반대로 딸들은 예전에 내가 클 때에 비해 보다 독립적으로 자라게 된다. 그러다 보니 누군가 자기 위에서 군림하려 드는 것을 참지 못한다. 게다가 과거보다 여성의 사회 진출이 훨씬 많아졌다. 그러니 여성들이 가부장적인 남성을 싫어하고, 오히려 자신이 보살피고 안심할 수 있는 연하에게 끌리는 건 어쩌면 당연한 현상이 아닐까?

그러나 아직도 연하 남자는 쳐다도 보지 않는 여자들도 있다. 특히 은비 씨의 경우처럼 한두 살 아래 남동생이 있는 경우라면. 그러나 이들도 요즘 어디 가서 동생 같은 남자를 사귀는 여자들을 봐도 드러내 놓고 흉보지 못한다. 그랬다가는 주변 친구들에게 가당찮은 오해를 살 것이 뻔하니까. 연하 남자 사귈 능력 없으니, 괜히 질투한다고.

연하 남자를 사귀는 것이 여성의 '능력'이라는 새로운 가치는, 이렇게 또 한 무리의 여성들에게는 스트레스가 되고 있다.

결혼
MARRIAGE

몇 년 전 라디오에서 들은 이야기다. 미국의 한 결혼 정보 회사에서는 고객이 원하는 상대의 성격이나 사소한 습관, 일상생활의 세부 사항까지 낱낱이 파악해서 서로 잘 맞는다고 평가되는 짝을 만나게 해 준다고 한다. 그 회사의 고객들은 대부분 돈은 많은데 너무 바빠서 사람을 만나 일일이 자신과 맞는지 맞춰 볼 시간마저 없는 사람들이며, 한 번 의뢰에 1억원이라는 비용을 기꺼이 감당한단다.

그렇게 해서라도 인간이 결혼을 하는 이유는 '둥지'를 필요로 하기 때문이 아닐까 싶다. 우리는 어릴 때부터 결혼하기 전까지 가정이라는 둥지와 부모라는 튼튼한 울타리의 보호를 받으며 생존하고 성숙한다. 그리고 그 안에서 우리 자신의 정체성을 찾아 왔기 때문에 때때로 고개를 저으며 벗어나고 싶어하면서도 결국 그 안에 있을 때 비로소 편안함을 느낀다. 덕분에 아직은 혼자 살려는 사람보다는 결혼하려는 사람이 훨씬 더 많고, 동거를 하다가 헤어진 사람들도 계속 다른 상대를 찾아 다니는 것이다.

하지만 그 결혼이라는 걸 하기 위해 통과해야만 하는, 결혼의 성립 조건들은 시대에 따라 참 많이 달라지는 것 같다.

나의 부모님은 같은 고향 출신이지만 사진만 보고 서로 얼굴 한 번 보지 못한 채 결혼식을 올리셨다. 그리고 다섯 남매나 되는 우리 형제들을 잘 키우셨다. 지금은 아버지는 돌아가시고 어머니만 홀로 지내신다. 그런데 어머니는 요즘도 말씀하신다.

"다시 태어나도 너희 아버지랑 결혼할 거다."

사실 아버지는 무척 고지식하고 엄격하셨다. 그리고 허용하는 것보다는 금지하는 것이 훨씬 많았다. 그래서 언젠가 어머니께 '어떻게 저렇게 답답한 남편과 같이 사느냐'고 괜한 투정을 부린 적도 있다. 그 질문에 담담히 웃기만 하시던 어머니를 이해할 수 없었는데 지금은 어렴풋하게나마 이해가 될 듯도 하다.

생각해 보면 사실 아버지가 어머니보다 더 마음이 약하셨던 것 같다. 우리 가족에게 가슴 아픈 일이 생겼을 때, 밤늦은 시각에 어머니가 울고 계신 아버지를 위로하는 소리를 듣고 한참을 부모님 방 밖에서 서성였던 기억이 있다. 어머니는 항상 부드럽고 자상하셨지만 집안에 힘든 일이 있을 때면 어디에서 힘이 솟는지 그 작은 체구로도 가족을 든든하게 지탱해 주셨다. 그렇게 두 분의 강약이 잘 맞았던 것 같다.

어머니는 요즘도 가끔씩 철없을 때 내가 한 말을 하시면서 그러신다.

"어떻게 저렇게 답답한 남편하고 같이 사느냐, 나 같으면 절대 같이 안 산다고 했지? 근데 난 네 아버지하고 지낼 때가 가장 행복했단다."

그렇게 투정을 부리던 나도 결혼이란 걸 했다. 그런데 내가 결혼하던 25년 전만 하더라도 결혼은 선택 사항이 아니었다. 그저 사람이 숨 쉬고 사는 게 당연한 것처럼 결혼도 당연히 해야 하는 것이었다. 물론 결혼의 조건은 내 부모님 시대와는 달리 사랑이었다. 그리고 그 사랑 안에서는 모든 것이 가능하리란 꿈을 꾸면서 결혼을 했다. 내가 짝사랑하던 사람은 따로 있었는데, 그 고민을 들어 주던 과 동기 남자 친구가 지금의 내 남편이 되었다.

하지만 나에게 결혼 생활은 어머니 시대의 가정적인 삶과 가정에 속박되지 않고 나를 찾으려는 나의 삶이 부딪치면서 만들어 내는 긴장의 연속이었다. 그래서 어느 날 어머니께 또 한 번 투정을 부린 기억이 있다.

"왜 그때 제 결혼을 말리지 않으셨어요?"

"내가 반대했으면 네가 그만두었겠니?"

하긴 그랬다. 아버지의 고집 센 성격을 닮아, 살아생전 아버지조차 내 고집을 꺾지 못할 정도였으니까. 나는 요즘 다 자란 딸을 보면서 생각한다. 저 아이가 결혼할 때에는 결혼 조건이 어떻게 바뀔까? 내 딸은 나에게 어떤 투정을 부리게 될까? 과연 그때도 사랑의 최종 결과물로서 결혼을 이야기하며, 결국 '결혼은 사랑의 무덤이다'라는 결론을 내리게 될까?

언젠가 책을 읽다가 무척 놀란 적이 있다. 결혼에 사랑의 개념이 도입된 것은 18세기 자본주의가 태동하고 부르주아가 등장한 이후라는 내용을 읽으면서였다. 그 전까지만 해도 사랑과 결혼은 별 관련이 없었으며, 그때의 결혼에 기초가 된 건 서로의 사랑이 아니라 경제적 상황이었단다. 사랑의 최종 결과물이 당연히 결혼이라고 생각하던 나에게 그것은 정말 충격적인 이야기였다. 내가 아무리 자유롭다고 외쳐봐야 시간의 역사성 안에서 자유로울 수 없다는 사실이 무서워서였다.

아마 그때부터였던 것 같다. 사랑과 결혼을 연결시키는 시대적인 풍토에 관심을 가지고 그 구조를 파헤치면서 문제점들을 짚어 보기 시작한 것이. 그리고 사랑과 결혼의 연결 고리들을 파헤쳐 가면서 나는 깨달았다. 이제껏 내 남편에게, 그리고 나 자신에게 왜 그러느냐고 짜증을 부린 일들의 많은 부분이 결코 우리가 해결할 수 없는 문제였음을 말이다.

진짜 사랑하는 사람과는 결혼하지 말라고?

달라이 라마는 언젠가 그런 말을 한 적이 있다.

'낭만적인 사랑은 이룰 수 없는 환상에 바탕을 둔 것이어서 절망의 씨앗이 될 수 있다.'

왜 달라이 라마가 그런 말을 했을까. 육체와 영혼의 합일을 통해 불완전한 두 개인을 완전한 전체로 만들어 주는 사랑의 이상향, 낭만적 사랑이 왜 절망의 씨앗이란 말인가? 그럼 결혼을 통한 낭만적 사랑의 완성 또한 다만 꿈일 뿐 현실은 비극일 수밖에 없단 말인가? 그럼 정말 사람들의 말처럼 진짜 사랑하는 사람과 결혼하면 안 되는 걸까? 혹시 이것은 낭만적 사랑을 질투하는 사람들이 만든 잘못된 정의는 아닐까?

연인들을 지켜보는 사람들은 자신들이 배제된 두 사람만의 사랑을 질투한다. 이것은 어릴 적 부모의 닫힌 침실 문밖에서 자신만이 배제되었던 기억과도 연관이 있는 것으로, 주변과 격리된 채 서로에게만 몰두하고 있는 연인들에 의해서 더욱 강화된다. 그러니 이들의 사랑이 주변에 절망을 안겨 줄 가능성은 있지만 이들 자신에게는 어떻게 절망의 씨앗이 된다는 말인가?

우리가 깨야 할 편견은 낭만적이고 열정적인 사랑만이 진실한 사랑이라고 믿는 것이다. 열정은 가끔 예고 없이 우리를 방문하여, 삶의 의미와 희열을 맛보게 하고, 그럼으로써 다시금 희망과 기쁨을 안고 인생을 살아갈 수 있게 하고, 애정과 감사의 마음으로 주변을 대할 수 있도록 해 준다. 그런 의미에서 어쩌면 열정은 인생이 우리에게 주는 최상의 선물일지 모른다.

하지만 매일 받는 선물은 더 이상 선물이 아니다. 단테의 작품 『신곡』의 '연옥' 편에 나오는 프란체스카와 파울로처럼 떨어지지 못하고 붙어만 있는 것은 또 하나의 형벌일 뿐이다. 서로 다른 사람이 다른 목소리와 생각을 가지고 항상 붙어 있다는 게 어떻게 선물이 될 수 있겠는가.

그래도 평생을 열정적인 사랑에 빠져 살길 바라는가? 그러면 과연 행복할까? 그것이 가능하긴 한 걸까?

글쎄다. 왜냐하면 우리가 쓸 수 있는 우리의 내적 에너지는 한정되어 있기 때문이다. 게다가 사람들에겐 사랑뿐 아니라 자신의 능력을 발휘하는 일 또한 매우 중요한 의미를 지닌다.

그러나 낭만적이고 열정적인 사랑은 외부 세계와는 어느 정도 격리된 채 둘만의 캡슐 속에서 합일의 희열에 몸과 마음을 맡긴 상태이기 때문에, 외부에 돌릴 에너지가 그리 많이 남지 않게 된다. 즉 지속적으로 사랑의 열정에만 에너지를 집중할 경우, 직업적인 성취 혹은 다른 대인 관계의 약화를 가져올 수 있다는 말이다.

'사랑과 결혼'은 '말과 마차'와 같은 것이다. 사랑이라는 말로 결혼이라는 마차를 끄는 상황을 떠올려 보자. 아마 열정적인 사랑으로 마차를 끌면 변덕스럽고, 강렬하고, 외부 환경을 돌아보지 않고 활화산같이 질주하는 말로 인해 마차는 곧 산산조각이 나고 말 것이다.

그런 의미에서 최초의 열정과 사랑을 관계의 핵심으로 여기는 사람들은 결국 결혼 생활에 환멸을 느끼거나 이혼하기 쉽다는 연구 결과를 주목해 볼 만하다.

미네소타 대학의 사회 심리학자 엘렌 버셰이드는 이 문제를 연구한 끝에 열정적인 사랑이 오래가지 않는다는 사실을 이해하지 못하면 관계가 파탄에 이를 수 있다는 결론을 내렸다. 즉 이혼율의 증가와 사람들이 자신의 삶에서 낭만적인 사랑의 경험을 점점 더 중요하게 여기는 것의 상관관계가 높다는 것이다.

그래서 철학자 버트런드 러셀도 낭만적인 사랑을 찬양하면서도 그것이 행복하고 안정된 결혼 생활의 토대가 될 수 없다고 믿었다. 왜냐하면 결혼에는 환상이 개입되지 않은 애정 어린 친밀감이 필요한데,

낭만적인 사랑은 '신비하고 마력적인 안개'로 연인들로 하여금 서로를 진정으로 이해하지 못하게 만들기 때문이다.

특히 사랑하는 사람을 무조건적으로 이상화시킨 경우 결혼 뒤 환상이 깨지면서 쓰라린 고통에 빠질 수도 있다.

그럼에도 불구하고 낭만적인 사랑에 대한 이상적이고 과도한 집착은 멈추지 않고 있다. 그래서 사람들은 열정이 식어 버린 사랑 앞에 절규하며 결혼은 사랑의 무덤이라고 한다. 뭔가 텅 빈 듯한 공허감에 시달리며, 어디에도 정착하지 못하고 꿈과 현실 사이를 유령처럼 떠돌며 방황하기도 한다.

그러나 낭만적인 사랑이란 불꽃처럼 꺼져 버리는 것이 아니라, 결혼처럼 오래 지속되는 사랑이 시작되는 첫 부분이다. 사람들 말대로 현실은 꿈과 다르다. 하지만 생각해 보라. 우리가 진정 사랑하기 때문에 그러한 힘든 인생의 과정을 같이할 수 있는 것이지, 사랑하지도 않는 사람과 어떻게 힘들고 때론 고통스러운 시간을 공유할 수 있겠는가.

변화무쌍하고 예측 불허의 인생을 긍정적으로 안고 걸어갈 수 있게 해 주는 것, 그것은 바로 사랑이다. 나의 짐을 나눌 사람이 있는 것만으로도 한결 그 짐이 가벼워지며, 나의 이야기에 귀 기울이고 나를 진심으로 염려하고 걱정해 주는 사람이 있다는 것만으로도 그 길을 걸어갈 수 있는 힘을 얻게 된다.

문제는 발생하는 갈등들의 원인과 해결 방법을 외부에서 찾으려는 데 있다. 그러다 보니 자연히 좌절하고 화가 나게 된다. 사랑은 고통스러운 현실을 피할 수 있게 해 주는 도피처나 해결사가 아니라, 힘든 인생에서 우리에게 힘을 주고 의미를 부여해 주는 소중한 선물이다. 나의 고통과 어려움은 결국 나 자신이 해결해야 하며, 진짜 사랑하는 사람과 그 과정을 같이한다는 것처럼 축복받는 일도 없을 것이다.

그러므로 우리는 이제 그만 낭만적인 사랑에 대한 오해에서 벗어날 필요가 있다. 낭만적 사랑은 결혼이라는 마차를 이끄는 첫 부분일 뿐임을 명심하고, 결혼 생활의 문제가 모두 낭만적인 사랑이 식었기 때문에 발생한다고 생각하는 태도부터 버려야 하는 것이다. 그렇다면 이런 의문을 제기할 수도 있을 것이다.

'그럼 낭만적인 사랑이 끝난 뒤 결혼이라는 마차를 끄는 사랑은 과연 무엇일까?'

사랑이 식는다는 건 결코 슬픔이 아니다

모든 감정은 나름대로의 굴곡을 갖는다. 해가 하늘 높이 떠서 대낮에 위용을 자랑하다가 슬그머니 황혼과 밤에게 그 자리를 내주는 것처럼 말이다. 영원할 것 같은 사랑의 열정도 어느 시점이 되면 자신도 모르는 사이 희미해진다. 플라톤도 열정이란 갈망과 소유의 중간에 위치한 것으로 소유와 비소유의 궤도를 돌고 있는 것이라 하였다.

그렇기 때문에 열정은 충족되는 순간 사라질 수밖에 없다. 그러나 열정적인 사랑의 감정이 식는다고 해서 사랑이 없어지는 것은 결코 아니다.

왜냐하면 사람이 끊임없이 발달하고 성숙하듯이 사랑의 감정 또한 성숙의 과정을 밟기 때문이다. 보통 사람들은 사랑 하면 으레 '사랑에 빠지는 것(falling in love)'만을 떠올린다. 물론 사랑에 빠지는 건 매우 강렬하고 전혀 새롭고 신비로운 경험이다. 하지만 사랑은 변한다. 사랑에 빠져 있는 것이 사랑의 전부는 아니다. 사랑은 사랑에 빠지는 것으로부터 시작하여, '사랑을 하는 것(being in love)'을 거쳐 '사랑에 머무는 것(staying in love)'이란 단계에 이르는 과정을 거친다.

'사랑을 하는 것'은 사랑에 빠진 연인이 각자 자신의 인생의 방향을 틀고, 각자의 에너지를 한 방향으로 서서히 맞추어 가는 것을 말한다. 이전에 가졌던 흥미는 새로운 것으로 바뀌고, 산발적으로 흩어져 있던 약속들은 철회되고, 부모와 친구에게 향했던 사랑은 사랑하는 한 사람에게 집중된다.

사랑에 빠질 때는 연인을 다른 사람들로부터 분리시킴으로써 이러한 것을 가능하게 하는 데 반해, 사랑을 하는 것은 새로운 세계를 재창조하는 과정으로 시작한다. 그것은 현실 세계 안에서 앞으로의 인생을 같이한다는 것을 의미한다. 그러나 '사랑을 하는' 상태는 아직 외부 환경과 자신들을 분리시켜 놓고 둘만의 결합 속에 있는 단계다.

반면 '사랑에 머무는' 상태는 그들의 사랑하는 관계가 외부 세계와 격리된 것이 아니라 그 안에서 견디어 나가는 단계다.

어쩌면 사랑에 빠지는 것보다 더 어려운 것은 사랑에 머무는 것이다. 물론 열정적인 사랑의 폭풍우 속에서 살아남기도 결코 쉬운 건 아니다. 그러니까 많은 커플이 열정에서 차분한 사랑으로의 탈바꿈을 반갑게 여기고, 편안하고 안전한 관계 속에서 휴식을 하는 게 아니겠는가.

사랑의 열풍이 휩쓸고 지나간 자리에는 많은 것이 남는다. 그 사랑이 어떤 형태였는지, 연인의 신경증적 갈등이 그 사랑에 얼마나 깊숙이 개입해 있는가에 따라 그 자리에는 벌거벗은 사랑의 잔재만이 뒹굴고 있을 수도 있고, 강한 열풍으로 주변이 다 폐허가 될 수도 있으며, 슬픔으로 가득 찬 메마른 땅이 될 수도 있다.

가장 바람직한 것은 그 사랑이 여전히 지속되는가의 문제와 상관없이 사랑이 따스한 미풍으로 바뀌어 여기저기에 인생의 향기를 날라다 주며, 추억의 시간들이 하나의 공간을 이루어 우리에게 돌아볼 수 있고 쉴 수 있도록 만들어 주는 것이다. 그래야만 연인들이 그 따스한 온기 안에서 다시금 새로운 관계를 만들어 갈 수 있게 된다.

애정 어린 결합은 사랑의 열정이 희미해진 후 남게 된다. 그것은 열정적이지도, 어떤 초월의 순간도 제공하지 않지만 항상 연인을 묶어 놓을 수 있는 따스함과 부드러움을 제공하면서 그 관계를 이어 나간다.

낭만적인 사랑을 통해 결혼에 골인하여 살고 있는 한 부부를 떠올려 보자. 그들은 각자의 일을 갖고 있고, 서로의 필요에 부응하며, 서로에게 관심과 배려를 쏟는다. 그들은 서로가 없으면 자신의 인생이 매우 초라해질 것이라고 느낀다. 물론 그 관계 안에서 성적인 절박함은 사라질지도 모른다. 또 그들 안에는 분노와 혐오, 지루함, 그리고 증오가 있을 수 있다. 혹시 자신들이 스스로 감옥에 갇혀 그토록 바라던 색다른 감정을 경험할 기회를 놓치는 게 아닌가 생각할 수도 있다. 이러한 관계는 습관적이고 평범하며, 에로틱한 영혼이 빈곤해지는 듯한 느낌을 주기도 한다.

하지만 사랑에 머물면서 그들은 같이 인생을 걸어가는 상대방을 소중히 하고, 그와의 경험을 소중히 한다. 그것은 그 사람에 대한 충절의 표현이다. 이러한 충절은 두 사람에게 서로를 신뢰할 수 있는 기반을 마련해 준다.

사회학자 라쉬는 사랑에 머물면서 서로가 이러한 애정으로 결합되는 것을 '차가운 세상에 있는 천국'이라 표현했다. 그러한 관계는 우리에게 애정과 가정, 가족의 즐거움, 여유 있는 공간, 집에 있는 듯한 편안함 등을 떠올리게 한다. 그 관계의 가장 좋은 점은 부부가 이제 자신들을 위하여 의미가 가득한 삶의 배경을 구축한다는 것이다. 서로가 만든 추억의 은행을 가지고, 오랜 시간 농담을 나누며, 끊임없이 가족의 신화를 재편집하고, 사진첩을 새것으로 바꾸며, 선물과 맛있는 음식을 나눈다. 가치와 습관, 즐거움을 함께 공유하는 것이다. 이제 연인은 각자의 인생을 확인하고 그들 자신뿐 아니라 그들 주변에 있는 가족과 친구들에게도 충분한 따뜻함을 제공한다.

그러기 위해서 그들은 서로 최적의 거리를 유지할 수 있어야 한다. 다시 말해 서로에 대한 지배와 복종으로 인해 각자가 자율성을 잃어버리지 않으면서도 둘만의 결합을 유지할 수 있도록 해야 한다. 대부분의 연인들에게 최적의 거리감은 두 가지를 의미한다. 그것은 텅 빈 느낌 없이 주기적으로 홀로 있을 수 있는 능력이요, 서로의 친밀감 안에서 자신을 열 수 있는 능력을 의미한다.

연인들에게는 밀착과 분리에 대한 묵시적인 상호 합의가 있어야 한다. 그렇지 않다면 사랑하는 관계는 자신을 침입하는 것으로 여겨지거나, 짧은 순간의 이별도 견딜 수 없는 것이 되고 만다. 그래서 주기적으로 다른 사람들도 돌보고 싶은 욕구가 있음을 밝힐 수 있어야 하며, 상대방이 잠시 떠날 수 있도록 배려해야 한다. 사랑에 필요한 이러한 역설적인 거리를 가장 잘 유지할 수 있는 사람은 자율성이 흔들리지 않으면서도 결합을 달성할 수 있고, 자아의 붕괴 없이 고독을 견딜 수 있는 사람이다.

또한 연인들은 속박된 관계 속에서 서로에 대한 환상이 깨지는 것에 스스로 대적할 수 있어야 한다. 그러기 위해서는 상대방에 대한 어느 정도의 좌절을 견딜 수 있어야 하며, 사랑하는 사람의 성격이나 태도 등에서 불가능한 완전성을 요구해서는 안 된다.

이런 면에서 볼 때 결혼을 하고 그것을 잘 유지하는 것은 부분적으로는 인생을 균형 잡힌 시각으로 볼 수 있는 개인의 기질에 달려 있다. 사랑을 하려면 어떤 부정적인 측면은 무시하고 눈감아 버리거나 부인하고 잊어버릴 수 있어야 한다.

열정은 노력하는 자의 몫이다

만일 우리의 부모가 이처럼 사랑에 머무는 관계에 있다면 우리는 매우 운이 좋다고 생각한다. 그런데 왜 우리 자신에게 원하는 것은 그런 동반자적인 관계가 아닌 좀 더 열정적인 관계일까. 그리고 그러한 바람은 왜 남편과 혹은 아내와 그런 열정을 되살리기 위한 노력으로 이어지기보다 또 다른 사랑을 꿈꾸는 것으로 이어지는 걸까. 부부 사이에 열정이 사라졌다고 그것이 다시 찾아오지 말란 법은 없다. 열정은 부부 사이에도 각자가 얼마나 노력하느냐에 따라 계속해서 피어날 수 있다.

우선 둘 사이에 서로 열정적인 사랑에 빠지겠다는 합의가 암묵적으로 이루어져야 한다. 한 사람만의 노력은 둘 사이에 더 큰 상처만을 남기기 십상이다.

그리고 상대방을 알면서 생긴 친밀감과 안정감을 유지하면서도 상대에 대한 새로운 면모를 알아내기를 게을리 하면 안 된다. 열정적인 흥분은 새로운 면모를 발견했을 때 나올 수 있기 때문이다. 흥분은 불확실성이나 간헐적인 이별, 외부 프로젝트를 같이 하는 것, 비관례적 행동 등에 의해 촉발될 수 있으나 가장 중요한 것은 자기 자신과 사랑하는 사람의 무의식과 원초적 마음에 접근할 준비가 되어 있어야 한다는 점이다.

왜냐하면 서로의 마음에 대한 정서적이고 심리적인 여행은 서로에 대한 재발견의 기회가 되기 때문이다. 서로의 마음속 깊숙이 숨어 있는 유아적이고 금지된 소망들을 같이 풀어 놓으면서, 유아기 때의 상처나 분노를 놀이를 통해 표출하면서, 우리는 사랑하는 사람을 다시 볼 수 있게 된다. 저런 유치한 면도 있었구나, 그런 행동을 하는 데는 그럴 만한 아픔이 있었구나 하면서 말이다.

사랑의 종착역이 꼭 결혼이어야 하는가는 아직도 의문으로 남는다. 낭만적인 사랑의 신화가 사랑과 결혼의 거리를 더욱 멀게 하는 것을 제치고라도 결혼을 꼭 해야 하는가에 대해 의구심을 품는 사람이 많기 때문이다. 그래도 결혼을 꿈꾼다면 낭만적인 사랑을 제자리에 돌려보낼 필요가 있을 것 같다. 사랑은 빠지는 것보다 유지시키는 것이 더 힘들다는 사실을 명심하면서.

chapter 2

그래도 의심이 풀리지 않는다면
문제는 당신에게 있다

무언가 당신의 사랑을 막는 것이 있다.
그리고 그것은 당신의 내부에 있다. 당신에게는 그것이 무엇인가?

'기억'이 우리에게
주는 교훈

지환 씨가 처음 나를 찾아온 날은 유난히도 예약 환자가 많았던 날로, 그는 좁은 대기실 소파에서 아주 오랜 시간을 기다려야 했다. 겨우 시간이 나서 간호사가 그의 이름을 불렀을 때, 그는 소파에 기대 앉은 채로 잠이 들어 있었다. 나는 탈진 상태인 그가 걱정되어 다음 날 다시 올 것을 권했지만 그는 극구 사양하며 자리에 앉았다. 학생인지 직장인인지 분간하기 어려웠던 그는, 밖에서 비를 맞고 왔는지 젖은 머리가 이마에 붙어 더욱 초췌해 보였고 잠을 제대로 못 잔 듯 눈은 벌겋게 충혈돼 있었다.

'저런 상태에서 절박하게 병원을 찾아온 이유가 뭘까. 여기는 응급실이 아닌데……'

하지만 그의 눈동자는 안정돼 보였고 잠시 후 이야기를 시작한 그의 목소리도 담담하고 침착했다. 그는 스물여덟 살이고, 대학원 마지막 학기라 했다. 그러면 혹시 진로나 취업 문제로 인한 스트레스? 그런데 이러한 나의 어설픈 지레짐작과는 다르게, 그가 꺼내 놓기 시작한 문제는 그의 오랜 여자 친구와 관련한 것이었다.

"여자 친구가 있는데요, 근데 그 친구가…… 얼마 전에 제가 헤어지자고 했더니 수면제를 먹고 자살하려고 했어요. 다행히 빨리 발견돼서 지금 병원에 있는데, 그 친구가 내일 퇴원하거든요. 근데 문제는, 저 때문에 한 사람 죽게 하고 싶지 않지만, 정말 그 친구랑 더 이상 이런 식으로는 못 지내겠어요. 전 그 친구 사귀는 동안 단 한 번도 마음 편하게 다른 친구들을 만난 적이 없어요, 선생님. 저를 어찌나 숨 막히게 하는지, 이러다가는 제가 죽을 것 같거든요. 근데 헤어지자고 하면 자살한다는 식이니, 이제 헤어지자고 할 수도 없고……."

여기까지 말한 그는 너무 격앙되어 말을 잇지 못했다. 그가 다시 진정하기를 기다려 끝까지 들어 보니, 그의 말인즉슨 여자 친구가 너무 그에게 밀착되어 자기를 숨 막히게 한다는 것이었고, 도저히 참을 수 없어 그가 떠나려 하면 그녀가 극단적인 방법으로 위협을 해 온다는 거였다.

며칠 후, 그는 내가 요청한 대로 그의 여자 친구인 정은 씨를 데리고 다시 찾아왔다. 그녀는 보호해 주고 싶은 가냘픈 몸에 여려 보이는 맑은 눈빛을 가지고 있었다. 그녀의 몸 어디서 그렇게 독한 기운이 흘렀는지, 무엇이 그녀를 그렇게 만들었을까 하는 생각에 나는 마음 한구석이 아파 왔다. 그러면서, 나는 그녀의 얘기를 들었다.

"저는 남자 친구를 대학교 1학년 때 처음 만났어요. 지금까지 8년째죠. 그동안 정말 전……, 남자 친구한테 저처럼 잘하는 사람이 없다고 생각했어요. 그 사람 군대 가 있는 3년 동안 하루도 안 빼놓고 편지를 쓴 건 물론이고, 제가 한 번도 그 사람 실망시킨 적 없거든요. 그 사람을 너무 사랑하니까 제가 다 좋아서 한 일이지만, 그 사람도 그래서 더 많이 행복해했어요. 그런데 그 사람이 어떻게 저랑 헤어지겠다는 말을 할 수가 있어요? 제가 뭘 잘못했는데요? 그 사람이 없으면 전 차라리 죽고 말겠어요."

같이 사랑을 했음에도 둘의 이야기는 왜 이리도 다른 걸까? 그들의 기억은 달라도 너무 많이 달랐다.

사실 열 사람이 어떤 사건을 동시에 목격한다 해도, 그들이 사건에 대해 말하는 느낌은 모두 다르다. 왜냐하면 기억이라는 것은 그것이 저장될 당시의 그대로가 아닐 확률이 높기 때문이다. 어떤 사건이나 사물이 우리의 기억 속에 저장될 때, 그것은 본질과는 조금 다르게 변형되어 저장되는 경우가 많다. 우리가 그것들을 이해하고 해석하는 방향에 따라 변형되어 기억의 창고 속으로 들어오기 때문이다. 이렇게 변형된 기억이 훗날 그걸 회상할 때 또 한 번 변형될 가능성이 높다. 즉 회상하는 시점의 소망과 욕망, 감정, 느낌 등이 기억을 떠올리는 데 개입하는 것이다.

때로 기억과 상상을 혼동하는 수도 있다. 대표적인 예로 아동심리학자인 피아제의 일화를 들 수 있다. 그는 두 살 때 유괴 당할 뻔한 기억을 가지고 있었다. 그는 자신은 의자에 앉아 있고, 유모는 납치범들과 싸우던 모습을 세세히 기억하고 있었다. 유모가 얼굴에 상처를 입었으며, 경찰이 와서 하얀 곤봉으로 그 납치범들을 쫓아냈다는 사실까지 기억하고 있을 정도다.

그런데 놀랍게도 그 사건은 아예 일어나지 않은 일로 밝혀졌다. 13년 후 유모는 그의 부모에게 편지를 써서 그 사건은 자신이 꾸며 낸 이야기라고 고백했다. 피아제는 이에 대해 자신이 아마도 그 이야기를 유모에게서 반복적으로 들었을 것이며, 그것을 시각적 기억에 저장해 둔 것 같다고 말했다. 따라서 그것은 기억의 기억이었으며, 거짓 기억이었다.

이와 같이 기억은 주관적이며, 기억하는 사람의 마음 상태와 무의식적 소망에 따라 많은 영향을 받는다. 한 가족이 똑같은 생활의 역사를 밟아 왔음에도 불구하고 각자 기억하고 있는 게 다른 것은 바로 이 때문이다. 어떤 사람은 이것을 기억하고, 다른 사람은 저것을 기억하며, 혹은 한 사건을 놓고도 각자 다른 기억을 하기도 한다. 종종 다른 사람은 다 까마득히 잊고 있는 어떤 일을 오직 한 사람만이 평생 두고두고 기억하면서 속을 끓이는 경우도 있다. 그럴 때면 종종 나머지 사람들은 소심하게 그런 것까지 다 기억하느냐며 핀잔을 준다. 그러나 아무리 사소하게 스쳐 지나가는 것들도 받아들이는 사람의 마음 상태에 따라 큰 상처가 될 수도 있다.

그렇다면 연인들의 경우는 어떨까? 기억의 저장 법칙은 이들에게 있어서도 예외는 아닌 것 같다. 아무리 그들이 친밀한 사이라 해도, 기억의 간극은 어쩔 수 없는 것이 아닐까. 나에게 이런 물음들을 다시 던지게 만든 영화가 있다. 사람들이 영화를 보고 나오면서 "야, 남자가 기억하는 게 진짜냐, 여자가 기억하는 게 진짜냐?"라고 투덜거리게 만들던 영화 '오! 수정'이 바로 그것이다.

조그만 프로덕션의 구성 작가인 수정은 담당 PD인 영수와 같이 일을 한다. 영수는 독립 영화를 제작하는 데 자금 도움을 받고자 수정과 함께 후배인 재훈의 화랑을 찾아가게 된다. 그것이 수정과 재훈의 첫 만남이다. 그 이후의 줄거리는 다음과 같은 이야기로 비유될 수 있다.

'옛날 옛날 늑대 한 마리와 여우 한 마리가 우연히 만났습니다. 그들은 서로 보자마자 필(feel)이 꽂혔습니다. 늑대는 여우의 도톰한 입술과 날씬한 허리에 반했고, 여우는 고급스러운 늑대의 털이 마음에 들었습니다. 늑대는 호시탐탐 여우를 덮칠 기회만 엿보고, 여우는 바람기 많은 늑대를 완전히 휘어잡기 위해, 꼬리를 쳐서 늑대를 들뜨게 해 놓곤 도망가길 반복합니다. 늑대는 그 작전에 말려들어 여우에게 푹 빠지고, 늑대의 마음을 확신한 여우는 드디어 자신을 허락합니다. 여우가 숫처녀였음을 확인한 늑대는 기뻐서 어쩔 줄 모르며, 목숨을 다 바쳐 여우를 사랑하겠다고 맹세합니다.'

하지만 늑대 재훈과 여우 수정의 이야기는 이렇게 단순하게 얘기하기엔 복잡한 면이 많다. 왜냐하면 한 사랑 안에서 재훈과 수정이 각자 다른 기억을 갖고 있기 때문이다. 영화 자체도 다섯 개의 장으로 구분되어 어느 때는 재훈의 기억만을, 어느 때는 수정의 기억만을 따라 이야기를 전개시켜 나간다.

우선 재훈의 기억을 보자. 그의 기억에서 자신은 뭔가 어리숭하고 겁이 많고 소극적이며 남에게 이용이나 당하는, 바보 같은 사람이다. 반면 그는 수정을 보석처럼 신비롭고 순수하며 깨끗한 여자로 기억한다. 그런 재훈이 주로 기억하는 것은 수정과 키스하고 같이 자기 위해 애쓰던 사실이다. 그리고 수정에게 자신과의 키스가 첫 키스였으며, 자신이 첫 남자라는 사실을 알았을 때 기뻐서 어쩔 줄 몰라 하던 기억들이다.

반면 수정의 기억에서 자신은 약삭빠르고 계산적이며 가식적이고 어찌 보면 닳고 단 듯한 모습이다. 바보 오빠의 수음을 도와주며, 다른 남자들과 스스럼없이 키스하고 애무를 나누면서도 재훈 앞에서는 모든 것이 처음인 척 내숭을 떨며 그의 관심을 끌려고 한다. 수정에게 재훈은 부자이며 확신에 찬 믿음직한 남자다. 암울한 상황에 처해 있는 자신을 구원해 줄 믿음직한 왕자님. 그녀가 재훈을 처음 만났을 때 인상 깊게 기억하는 게 그에게 굽실거리는 운전기사와 그의 지갑이라는 사실은 그런 수정의 마음을 잘 대변해 준다. 그래서 수정의 기억은 주로 죄책감을 가질 만한 자신의 이중적 행동과 다른 여자와 관련되어 자신을 화나게 했던 재훈의 행동이 주가 된다.

재훈과 수정의 공통점은 두 사람 모두 자기에 대한 인식과 타인에 대한 인식에 커다란 괴리가 있다는 것이다. 둘 모두 자신을 극도로 평가 절하하고, 사랑하는 사람은 이상화하면서 자신의 부족한 부분을 상대가 보충해 주길 바라는 마음을 갖고 있다.

우리의 마음속엔 자기와 타인에 대한 특정하고 일관된 이미지가 자리 잡고 있으며, 우리는 이러한 이미지에 따라 자기를 인식하고 타인을 인식하게 된다. 내가 인식하는 나는 내가 아닐 수 있고, 내가 인식하는 타인의 모습은 그의 진실된 모습이 아닌 내 임의대로 만든 그의 이미지일 수 있다.

마찬가지로 타인이 인지하는 나는 내가 아닐 수도 있다. 그것은 상대가 임의대로 받아들인 나의 모습일 뿐이다. 여기서 얼마나 왜곡을 적게 하고, 있는 그대로의 나와 타인을 인식할 수 있느냐에 따라 대인관계의 운명이 결정된다. 이런 관점에서 보면 재훈과 수정은 자신이나 타인에 대해 서로 극단적인 인식을 하고 있는데, 그래서 이 둘의 관계가 뭔가 위태위태하게 느껴지는지도 모른다.

이 영화에서 두 사람이 똑같은 일을 각각 다르게 기억하는 방식도 흥미롭다. 재훈의 기억에서 형은 무섭고 말이 통하지 않는 사람으로 이야기되나, 수정의 기억에선 재훈에 대한 이상화가 지나친 나머지 그의 형도 듬직하고 좋은 사람으로 이야기된다.

늦은 밤 재훈과 택시를 타는 수정의 모습도 각각 다르게 각인된다. 재훈의 기억에서 순수하고 깨끗한 수정은 택시를 탈 때 머뭇머뭇하고, 수정의 기억에선 아주 익숙한 듯, 서슴없이 택시를 탄다. 그리고 진한 키스. 재훈이 '좋았다' 고 말하는 수정을 기억하는 반면, 수정은 '처음' 이라며 내숭 떨던 자신의 모습을 기억한다.

안산에 가게 된 이유조차 두 사람에겐 다르게 기억된다. 재훈은 수정과 싸운 뒤 화해하기 위해 찾아간 것으로 기억하고, 수정은 재훈이 자기가 보고 싶어 느닷없이 찾아왔던 것으로 기억한다. 모두 자신이 바라는 대로 그리고 자신에게 유리하게, 기억하고 회상하는 것을 볼 수 있다.

그런데 이 영화는 기억을 변형시키는 데 개입하는 요소로 남녀의 차이도 있음을 말한다. 이를테면 재훈이 가진 사랑의 기억은 주로 성에 대한 것으로, 수정과의 키스나 성 관계를 하지 못해 아쉬웠던 장면이 많다. 골목길에서 재훈이 수정에게 갑자기 키스를 퍼부었던 것은 그의 상상일 가능성이 짙다. 즉 그것은 그가 수정을 바래다주면서 느꼈던 충동이 앞서 얘기한 피아제처럼 그의 기억 속에 각인된 것이다. 왜냐하면 그는 그렇게 대범한 일을 저지를 수 있는 사람이 못 되며, 나중에 수정을 통해 공원에서의 첫 키스에 대한 회상이 나오기 때문이다. 그에겐 오로지 자신이 수정에게 첫 남자라는 사실이 감동스러울 따름이었다.

반면 수정의 기억은 관계에 대한 기억이다. 그녀는 자신이 의도적으로 했던 행동이나 이중적인 행동, 그리고 재훈이 잘못했던 기억을 주로 회상한다. 그리고 그러한 기억에는 주관적 기억의 특징인 강한 감정적 반응이 동반된다.

재훈은 왜 수정과 성 관계를 맺으려 애쓴 기억을 주로 떠올리고, 수정은 왜 재훈과 지속적인 연인 관계를 맺으려고 애쓰는 기억을 주로 떠올린 걸까?

여기서 남자와 여자의 반응 양식의 차이가 드러난다. 인류학적으로 볼 때 남녀 간에 이루어지는 사랑의 첫 목적은 종족 보존이다. 그렇기 때문에 남자는 가능한 한 많은 씨를 뿌리려 하고, 확실히 자기 자손을 낳아 줄 수 있는 여성을 찾는다. 재훈이 수정의 처녀성에 감격하는 이유가 여기에 있다.

반면 여성은 아이를 양육하는 데 경제적으로 든든한 보호막이 되어 줌으로써, 아이를 잘 기르게 해 줄 남자를 바란다. 수정이 재훈의 재력에 끌리는 이유도 여기에 있다. 재훈과 수정은 확실하게 이러한 법칙에 따라 행동하고 짝을 구한다. 그리고 짝을 찾은 후 행복해한다. 그들은 인류의 과업을 완수한 것이다.

그 과정에서 남자는 어떤 사건의 결과(이 영화에서는 그것이 성 관계로 비추어진다)를 중요시하고 그것만을 주로 기억하나, 여성은 과정 자체를 중요시하고 그 과정에 동반되는 감정을 중요시한다. 그리고 같은 사건의 감정적인 측면만을 주로 기억한다. 그렇기 때문에 나중에 부부싸움을 할 때 남자는 주로 결과를 놓고 이야기하고, 여자는 자신이 얼마나 화나고 힘들었는지를 말하면서 서로 어긋나게 된다. 남자는 여자에게 쓸데없이 자질구레한 것만 기억한다고 핀잔을 주고, 여자는 남자에게 그때 자기의 감정이 어땠는지 알아주기는커녕 결과만 가지고 말한다고 화를 낸다.

그러나 사랑하는 사람 사이에 있을 수 있는 갈등이 늘 이렇게 남녀차이에서만 기인한다고 여긴다면, 굉장히 사랑을 단순화시켜서 이해하는 것이 될 것이다. 남녀가 사랑을 할 때는 두 사람의 성별만 다른 것이 아니라, 전혀 다른 배경을 가진 두 인간이 만나는 것이기 때문이다. 이렇게 전혀 다른 두 인간이 만나 사랑을 느끼게 되면, 사랑이라는 감정의 재료를 사용하여 그들이 만들 수 있는 사랑의 모습은 그야말로 천차만별이다. 사람마다 서로 기대하는 사랑의 모습도 다르며, 표현하는 방법도 다르다. 이것은 마치 세상의 그 많은 사람이 다 다르게 생긴 것과 같은 이치다. 사람들이 저마다 사랑하는 모습을 보면 어쩌면 그렇게 다 다른지 놀랄 때가 많다. 사랑의 감정은 깊지만 겉으로는 그 반도 드러내지 않으려는 사람, 반대로 조금만 사랑을 느껴도 그것을 몇 배로 과장해서 드러내는 사람, 얼굴만 보여 줘도 행복을 느끼는 사람, 늘 가까이 있지 않으면 우울해하는 사람, 천천히 조금씩 진행되는 사랑을 답답해하는 사람……. 세상에는 이렇게 말로 다 하지 못할 만큼 다양한 모습의 사랑이 있다.

그럼에도 불구하고 우리가 사랑을 할 때 빠지는 대부분의 오류는 상대를 자신의 기준과 시각에서 해석하려는 데서 시작된다. 예컨대 사랑하는 사람과의 관계에서 어떤 어려움에 직면하게 되면 자신이 가진 가치 기준을 가지고 상대의 태도와 감정을 재단하는 것이다. 그러다 보니 문제가 발생한 원인을 항상 상대편이나 외부적인 환경에서 찾게 된다.

물론 많은 외부적 상황이 우리가 사랑하는 데 장애로 등장하는 것은 사실이다. 그러나 실제로 우리가 사랑하는 사람과 겪게 되는 갈등의 원인 대부분은 나로부터 비롯되는 경우가 많다. 단지, 그 갈등의 원인이 자신의 무의식에 있는 경우엔 자기 자신조차 그것의 존재를 인식하지 못하는 경우가 있을 뿐이다.

우리는 자신의 내부를 들여다보는 일에 무척 약하다. 그러나 자기 자신을 들여다볼 줄 알게 되면, 우리가 세상을 해석하는 방법도 달라진다. 나는 그래서, 당신이 사랑에 대한 의심이 풀리지 않을 때, 그 관계를 다른 각도로 해석해 냄으로써 문제를 하나씩 풀어 나갈 수 있기를 바란다. 그러면 세상은 우리가 어떻게 해석하고 받아들이느냐에 따라 행복할 수도 있고, 비참할 수도 있음을 알게 될 것이다. 그 열쇠는 당신에게 있다.

사랑 없이는
단 하루도 견디지 못하는
당신에게

미라 씨는 스물일곱 살의 전문직 여성이었다. 여성스런 용모에 대인 관계도 원만하고 일도 적극적이고 꼼꼼하게 하는 편이었고 남들 앞에서 좀처럼 화내는 일도 없고, 다른 사람들의 부탁도 흔쾌히 잘 들어주는 사람이었다. 주변 사람들이 이런 그녀를 활달하고 적극적이고 매력적인 여성으로 평가하는 것은 당연해 보였다.

그러나 실상 그녀 자신은 항상 공허하고 외로운 느낌에 힘들어했으며, 자신은 부족하고 사랑받을 가치가 없다는 생각에 우울해했다. 그래서 다른 사람들의 비난에 항상 민감했고, 누군가 자신을 비난하는 듯한 말을 하면 그 당시는 대수롭지 않은 듯 넘기지만 뒤에 가서 혼자 울곤 했다.

미라 씨는 사춘기에 들어서면서부터 항상 누군가를 그리워했던 기억이 있다. 그녀는 주변의 남학생 중 한 사람을 짝사랑하고, 그로부터 사랑을 받는 공상에 빠져 살았다. 공상 속에 있으면 그녀는 모든 근심을 잊을 수 있었다. 그러나 실제로 누군가가 데이트 신청을 하면 황급히 거절하곤 했다. 대학교에 들어가서도 그런 식의 사랑은 계속되었다.

그런 그녀가 딱 한 번 연애를 한 적이 있는데, 상대는 학교 선배였다. 그 사람은 부드럽고 우수에 잠긴 눈빛을 하고 있었다. 미라 씨가 호감을 보이자 그 선배도 반응을 보였고, 이어 그녀는 열렬한 사랑에 빠져 들었다.

그녀는 한시도 그 사람을 보지 못하면 견딜 수 없을 것 같았고, 모든 생활을 그 사람 중심으로 했으며, 그럼으로써 비로소 진정한 행복을 찾은 것 같았다. 그 사람이 옆에 있으면 그녀는 자신감이 생겼고, 이전엔 공허하고 텅 빈 것만 같던 자신이 꽉 채워진 느낌이 들었다. 또 자신을 둘러싸고 있던 세상이 달라 보였고, 자신도 괜찮은 사람이란 생각이 들었다. 그녀는 그제야 처음으로 '이게 사는 것이구나' 하는 기분을 느꼈다.

친구들은 그 사람이 바람기가 많다며 여러 차례 조심하라고 경고했지만 그런 말이 그녀의 귀에 들어올 리 만무했다. 그녀는 친구들과도 멀어지고, 어려운 일이 생기면 곧장 그에게 달려가 조언을 구하곤 했다. 그 사람에게 연락이 없으면 그녀는 안절부절 어쩔 줄 몰라 했고, 그가 조금이라도 기분 나쁜 표정을 짓거나 짜증을 내면 곧 심하게 낙담하여 우울해하고, 계속 그의 사랑을 확인하려고 했다. 그의 요구에 몇 번 성 관계도 가졌고, 성 관계시 별 느낌이 없었지만, 그가 자신을 필요로 한다는 생각에 뿌듯해했다.

그러나 점차 그 사람이 미라 씨를 멀리하기 시작했고, 계속 전화하고 이메일을 보내며 매달리는 그녀에게, 그는 다른 여자가 생겼다며 헤어질 것을 요구했다. 두 사람이 사귄 지 8개월 만의 일이었다. 그녀는 세상이 무너지고 자신이 조각나 부서지는 것 같았다. 이후 그녀는 이전에도 간간이 있던 폭식하는 버릇이 심해져서 감당할 수 없을 만큼 먹고 토하는 습관이 생겼다.

그러던 어느 날 그 선배가 다른 여자와 팔짱을 끼고 가는 것을 보자 극심한 분노가 치밀어 올랐고, 그녀는 그날로 칼로 자신의 손목을 그었다.

하지만 그것도 잠시 그녀는 자신을 위로해 주는 다른 남학생을 짝사랑하게 되었다. 그 남학생은 그녀를 이성으로 좋아한 건 아니었지만, 그녀는 그와의 로맨스를 꿈꾸면서 실연의 아픔에서 곧 회복될 수 있었다. 이후 그녀는 다시 예전처럼 짝사랑에 빠지는 것을 반복했는데, 사랑이 그리워 고통스럽게 헤매다가도 막상 누군가가 앞에 나타나면 전보다 더 기겁을 하고 거절하곤 했다.

미라 씨는 일종의 사랑 중독증이라고 볼 수 있다. 사랑 중독증은 다른 중독증과 마찬가지로 자신의 감정을 조절하기 위해 사랑에 의존하게 되는 것을 말한다. 이 경우 자신이 아무것도 아니며 무가치하다는 절망감 때문에 자신의 안정과 행복을 위해 전적으로 다른 사람의 사랑이 필요하게 된다. 이들에게 사랑은 어느 팝송의 가사처럼 '자신이 원하는 모든 것'이며, 사랑하는 관계를 유지하기 위해서는 다른 어떤 것도 다 희생하며, 그 관계에 집착한다.

미라 씨는 지나친 억제와 버림받고 상처받을 것에 대한 두려움으로 현실적인 관계보다는 상상 속의 관계로 도피해 버린 경우로서, 공상 속에서 끝없이 사랑을 찾아다니면서 환상적인 사랑의 꿈으로 자신을 지탱하고 있었다.

그러나 전형적인 사랑 중독증은 돈 후안이나 카사노바처럼 끝없이 사랑을 탐닉하는 경우를 말한다. 사랑 중독증에 빠진 사람들은 열정적으로 사랑에 빠졌다가, 곧 그 사랑이 식으면 다른 사랑을 찾아 떠나는 것을 반복한다. 그들은 다른 약물 중독과 마찬가지로 사랑에 빠졌을 때의 황홀한 기쁨으로 그들의 무가치감과 정신적인 고통을 잊고 해결하려 든다.

따라서 사랑하는 사람과의 관계에서 처음의 열정적인 관계가 수그러지고 다음 단계로 진입하게 되면 그것을 견디지 못하고 좌절하며, 그 좌절감과 절망감을 극복하기 위해 또 다른 사랑의 열정을 찾아 떠난다.

그러나 이것이 반복될수록 자신감은 더 없어져 가고 그러한 불안감 때문에 더욱더 사랑에 의존하게 되는 악순환이 생긴다. 그들은 자신이 하는 행동을 의식하지 못하며, 사랑에 빠진 순간의 상대방이 바로 자신과 인생을 함께 걸어갈 사람이라고 매번 확신한다.

때로 이 사랑에의 의존은 한 사람에게 고착될 수도 있다. 그 사람 없이는 자신은 아무 의미가 없다는 생각을 하는 것이다. 그럴 경우 그 관계가 아무리 힘들고 비참해도 관계를 유지하는 것이 가장 중요한 일이 된다.

이런 사랑 중독증을 보이는 사람들은 대부분 어린 시절 부모로부터 관심과 애정을 충분히 받지 못한 경우가 많다. 이런 아이들은 아무도 자신을 사랑하지 않고, 아무도 자기에게 필요한 것이 무엇인지 관심을 가져 주지 않는다고 생각한다. 그래서 어른들에 대해 분노를 가지는 한편 자신이 추악하고 나쁘다는 느낌을 가진다.

결국 자신의 내부에 있는 이러한 나쁜 면 때문에 사람들이 자신을 더욱 사랑하지 않을 것이라고 생각해 성인이 되어서도 더 이상 버림받지 않기 위해 누군가에게 매달리려 하게 된다. 그리고 이 세상 누군가가 자신을 완전히 사랑해 주고 보호해 줄 것이라는 간절한 소망을 품고 그 사람을 찾아 헤맨다.

미라 씨도 마찬가지였다. 그녀는 겉으로 보기엔 별 문제가 없는 평범한 집안에서 자랐다. 그러나 그녀가 태어났을 때 아버지는 지방으로 발령이 나서 집에 없었고, 어머니는 몸이 아파서 1년 가까이 누워서 지냈다고 한다.

그런 상황에서 어린 그녀를 따뜻하게 보살펴 주는 사람이 없었다. 게다가 그녀가 두 살 때 남동생이 태어나면서 온 집안의 관심이 남동생에게 쏠렸고, 그녀는 다시 한 번 소외되는 듯한 느낌을 받아야만 했다.

그녀에게는 한번은 남동생이 먹던 우유를 빼앗아 먹다가 심하게 혼나고 매를 맞은 기억이 어렴풋하게 있으며, 귀찮다고 도망 다니는 언니들을 울면서 쫓아다니던 기억이 있다. 그런 그녀는 항상 세상에 대한 두려움과 버림받는 것에 대한 공포를 느끼며 살았고, 공부를 잘하는 것으로라도 인정을 받고 싶어 했다.

그녀를 버티게 해 준 것은 누군가가 이런 상황에서 자신을 구출하여 동화 속 공주님처럼 행복하게 만들어 줄 것이라는 생각이었다.

진정한 사랑이란 서로의 영역을 지키면서 상대를 받아들이고, 서로를 맞추어 가며, 그 안에서 자신과 상대를 발견하고 같이 성장해 나가는 과정이다. 자신의 생존에 필요한 부분들을 상대의 사랑에서 찾으며 그것에 절대적으로 의존하는 경우는 진정한 사랑이라 할 수 없다. 그것은 사랑의 옷을 입은 의존이며, 자신을 소멸시켜 상대의 내부로 함입시키는 과정일 뿐이다.

그러므로 자신의 계획과 흥미, 다른 인간관계를 모두 포기하고 안테나를 오로지 상대의 행동에 세우고 있다거나, 그 사람을 잃을까 봐 불안해하고 버림받지 않기 위해 가능한 모든 행동을 하고 있다면 한번 돌아보라. 그것이 진짜 사랑인지 말이다.

사랑 없이는 단 하루도 견딜 수 없다고 생각하는 당신에게 희망이 될 수 있을지 모르겠지만, 다시 사랑을 시작하며 미라 씨가 내게 했던 말을 전하고 싶다.

"얼굴 본 지 열흘 됐어요. 요즘 그 사람 회사 일 때문에 정신 없거든요. 근데 그런가 보다 해요. 선생님, 저 많이 변했죠? 옛날 같으면 하루만 못 봐도 전화통에 불이 났을 텐데……."

나는 그렇게 말하며 슬며시 웃는 미라 씨가 그렇게 예쁠 수가 없었다. 하긴 사랑을 하는 그 누군들 안 예쁜 사람 있으랴만.

왜 우리는 얼짱과 몸짱에 열광하는가

자그마한 얼굴, 살짝 숙인 고개, 놀란 듯 약간 크게 뜬 눈망울, 호기심 어린 듯 약간 오므린 입술……. 일명 '얼짱 각도'로 찍은 사진들의 공통된 모습이다. 얼짱 각도란 사진에서 얼굴이 가장 작고 예쁘게 나오도록 카메라를 45도 각도로 놓고 찍는 것을 말한다. 그러고 보니 인터넷에 올라와 있는 사진들은 다 비슷비슷한 포즈와 표정을 띠고 있다.

'머리 나쁜 것은 용서해도 얼굴 못생긴 것은 용서가 안 된다'란 말이 있다. 흉악한 범죄를 저지른 범죄자도 오직 예쁘다는 이유 하나로 네티즌의 인기를 한 몸에 받기도 했다. 심지어 그 범죄자에게 면죄부를 주자는 움직임까지 있었을 정도로 얼짱의 위력은 대단하다.

그런데 요즘은 미의 기준이 얼굴을 넘어서서 몸 전체로 확산되고 있다. 일명 '몸짱'이 그것이다. 여자의 경우 몸짱은 허리와 엉덩이 사이의 S라인과 풍만한 가슴 사이의 V라인, 등에서 만들어지는 U라인 등으로 평가된다. 남자는 역삼각형의 몸에 탄탄하게 쭉 빠진 긴 다리, 잘 발달된 넓고 강인한 가슴과 어깨 라인, '王'자를 그리는 복근이 있어야 몸짱이 된다. 특히 소년같이 곱상한 외모의 남성이 이런 몸을 가지고 있으면 사람들은 더 열광한다.

왜 사람들은 얼짱과 몸짱에 열광하는 걸까? 우선은 '보여지는 문화'의 영향이다. 어릴 적부터 텔레비전이나 영화, 광고에 둘러싸여 자란 세대에게는 남들에게 잘 보이는 것, 그것도 아름답고 섹시하게 보이는 것은 곧 성공과 명예를 얻는 길로 인식된다. 여기에 인터넷의 생활화는 '사람'과 '사람'이 아니라 '사람'과 '사람의 이미지'가 관계 맺는 현상을 낳았다. 더구나 이동이 잦은 현대 사회에서 사람들은 스쳐 가듯 만나서 금방 헤어지기를 반복한다.

그러다 보니 상대방에게 얼마나 강렬하게 자신을 각인시키느냐가 중요해진다. 특히 이성에게는 성적으로 강렬하게 어필해야 할 필요성이 생긴다. 그렇지 않으면 금방 마우스를 다른 곳으로 옮겨 가게 될 테니까. 더구나 현대 사회는 성이 상품화되어 사회 구석구석까지 성욕화되어 있는 상태이다. 광고는 구매자들의 성적 욕구를 자극함으로써 상품의 구매를 부추기는 전략을 사용하고, 이러한 광고에 길들여진 사람들은 자신을 성적 대상으로 물화하고 포장하여 세상에 드러내고자 한다.

게다가 요즘 여성들은 자신의 성적 욕구를 더 이상 숨기지 않는다. 그래서 섹시한 남성을 노골적으로 응시한다. 3~4년 전 성적 자극이 배제된 꽃미남을 선호하던 여성들이 자신의 욕구에 좀 더 솔직해지면서 몸짱을 찾고 있는 것이다.

한편 몸짱은 그 사람에 대한 경제적·사회적 예측 척도로 작용한다. 몸짱이 되기 위해서는 체계적인 근육 훈련이 필요하다. 이는 그가 자신의 몸에 시간과 돈을 투자할 수 있는 여유가 있음을 암시한다. 즉 몸짱은 그가 어느 레벨 이상의 사회 계층에 속한다는 것을 암시하는 표식이 된다.

이제 몸에 자신이 없는 사람들은 자신의 몸에 창피함까지 느끼고 위축되어 버리는 시대가 되고 말았다. 어떻게 보이느냐가 중요해진 시대에 사는 사람들은 피곤하다. 늘 거울을 보며 자신을 디자인해야 하기 때문이다.

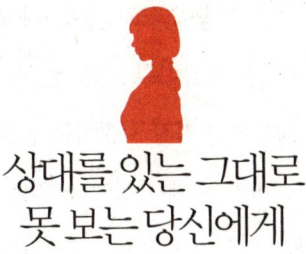

상대를 있는 그대로
못 보는 당신에게

'**인**간이 가진 것이 무엇이건 내일이면 그에게서 멀어지는 것뿐이다. 인간에게 부여된 영원한 소유라곤 한 가지도 없다.'

시인 박목월은 이 한마디를 깨닫는 데 50년 가까운 세월이 걸렸다고 고백했다. 그만큼 욕심이라는 걸 뻔히 알면서도 자꾸만 무엇이든 소유하고 싶어 하는 게 인간이다.

"너를 작게 만들어서 내 주머니 속에 넣고 다녔으면 좋겠어."

이것은 서로에 대한 사랑을 확인하고 싶은 많은 연인이 아이처럼 낄낄거리면서 나누는 사랑의 표현이다. 하지만 나는 이 말 속에 숨어 있는 인간의 무서운 소유욕에 새삼 소스라치곤 한다. 그게 부모가 자식을 '내 새끼'라고 칭하면서 마치 자기의 소유물인 양 다루는 것과 뭐가 다른가. 부모가 자식에게 '내가 입혀 주는 옷만 입어야 하고, 내가 하지 말라는 일은 절대 하지 말아야 하고, 내가 가라는 길만 가야 한다' 고 윽박지르면서 그걸 사랑이라고 믿는 것과 뭐가 다르냐는 거다.

누구나 사랑하는 사람을 소유하고 싶은 욕구를 조금씩은 다 가지고 있다. 나 또한 내가 세상에서 가장 사랑하는 남편과 자식들에게 그런 마음이 하루에도 몇 번씩 드는 게 사실이다. 일단 내 마음에 들지 않는 게 있으면 나는 그들의 바람과 상관없이 그것을 바꿔 놓고 싶어진다. 그러나 잠시 후 '아이고, 이럼 안 되지' 하며 미안하다고 말하고 내 욕심을 스스로 거두어들인다. '피그말리온' 같은 오류를 범할 순 없지 않겠는가.

그리스 신화에 언급된 바에 따르면 피그말리온은 당대의 유명한 조각가였다. 그리고 평생 독신으로 살리라 마음먹은 사람이기도 하다. 그가 그런 결심을 한 데는 그럴 만한 이유가 있었다.

당시 사랑의 여신 아프로디테의 여사제들은 문란한 생활로 인해 여신의 신성함을 더럽혔고, 그 벌로 수치심을 잃어버리게 되었다. 수치심을 잃어버린 여사제들은 급기야 근친상간을 저지르기에 이르렀다. 이를 가까이서 지켜본 피그말리온은 할 말을 잃었다. 여자에 대한 환멸을 느꼈음은 너무도 당연한 결과였다.

이후 피그말리온은 여자를 사랑하는 대신, 그의 모든 열정을 예술 활동에 쏟으며 살았다. 그러던 어느 날, 그는 하얀 상아로 무엇인가를 조각하기 시작했다. 상아를 깎느라 숱한 밤을 지새우며 피그말리온이 조각한 것은 세상에서 가장 아름다운 여인이었다. 조각상을 완성한 뒤 그는 자신이 만들어 놓은 그 여인의 아름다움에 찬사를 금치 못했다. 그러고는 결국 그 조각상과 사랑에 빠져 버렸다. 조각상을 '갈라테이아'라 부르며 값비싼 보석과 호화스러운 옷으로 치장하고, 온갖 꽃을 갖다 바치더니 나중에는 그것도 모자라 조각상을 '아내'라고 불렀다.

아프로디테의 제전 날이었다. 피그말리온도 이 제전에 참석해 제물을 바치고 임무를 다한 후 신에게 이렇게 빌었다.

"신이시여, 원컨대 제게 상아 조각상과 같은 여성을 아내로 주소서."

그러자 그를 측은하게 여기던 아프로디테는 그 말 뜻을 바로 알아차리고 청을 들어주었다. 피그말리온이 집으로 돌아와 조각상을 안고 키스하자, 그녀가 살아 숨 쉬는 인간이 된 것이다.

이처럼 피그말리온의 신화는 해피엔딩으로 마무리된다. 그런데 내가 왜 피그말리온을 닮고 싶지 않느냐고? 행복한 결말이 못마땅해서는 결코 아니다. 오히려 나는 그를 자신의 머릿속에 그리고 있던 최상의 여인을 아내로 맞이하는 행운을 거머쥔 최초이자 최후의 남자라고 생각한다.

이와 같은 사랑은 지금도 계속되고 있다. 1930년대 할리우드 영화의 명콤비였던 여배우 마를레네 디트리히와 감독 요제프 폰 슈테른베르크는 그 대표적인 예다. 두 사람의 관계는 요제프가 그의 데뷔 작품인 '푸른 천사'의 여자 주인공으로 독일에서 무명 배우로 활동하던 마를레네를 발탁하면서부터 시작됐다. 그는 그녀를 완전히 대변신시켰다. 우선 살을 15킬로그램이나 빼게 하고, 이를 뽑아서 광대뼈를 더욱 두드러지게 만들었다. 눈썹은 잡아당겨서 있는 대로 높이 올렸으며, 코에 명암을 주어 좁은 코를 만들고, 머리에는 금가루를 뿌려서 반짝 거리게 만들었다. 그리고 당시로서는 아주 파격적인 의상을 입혀 고급 창녀의 이미지를 갖게 만들었다. 그녀의 변신, 그리고 연인 관계로 발전한 이 콤비는 만드는 영화마다 대히트를 치는 결과를 낳았다. 요제프는 그런 결과에 아주 만족했지만 둘의 관계는 그리 오래 지속되지 못했다.

결국 마를레네는 어느 날 요제프와의 결별을 선언했고, 떠나면서 우울하고 지친 목소리로 이런 말을 남겼다.

"그는 나를 자기의 피그말리온으로 만들 생각밖에 없었어요."

아마도 그 말은 요제프는 피그말리온이었고, 그녀는 그 조각상이었다는 이야기였을 게다. 아무튼 그녀는 붙잡는 요제프를 뒤로 한 채 떠나갔고, 그녀가 떠난 뒤 요제프는 불면증과 신경쇠약에 시달리다가 제2차 세계 대전 중에는 전쟁 선전 영화를 찍어야 할 만큼 쇠락의 길을 걸었다.

혹시 당신은 그녀가 왜 그를 떠났는지 이해가 안 되는가? 아니 그렇게 변신시키고 대스타로 키워 주었는데 어떻게 그를 배신하고 떠날 수 있느냐고 말하고 싶은가? 그러나 나는 마를레네가 요제프를 떠난 건 현명한 선택이었다고 말하고 싶다. 머리끝부터 발끝까지 요제프가 요구하는 대로 바꾸어야 했던 마를레네의 고통을 십분 이해하기 때문이다. 그녀는 아마도 요제프에게 이런 말을 하고 싶었던 게 아닐까.

"숨이 막혀. 너는 나를 사랑하는 게 아니야. 네가 만든 인형을 사랑하는 거야. 나는 더 이상 너의 인형이 되기 싫어."

피그말리온식 사랑을 하는 이들은 상대가 자기와 독립된 인격체라는 것을 견디지 못한다. 그래서 상대의 취향과 관계없이 자기가 좋아하는 음악을 듣게 만들고, 자기가 감명 깊게 읽은 책을 보게 만든다. 상대의 말투나 매너, 옷 입는 법까지도 자신이 바라는 대로 바꾸려 든다. 아예 자신이 좋아하는 스타일을 상대방에게 주입시켜 그렇게 하도록 만드는 이들도 있다.

피그말리온식 사랑을 하는 사람들이 범하기 쉬운 오류는 이처럼 자신이 창조한 상대를 독점하고 지배하려 하는 데에 있다. 상대를 지배해서 소유하려는 사랑은 결국 파멸의 길을 걸을 수밖에 없다. 상대에 대한 자신의 우월성을 주장하려다 보면 상대의 가치를 손상시키게 되고, 결국 상대를 숭배하고 경탄하고 싶던 자신의 원래 의도는 모순의 벽에 부딪히고 마는 것이다. 이렇게 조작할 수 없는 것을 조작하려 하고, 강압할 수 없는 것을 강압하려고 하다 보면, 자기도 모르는 사이에 사랑을 타락시키게 된다. 상대방을 지치게 하는 것은 물론 자신 또한 상대를 자꾸만 의심하게 될 테니까.

모든 연인은 어떤 강압이나 작위적인 방법을 통해서가 아니라 상대가 자발적으로 자신을 사랑해 주길 바란다. 그런데 피그말리온식 사랑을 하는 이들은 점점 상대에게 많은 것을 강요하다 보니 상대가 자신을 사랑하는 것조차 강요에 의해 어쩔 수 없이 하는 게 아닐까 의심하게 된다. 즉 '연인은 상대를 하나의 대상으로 소유하려 하는 동시에,

상대가 자유로운 존재로 남아서 자신을 자유 의지에 따라 사랑해 주길 바란다'고 사르트르가 제기한 연인들의 딜레마에 빠지는 것이다.

영국 시인 로버트 브라우닝은 그의 시 '나의 마지막 공작 부인'에서 이런 피그말리온식 사랑의 비극을 잘 보여 주고 있다.

공작은 방문객에게 공작 부인의 초상화를 보여 준다. 방문객은 초상화를 보며 "그녀가 마치 살아 있는 것 같네"라고 말하고, 공작은 그림을 보며 질투를 느끼기 시작한다.

'그녀의 죄는 쉽게 기뻐하는 심장과 쉽게 감동받는 마음. 그녀는 자신이 보는 모든 것을 좋아한다네. 그리고 그녀의 시선은 어디든지 머무르지. 오! 내가 그 앞을 지나갈 때면 그녀는 분명히 미소를 짓네. 하지만 지나가는 누구에겐들 그러한 미소를 짓지 않으리!'

질투의 화신이 되어 버린 공작은 마침내 아내를 자신만의 것으로 만들고, 그 '헤픈' 미소를 멈추게 하기 위해 아내를 죽인다. 이제 공작은 아내의 초상화를 독차지함으로써 아내를 독차지했다고 여긴다. 사랑을 얻기 위해 사랑을 없애 버린 공작. 사랑은 피그말리온으로 하여금 무생물에서 생명체를 만들어 냈지만 그 후예인 공작에게 있어서는 이미 존재하고 있는 귀한 생명체를 자기 멋대로 없애 버리도록 만들었다.

어쩌면 피그말리온은 어떤 사랑에서든 일반적으로 조금씩은 발견되는 얼굴일는지 모른다. 그러나 유난히 당신이 극성을 떨면서 상대를 자기가 원하는 스타일과 이미지로 바꾸려 들고 있다면 한번쯤 생각해 보라. 그런 행동이 상대를 너무 사랑하고 있기 때문이라고 믿어 의심치 않으며, 이를 성가시고 부담스러워하는 상대에게 분노를 느끼고 있다면 더더욱 생각해 보라. 연인이 당신에게 숨 막혀 하고 있지는 않은지, 눈을 보며 제발 있는 그대로의 나를 사랑해 달라고 애원하고 있는데 당신이 그걸 외면하고 있는 건 아닌지⋯⋯.

희생만이 기쁨이 되는
당신에게

흔히 사랑에는 희생이 따른다고들 말한다. 그러나 요즘 사람들에게 사랑을 지키기 위한 희생이란 쉽게 받아들여지지 않는다. 이 문제는 오히려 결혼 생활에 있어서 더욱 부각되기 마련인데, 서로 한 발짝도 물러서지 않으려다 파경을 맞는 경우도 비일비재하다. 상대를 사랑하는 것은 분명하지만 선뜻 결혼을 결정하지 못하는 많은 여성은 결혼 후에 내주어야 할 자기의 능력, 노력과 시간을 놓고 괴로운 저울질을 하는 경우가 많다. 결혼 날짜를 잡으면 그것들은 더욱 구체적으로 머리에 떠올라 이들을 갈등의 늪에 빠뜨린다.

내 경우엔 비교적 일찍 결혼을 해선지 당시엔 이것저것 헤아릴 겨를이 없었는데, 결혼 이후엔 이 때문에 결혼 생활에 위기가 오기도 했다. 지금은 결혼한 지 25년이 다 되어 정서적으로 오는 큰 갈등의 고비는 어느 정도 넘은 상태이나, 사실 그 가운데 절반의 세월은 희생이라는 문제를 가지고 많은 고민을 했다. 가난하던 남편과 결혼해 시부모님, 시동생과 함께 살면서 아이들을 키우고, 한편으론 내 커리어를 쌓아 간다는 게 결코 쉬운 일은 아니었기 때문이다.

그 속에서 나는 언젠가부터 내가 희생하는 게 너무 크다는 생각에 괴로워지기 시작했다. 그러자 하루에도 몇 번씩 남편이나 집안 식구 모두에게 이루 말할 수 없는 분노가 치밀어 올랐다. 나보다 실력이 결코 뛰어난 사람이 아닌데 외국에 다녀오고, 여러 가지 커리어를 쌓고 남들이 부러워할 만한 위치에 오른 주위 사람들을 보면 나의 피해 의식은 더욱더 심해졌다. 그러나 세월이 흐르면서 나는 아주 중요한 걸 깨닫게 되었다. 나뿐만 아니라 다른 가족들도 저마다 희생을 감수해 왔다는 걸 말이다. 그럼에도 나는 그들이 나에게 내어 준 믿음과 사랑의 가치를 아주 낮게 평가해 왔다.

어쩌면 나는 그때까지 '준다' 는 의미에 대해 오해를 하고 있었는지도 모른다. 즉 사랑을 하면서 내가 가진 것을 내어 줌에도 시장 경제의 원칙을 적용시켜 받는 만큼만 주려고 했던 것이다.

사랑은 물질적인 교환 논리로 이야기될 수 없다. 왜냐하면 인간이 사랑을 하게 되면 아주 기꺼이 사랑하는 사람에게 자기 것을 내주고 싶어 한다.

그리고 심리학자인 에리히 프롬에 의하면 '준다' 는 것의 의미는 자기의 잠재력을 발휘하는 것이다. 즉, 내가 살아 있고 자신이 충만하기 때문에 상대에게 나의 능력과 힘을 나누어 줄 수 있다는 얘기다. 그러니 어떻게 보면 '준다'는 행위는 나 자신에게 나를 과시할 수 있고, 그러면서 내가 살아 있음을 생생하게 확인시켜 주는 더할 나위 없는 기쁨이다. 그러므로 사랑을 통해 내가 가진 무언가를 내주는 경험을 한다는 건 아주 뜻 깊은 일이다.

나는 이제 피해 의식으로부터 많이 자유로워졌다. 그러자 오히려 많은 걸 기쁜 마음으로 기꺼이 내주게 되었다. 하지만 그것만이 내 삶의 기쁨은 아니다. 나이가 든다는 것의 미덕을 배우고, 환자들을 치료하고, 아이들을 키우는 것 등 나에게 삶의 기쁨을 가져다주는 것은 그 외에도 참 많다.

당신은 아침에 그를 위해서 원래 일어나는 시간보다 1시간 반이나 일찍 일어나 그에게 모닝콜을 해 주고, 10분 뒤에 다시 전화해서 그가 일어났는지 확인한다. 그리고 다시 잠을 청하려고 누워서는 머릿속으로 그의 출근길을 되짚어 따라간다. 그러다 보니 어느새 시간은 훌쩍 지나가고, 놀라서 일어나 그가 좋아하는 옷차림과 화장을 하고 허둥지둥 출근길에 오른다. 지하철을 타고 가다 당신은 반드시 그에게 문자 메시지를 보낸다. '지금 지하철 탐. 잘 갔어?'. 그의 답신을 기다리며 뚫어져라 핸드폰을 쳐다보다가 새벽잠을 설친 탓에 꾸벅꾸벅 존다. 그러다 오늘도 내려야 할 역을 지나치는 당신. 월요일 아침부터 지각을 면하지 못했다.

내가 볼 때 당신은 누구를 사랑하더라도 항상 그런 식이었을 것이다. 당신의 하루 중 많은 일상이 그와 관련된 부분으로 채워진다. 당신은 상대에게 감동을 주고 그러기 위해서는 기꺼이 당신을 버릴 수 있다. 가끔 그가 술에 취한 다음 날 늦잠이라도 잔다면, 아니 그럴지도 모른다는 생각이 들면, 당신은 어두컴컴한 새벽부터 차를 몰고 나가 그가 무사히 회사에 출근할 수 있도록 배려한다. 그런 날이면 당신은 다른 날보다 더없이 행복해지고, 그가 당신의 도움으로 인해 편안히 출근했다는 생각에 피곤함도 잊는다. 참, 차를 끌고 나와 시내에 있는 주차장을 이용한 탓에 만만치 않은 주차비를 내야 했지만 그에게 말하지 않았음은 물론이다. 그런 당신을 지켜보는 주위 사람들은 남자 친구가 참 행복하겠다고 부러워하기도 하고, 누가 됐든지 당신과 결혼하는 사람은 무척 행복할 거라고도 말한다. 당신은 더욱 의기양양해지며 행복으로 충만해진다.

나는 당신이 무척이나 염려스럽다. 그냥 사랑하는 사람에게 무언가 줄 수 있다는 게 기쁠 뿐인데 왜 걱정이냐고? 바로 그것만이 당신의 '유일한 기쁨'이기 때문이다. 그런 당신은 아마도 자기 자신을 소중하게 여기지 않을 확률이 99퍼센트일 것이다.

희생만을 기쁨으로 아는 태도는 강박적인 자기 파괴적 사랑으로 발전하거나 상대에게 예속되어 버리는 자학적인 사랑으로 변모할 가능성이 높다. 대체로 이런 사람들은, 객관적으로 보이는 것과는 무관하게, 주체성이 확고하지 못하거나 자아 가치감이 낮은 경우가 많다. 그래서 이들은 차라리 자신을 다른 사람에게 넘겨 그의 힘으로 자신을 움직이고 싶어하는 무의식적인 욕구를 가지고 있다.

사랑을 하게 되면 누구나가 합치하려는 소망이 들게 마련인데, 이들에게 있어서는 그 소망이 사랑하는 사람 안으로 아예 자신을 용해시켜 버리고 싶은 소망으로 바뀌게 된다. 이런 소망은 때로 너무 강해서 자신의 자율성을 완전히 희생시키고도 남는다. 그래서 이런 사람들에게 누군가를 사랑한다는 것은, 곧 어떠한 것이든지 견디는 것이며 자기 위에 가해지는 고통을 그대로 받아 내는 것과 통한다.

때론 버림받는 것이 두려워 부당한 대우나 요구를 그대로 참고 매달리면서, 자신에게 가해지는 학대를 일종의 사랑의 표현으로 받아들이며 거기서 안도와 쾌감을 갖는 경우도 있다. 마조히즘이라 불리는 '피학적인 사랑'의 전형이 이것이다.

이런 타입의 사람들은 자신을 처벌하고 싶은 무의식적인 욕구 때문에 자기를 완전히 상대에게 내어 주어 상대로 하여금 자신을 학대하게끔 유도한다. 노예같이 상대에게 예속되면서 절망적인 사랑으로 치닫는 것이다. 물론 이 모든 과정은 무의식적으로 일어나는 현상이지만, 이런 경우 사랑이 끝나 버리면 자신이 쓸모없다는 느낌과 공허감에 견딜 수 없어진다. 그래서 간혹 한겨울 차가운 한강 속으로 뛰어드는 무모한 짓을 벌인다. 이들은 상대와 분리된다는 느낌을 도저히 견딜 수 없어 자살을 택하는 것이다.

자신을 학대하는 사랑을 하다가 한계를 느끼고 나를 찾아온 여자가 있었다.

서른네 살의 희진 씨는 어린 시절을 외국에서 지내 영어 실력이 뛰

116

어나며, 객관적으로도 남들이 부러워할 만한 외모를 가진 여성이었다. 그런 그녀가 열등감으로 똘똘 뭉쳐 있을 줄 누가 알았겠는가.

그녀의 아버지는 외교관이었고, 그녀는 어릴 때부터 고등학생 때까지 부모를 따라서 여러 나라를 2~3년 간격으로 옮겨 다니며 살았다. 보통 사람들은 그런 얘기를 들으면 부러운 표정으로 바라본다. 나 또한 한국에서만 줄곧 살아온 토종으로서 이 같은 어린 시절을 보낸 사람들을 덮어놓고 부러워했는데, 그녀를 알고 보니 그럴 것도 아니란 생각이 들었다.

그녀는 이렇게 떠돌아다니면서 항상 자신이 이방인처럼 느껴졌고, 반복적인 이별과 외로움은 그녀로 하여금 혼자 있는 것에 대한 심한 두려움을 넘어서서 아무도 자신을 알아주지 않는다는 열등감과 무가치함을 갖게 했다. 그러다 고3 때부터 본격적으로 한국에서 살기 시작했는데, 한국 친구들하고는 사고 방식이 달라 이방인 같은 느낌이 여전했다.

그녀가 이렇게 정서적으로 방황을 하는데도 그녀의 부모님은 따뜻한 안식처가 되어 주지 못했다. 어머니는 그녀의 외로운 감정에는 별 관심이 없었고 오히려 그녀가 도움을 청해 오면 아직도 어린애같이 독립을 못한다고 매섭게 뿌리쳤다. 더구나 그녀의 아버지는 자식의 조그만 실수도 용납하지 않는 엄격하고 불같은 사람이었다. 딸이 식탁 위에서 책을 본다고 심하게 매를 들 정도로.

한편 아버지는 사람 만나는 것을 즐기지 않은 데 반해 어머니는 사교적이고 남 앞에 나서길 좋아하는 성격이어서 집안은 항상 부부 싸움으로 조용할 날이 없었다고 한다.

아무튼 그녀는 우여곡절 끝에 대학에 들어갔고, 따돌림당하지 않으려고 친구들과 열심히 어울려 다녔다. 그러나 생각처럼 쉽지 않았다. 남자 친구도 몇 번 사귀었으나 모두 그녀의 사고 방식을 이해하지 못해 떠나 버렸고, 그럴 때마다 그녀는 좌절을 겪어야 했다.

그런 좌절을 반복하다가 어느 날 만난 사람이 지금의 남편이었다. 둘은 만난 지 얼마 되지 않아 부모의 성화에 못 이겨 결혼했다. 그녀의 결혼 생활은 행복하지 못했다. 남편이 그녀에게 어린 시절 그녀의 아버지처럼 보수적이고 냉정한 태도로 일관했기 때문이다. 그러나 혼자된다는 것의 두려움 때문에 결코 이혼은 할 수 없었다.

그러던 어느 날 인터넷 사이트에서 채팅으로 한 남자를 만나게 되었다. 그 남자는 부인과 별거 중인 유부남이었는데, 상당히 감성적이고 글도 잘 썼으며, 무엇보다 그녀의 마음을 잘 이해해 주고 따뜻하게 감싸 주었다. 외로움에 목마르던 그녀는 그에게 용기를 얻어 남편과 이혼했다.

그러나 이혼하면 결혼하자던 그는 약속과 다르게 부인과 이혼하지 않았고, 오히려 작은 일에도 불같이 화를 내며 이기적인 면을 드러내기 시작했다. 그러면서도 헤어지기를 원하지는 않았다. 오히려 그녀에게 돈이나 필요한 물품을 구입해 올 것을 요구하기도 하고, 잘 안 풀리는 문제라도 생기면 '다 네 탓이다'라고 말했다. 심지어 '네가 사람을 혐오스럽게 만든다'며 모든 것을 그녀 탓으로 돌렸다.

그녀는 다시 차가운 땅에 내팽개쳐진 듯한 절망감에 빠졌지만, 그에게 화 한 번 제대로 내지 못하고 헤어지자는 말도 못 했다. 그저 남자의 요구를 대부분 들어주며 언젠가는 부인과 이혼하고 자신에게 오기만을 기다렸다. 그러나 종국엔 그 남자의 부인과 식구들이 찾아와 폭력을 휘둘렀고, 남자는 아무 말 없이 부인에게 돌아가 버리고 말았다. 그녀가 우울증 약을 한꺼번에 먹고 자살을 시도한 것은 그 사건이 있은 후 며칠 뒤의 일이었다.

왜 부족할 것 없는 그녀가 학대받는 관계를 참고 견딘 것일까? 이것은 부모로부터 거절당한 어린 시절의 상처를 극복하지 못한 사람들에게서 공통적으로 볼 수 있는 대인 관계의 결함 때문이다. 그리고 이러한 결함의 가장 큰 원인은 다름 아닌 죄책감이다.

그녀는 어릴 때 어쨌거나 자기를 낳아 주고 먹여 주고 길러 주는 부모에게 자신이 적대감과 분노를 느낀다는 사실에 대해 죄책감을 가졌다. 그리고 무의식중에 이것을 처벌받기를 원했다. 이것의 영향으로 그녀는 화를 내지 못했다. 억울한 일이 있어도, 직장에서 부당한 오해를 받아도, 남의 업무를 떠맡게 돼도 웬만하면 다 들어주고 양보하곤 했다. 그녀는 탁월한 능력과 성실함으로 직장에서 곧잘 인정을 받았으나, 어느 직장에서고 2~3년을 넘기지 못했다. 늘 성공의 문턱에 가서는 한 걸음 물러서서 더 나아가지 않고 그 성취를 다른 사람에게 넘겨주곤 했던 것이다.

그녀의 무의식에 자리 잡은 죄책감의 영향은 이렇게 끝이 없었다. 그녀는 자신에 대한 처벌 욕구 때문에 자신을 항상 힘든 상황으로 몰아넣었으며, 심지어 상대로 하여금 자신에게 화를 내게 만들어서 자신을 버리게끔 하는 양상을 무의식적으로 반복하고 있었다.

피학적인 사랑을 했던 그녀. 그녀에게 사랑은 항상 이랬다. 상대에게 버려지지 않으려고 상대로 하여금 자신을 지배하게 했고, 자신을 죽여 버리고 상대의 일부분이 되어 절대로 분리되지 않으려 했고, 자기를 처벌하고 죄책감을 씻어 내려고 상대로 하여금 자신을 학대하게 만들었다. 그녀는 이렇게 해서 자신이 구원될 것이라는 환상을 가졌는지 모른다.

장정일의 소설을 영화화해 세간에 화제가 됐던 '너에게 나를 보낸다'에서도 피학적 사랑이 극명하게 보인다. 신춘문예에 당선된 후 도색 소설로 연명하는 주인공에게 그의 글을 읽고 감동한 '엉덩이가 예쁜 여자'가 찾아온다. 그녀는 그와 살면서 그에게 소설을 쓰라고 닦달하지만 주인공은 계속 나락으로 떨어지고, 그에게 실망한 그녀는 연예계에 진출해 화려한 신데렐라가 된다.

그 뒤 그는 그녀의 운전기사가 되어 그녀의 몸종 노릇을 하며 행복해하고, 그녀의 바람기를 감내하며 점차 그녀에게 예속되어 간다. 여기서 주인공인 그는 자신이 별 가치가 없다고 생각하고, 성공한 그녀에게로 자신을 완전히 넘겨준다. 그리고 자신이 그녀의 도구가 됨으로써 존재 의미를 찾으려 한다.

사랑하는 사람에게 자기의 모든 것을 내어 주는 희생만을 기쁨으로 아는 당신. 혹시 당신은 열등감이나 박탈감을 숨기려고, 사랑을 가장

하여 상대 속으로 들어가려 하는 것이 아닐까.

만약 그런 당신이 내 딸이라면, 내 딴엔 귀하게 키운 딸이 자기 가치를 낮게 봄에 가슴을 도려내는 아픔을 느낄 것이다. 또 그런 당신이 내 아들이라면 사랑이라는 이름으로 가야 할 앞으로의 긴 여정이 편안하지 않을 것임을 알기에 한시도 마음을 놓지 못할 것 같다.

사랑의 목적은 사랑하는 사람과의 합일이다. 그렇기 때문에 사랑하는 사람과의 합치를 위해서는 자신의 일부를 포기하고 내어 주는 것이 필요하다. 그러나 이것은 그 사람이 가진 권력에 나 자신을 내어 주어 상대에게 예속되는 것이어서는 안 되며, 사랑이라는 힘이 가지는 권력에 자신을 내어 주는 모양이어야 할 것이다. 그렇게 함으로써 사랑의 힘은 당신의 마음을 열어 주게 될 것이고, 당신이 상대를 받아들여 더욱 성숙하고 큰 자기를 만들어 갈 수 있도록 도와줄 것이다.

그래도 의심이 풀리지 않는다면
문제는 당신에게 있다

내가 찾는 사람은 이런 사람인데, 어디 없을까 탐색기에만 몇 년째 머무른 사람들, 혹은 만나긴 하는데 결국 어딘가 맞지 않아서 관계를 오래 지속하지 못하는 사람들, 어딘가 안 맞아 몇 번 부딪치고 나면 상대에게 차일세라 자기가 먼저 차는 사람들……. 그들은 계속해서 짝을 찾기 위해 점집을 기웃거리기도 하고, 소개팅과 선을 줄기차게 보고 있거나, 언젠가 사랑이 오겠지 하면서 사랑을 포기하고 일에 파묻히기도 한다. 그중에는 주위 사람들에게 연애에 대한 조언을 구하다 보니 어느덧 연애 이론의 박사가 된 사람도 있다. 그리고 그들은 주위 사람들에게 이 같은 핀잔을 한 번쯤은 들은 적이 있다.

"넌 눈이 너무 높아. 눈이 눈썹 위에 달렸니?"

터무니없는 공격에 억울함을 느끼는 그들이 내뱉는 변명.

"제가 까다롭다고요? 아니에요. 제가 그렇게 대단한 사람을 찾는 것처럼 보이세요?"

난 그들의 말이 변명이 아니라 진실이라는 걸 안다. 여자 후배에게 사귀는 사람이 없느냐고 물었을 때 그녀가 싱거운 말투로 내뱉는 말도 그랬다.

"사랑요? 언젠가는 하겠죠. 짚신도 짝이 있다잖아요. 누가 그러는데, 제가 아직 제짝을 못 만나서 이러고 있는 거래요."

몇 조각 안 되는 말들로 전체적인 상황을 파악할 순 없었지만, 일단 그녀의 말에서 트집 잡을 만한 구석은 전혀 없었다. 자신이 완벽하지 않은 인간임을 잘 알고 있고, 그래서 자기를 이해해 주는 사람이면 좋겠고, 그런 사람이 나타나면 슬기롭게 헤쳐 나가겠다는데 무슨 말이 더 필요하겠는가. 이런 대화를 하다 보면 떠오르는 사람이 한 명 있다. 그는 다름 아닌 영화 '이보다 더 좋을 순 없다' 에서 잭 니컬슨이 연기한 강박증 환자 '멜빈' 이다.

베스트셀러 소설가 멜빈은 뉴욕의 고급 아파트에 사는 독신남이다. 그는 항상 손에 장갑을 끼고 몸에는 물건이 닿지 않도록 버둥거리며, 바닥에 깔린 보도블록의 금을 밟지 않으려고 뒤뚱뒤뚱 걷는다. 그는 또 옆집 강아지를 잡아서 쓰레기통에 집어넣어 버리고, 집 안에 들어서면 문이 잠겼는지 반복해서 확인하고, 비누가 가득한 세면대에서 소독하듯이 손을 씻고, 이웃들에게 독설을 퍼붓는 괴팍하기 그지없는 사람이다. 장갑이나 비누를 한 번 쓰고 버리는 그는 매일 일회용 포크와 나이

프를 들고 같은 레스토랑으로 가서 같은 메뉴의 식사를 한다. 그리고 이런 유별난 그를 서빙할 수 있는 웨이트리스는 '캐럴' 밖에 없다.

한편 캐럴은 천식을 앓는 아들과 늙은 어머니와 함께 허름한 집에서 살아가는 여자다. 그녀는 아들의 병이 깊어져 어느 날 레스토랑 일을 그만두게 되는데, 이 때문에 그녀의 서빙을 받지 못하게 된 멜빈이 그녀의 집으로 찾아간다. 그는 그녀에게 아픈 아들이 있다는 사실을 알게 되고 점점 그녀에게 따뜻한 감정을 품기 시작한다. 그리고 그녀 모르게 아들을 치료할 의사를 구해 준다.

멜빈의 이웃에 사는 동성애자 화가 사이먼은 전시회 때문에 파산하자 용기를 내어 부모에게 경제적 도움을 청하러 가는데, 캐럴과 멜빈이 이 여행길에 동행하게 된다. 이때 사이먼과 캐럴은 서로의 상처를 발견하고 위로해 주며 금세 허물없는 친구가 되는데, 멜빈은 그 둘의 관계에 질투를 느끼게 된다. 그것이 사랑의 감정임을 느끼게 된 그는 캐럴에게 조금씩 마음을 열어 보이며 다가서려 하고, 그녀도 그런 그를 관심 있게 지켜본다. 급기야 캐럴의 마음을 얻기 위해 멜빈은 정신과를 방문하여 상담 치료를 받고, 싫어하던 약을 다시 복용하기 시작하기에 이른다. 물론 영화는 멜빈이 캐럴에게 사랑을 고백하면서 해피 엔딩으로 끝난다.

친밀한 인간관계가 두려워 독설로 일관하며, 다른 사람하고 스치는 것조차 싫어하던 냉혹한 강박신경증 환자였던 멜빈. 그도 좋은 사람을 만나 사랑을 얻는 데 성공한다. 그러면 멀쩡한(?) 정신을 가지고 있는 당신은 당연히 자신도 좋은 사람을 만나지 않겠느냐고 생각할 수도 있다. 그럼 나는 당신에게 이렇게 묻고 싶다.

"캐럴 같은 상대를 만나는 게 어디 쉬운 줄 아세요?"

캐럴은 예민하고 날카로운 멜빈의 웬만한 투정을 다 받아 주고 견뎌 준다. 마치 치료자가 환자의 감정을 지지(holding)해 주는 것처럼. 그리고 멜빈에게 몇 번의 직면과 해석을 준다.

그녀는 멜빈이 그녀의 아들을 치료받게 해 준 호의의 이면엔 그가 그녀와의 사랑을 원하는 마음이 있음을 멜빈에게 직면시킨다. 바로 그녀가 밤에 멜빈을 찾아가 그렇게 한다고 해도 나는 당신과는 절대로 안 잔다고 선언하는 장면이 그것이다. 멜빈은 그제야 비로소 자신의 마음에 있는 사랑의 느낌을 감지하고 잠을 이루지 못한다. 그도 그럴 것이 그는 "당신은 아무것도 사랑하는 것이 없군"이라는 말을 듣던 사람이었기 때문이다. 그날 밤 처음으로 자신이 독설로 일관하던 사이먼을 찾아가 대화를 시도하고 서로를 위로하는 경험을 하나, 아직 친밀함에 대한 두려움을 갖고 있는 멜빈은 갑자기 흠칫 놀라 나가 버린다.

멜빈이 제 발로 정신과를 방문하게 된 것은 그 일 이후다. 그리고 '당신은 그럴 나이가 지났는데도 아직 준비가 안 되어 있다'는 해석을 받는다. 이 말은 멜빈의 마음이 어린애에서 발달이 정지되어 있다는 의미다. 영화 후반부에 와서 이를 받아들이게 된 멜빈은 비로소 그녀를 찾아가 사랑을 구한다. 물론 사랑을 구하기 전까지 멜빈은 캐럴에 대한 사랑의 감정으로 괴로워하면서 차라리 옛날로 돌아가고 싶어한다. '난 지성인이다'라고 끊임없이 자기 암시를 하면서 말이다. 캐럴은 멜빈의 그런 모습에 짜증 내거나 포기하지 않고, 믿음으로 지켜보고 기다려 준다.

당신이라면 캐럴처럼 할 수 있겠는가? 나는 솔직히 그렇게 할 자신이 별로 없다.

사랑은 마술이다. 멜빈이 캐럴을 만나서 도저히 불가능할 것 같았음에도 강박증을 고치고 사랑을 하게 되는 걸 보면 정말 사랑은 마술임에 틀림없다. 풀리지 않는 우주의 수수께끼의 마지막 정답은 사랑이라는 '제5원소', 좌절과 절망투성이 인생의 막다른 골목에서 운명 같은 사랑을 만나 재기에 성공하게 된다는 실제 피아니스트 이야기를 소재로 한 영화 '샤인', 이 밖에도 셀 수 없이 많은 동화와 영화에서 사랑은 마술이라고 얘기한다.

하지만 마술 같은 상대는 없다. 캐럴처럼 마술 같은 인연을 만날 수만 있다면 좋으련만 그런 상대는 거의 없다.

사랑을 할 수 없는 환자가 있었다. 그녀는 어렸을 때 어머니가 돌아가시고 아버지는 곧 재혼을 해서 이복 형제들과 함께 자랐는데, 그 과정에서 말 못 할 상처를 많이 겪었다. 그녀는 자신의 상처를 털어놓을 수 있는 사람은 남자 친구뿐이라고 생각했다. 그녀가 그런 미래의 남자 친구에게 바라는 것은 간단(?)했다.

우선, 남들은 모르는 그녀만의 아픈 상처를 이해하고 그로 인한 돌발적 행동들을 참고 이해해 주는 것. 그러지 못하고 화를 내는 남자와는 절대로 관계를 유지할 수 없다는 것이 그녀의 원칙이었다. 그러나 나는 이 첫 번째 원칙만큼 그녀가 상대에게 강하게 바라는 게 또 있음을 알게 되었는데, 그녀는 때로 남자 친구가 남들처럼 그녀의 상처에 대해서 모르길 바랐다. 또 설령 그가 이미 사실을 알고 있다 하더라도 모르는 것처럼 행동하길 원했다. 이것이 그녀가 차마 밝히지 못하는, 그러나 그 속내에 분명히 품고 있는 남자 친구에 대한 원칙이었다.

이런 그녀의 남자 친구 노릇을 하기란 절대 쉽지 않을 것이다. 항상 그녀의 기분을 헤아려 위로받고 싶을 때와 자존심을 세우고 싶을 때를 분간해서 행동해야 한다. 그가 만일 이 어려운 시험을 견디지 못한다면, 그녀는 또다시 다른 가능성을 찾아 나설 것이다. 다행히 세상엔 남자는 많으니까. 위태로운 상황에 직면할수록 어디선가 나에게 다가올 마술 같은 사랑의 존재를 믿으니까. 그러나 정말 미안한 말이지만 그녀는 그 마술 같은 상대를 죽기 전에 만나긴 힘들 것이다.

'사랑을 못 하는 것은 사랑을 할 만한 상대가 안 나타나서다.'

나는 이런 생각을 가지고 있는 사람들에게 혹시 당신이 기다리는 그 누군가가 캐럴이나, 위의 그녀가 바란 남자 친구 같은 마술적인 상대가 아니었는지 묻고 싶다. 만약 그렇다면 당신은 그 누구를 만나도 만족하지 못하고 내 반쪽은 따로 있을 거라고 의심할 것이다.

사랑의 마술은 마술적인 상대를 만나는 데 있는 게 아니다. 상대는 나를 사랑하긴 하지만 그 사람 역시 인간일 뿐이고, 인간은 모두 나처럼 외롭고 약한 존재이기 때문이다. 어쩌면 당신이 그렇게도 바라는 사랑은 그 사실을 인정하는 순간 당신에게 다가올지도 모른다. 기다렸다는 듯 말이다.

남자들이 아버지에게 배우는 사랑,
여자들이 어머니에게 배우는 사랑

굳이 페미니스트가 아니더라도 여성들은 특정 상황에서 남녀의 차이를 대비시키는 것을 좋아하지 않는다. 나 또한 마찬가지다. 그러나 사랑에 있어서 남녀의 차이가 존재한다는 것은 일반적인 경우에 해당되고, 그것은 우리가 알게 모르게 어쩔 수 없이 배우는 부분이기도 하다.

일반적으로 남자들은 아버지의 역할을 자신의 것으로 동일시하는 과정을 거치며, 여자들은 어머니에게서 자신의 역할을 배운다. 그런 다름이 사랑에 있어서는 어떤 차이점을 낳게 될까?

대학 시절 2년 동안 연애 기간을 거친 연인들의 대화 한 토막.

"우리 올해는 결혼하는 거야?"

"글쎄, 우선 취직이 잘 돼야겠지."

그리고, 그가 취직을 했다.

"우리 집에 인사하러 언제 올 거야?"

"취직한 지 얼마나 됐다고 그래? 적응 기간은 있어야지."

또 한 해가 갔다. 여자는 한 살 더 먹은 나이에 심한 히스테리 반응을 보이며, 조금씩 초조해하기 시작했다. 그래서 자존심을 접고 약간 우회해서 또 물어봤다.

"입사 동기 중에 결혼 안 한 사람 자기 하나지?"

"아니, 아직 한 사람도 안 했는데?"

많은 여자가 해가 바뀌어도 결혼할 생각을 하지 않는 애인 때문에 괴로워한다. 보통 남자들보다 여자들이 결혼 적령기에 대해 더 민감한 것을 볼 수 있다. 그래서 간혹 이런 여자의 입장을 배려하지 않는 남자들의 태도는 이기적이라고 간주되기도 한다. 그러나 이러한 차이는 그들이 사회화되던 초기 발달 단계에서 학습된 부분이다.

소녀들은 자신을 돌봐 주는 어머니를 보면서 자신도 어머니가 됨으로써 여성성을 완성시키려고 한다. 그래서 사랑은 소녀의 운명처럼 느껴진다. 그리고 여성은 일반적으로 인간관계에서 무엇인가를 추구하는 경향을 보인다. 그래서 여성들은 일찍부터 사랑하는 이를 만나고, 그와 함께하길 꿈꾼다.

하지만 남자들은 다르다. 남성성을 획득한다는 것은 경제적으로 독립해 자율성을 획득하는 걸 말한다. 그래서 여자처럼 사랑이 그들에게 우선 가치가 아니다. 하지만 요즘은 경제적으로 독립하기까지 시간이 많이 걸린다. 군대에 갔다 오고, 대학을 졸업하고, 직장을 구할 때까지 부모에게 의존해 있는 것이 보통이다. 그것은 남자들에게 심리적 부담을 지운다. 남자가 사랑에 빠지기 위해서는 경제적 독립을 통한 진정한 자율성과 심리적 자유를 얻어야 하기 때문이다.

그러니까 잠자는 숲 속의 공주, 백설 공주 등 어릴 적 우리에게 친숙하던 동화에서도 나타나듯 여성은 착하고 아름다운 모습으로 사랑하는 이를 기다리기만 하면 된다. 그러나 남성은 온갖 방해물과 싸우며 남성적 가치를 증명한 후에야 그에 대한 포상으로 사랑을 얻을 수 있다.

그러나 요즘은 남녀 모두 사랑보다 일을 해서 그 능력을 인정받고 경제적으로 독립하는 것을 최우선 가치로 여긴다. 그러다 보니 사랑은 그 이후로 밀려나고 있다. 만혼이 유행하는 것은 바로 그 때문이다.

당신이 사랑을
밀어내 버리는 방식

30대 초반의 선영 씨는 스무 살 이후에 딱 한 번의 사랑 경험이 있다. 평생을 두고 잊을 수 없는 행복함과 다시는 마주치고 싶지 않은 비참함을 그 한 번의 사랑으로 모두 겪었다. 달리 말하자면, 그것은 그녀에게 표현할 수 없이 뭉클하면서도 다시는 생각하고 싶지 않을 정도로 지긋지긋한 경험이었다. 그래서 그녀는 오랫동안 사랑을 피해 왔다. 아니, 사랑 같은 건 다시 하고 싶지 않다고 생각했다.

사랑을 할 수 없는 사람들의 마음을 들여다보면, 그들에겐 그럴 수밖에 없는 마음의 병이 있음을 발견하게 된다. 그들이 그 때문에 가장 중요한 감정적 교류인 사랑을 하는 데에 심각한 어려움을 겪는다는 것은 너무도 안타까운 일이다. 나는 지금부터 그런 사람들이 사랑을 밀어내 버리는 방식에 대해 이야기하려고 한다. 사랑을 갈망하면서도 두려워하는 그들이 무의식적으로 사랑을 어떻게 밀어내고 있는가를 '방어 기제'를 통해 설명하려는 것이다.

방어 기제란 스스로를 보호하기 위해 무의식적으로 사용하는 일종의 정신 역동인데, 사람은 누구나 어떤 형태로든 방어 기제를 쓴다. 무언가 위험한 게 가까이 오면 움찔하며 본능적으로 피하려고 하는 것처럼 정신적으로도 해를 미치는 게 다가오면 그로부터 자기를 보호하고 싶어하기 때문이다.

하지만 과보호는 언제나 문제가 되는 법이다. 방어 기제가 심한 사람들은 사랑조차 막아 버린다. 더 이상 가까이 오지 못하게 방어 기제를 써서 밀어내 버리는 것이다. 그런 모습이 잘 그려진 소설이 김형경의 『사랑을 선택하는 특별한 기준』이다.

이 소설은 세진과 인혜라는 마흔을 바라보는 두 여성의 사랑과 인생에 관한 이야기다. 돌멩이같이 온몸을 움츠리고 똘똘 말아 단단히 감싼 후 행여 누구의 발끝에 차일세라 숨죽이고 있는 세진과 들꽃같이 불어오는 바람을 온몸으로 맞으며 그 바람을 위안하고 싶어하는 인혜. 그들은 중학교 동창이다.

인혜는 뭔가 신비롭고 비밀이 많은 것 같은 세진을, 세진은 단란한 가정 분위기에서 밝게 살고 있는 인혜를 각각 이상화하며 청소년기라는 성장의 중요한 시간을 공유하지만, 절대 상대에게 자신을 열지 못한다.

서로에 대한 소외감으로 대학교 때 헤어진 후 이들은 각자 다른 길을 가고, 16년이 흐른 후 마흔을 바라보는 나이가 돼서야 다시 만나게 된다. 인혜는 한 번 이혼한 경력이 있는 광고 회사의 카피라이터이고, 세진은 독신의 건축가이다.

인혜는 대학 시절 세진과 헤어지게 된 후 한 남자를 만나 결혼을 했다. 이때 그녀가 자신의 이상형이기도 했던 세진을 떠나 곧바로 이 남자와 사랑에 빠지는 과정이 흥미롭다. 자신의 이상과 이별한 인혜는 그 텅 빈 부분을 채워 줄 것 같은 남자를 만나자 한눈에 사랑에 빠진 것이다. 그러나 그는 조루에 성 불능이었고, 그런 열등감을 인혜에게 투사시켜 폭력적으로 변해, 결국 3년 만에 이혼을 하게 된다. 이후 그녀는 자신을 따뜻하게 보살펴 줄 것 같은 남자를 찾아 끝없이 헤매는데, 오히려 찾게 된 대상들은 대부분 자신이 돌보아야만 될 것 같은 무기력하고 가엾어 보이는 남자들이었다.

여기서 눈에 띄는 점은 인혜가 남자를 선택하는 방식이다. 그녀가 원하는 사랑은 이성 간의 사랑이라기보다는 따뜻한 보살핌에 가깝다. 자신을 따뜻하게 안아 주어 반해 버린 전남편에게서도 그랬고, 이혼 직후 갑자기 사랑에 빠진 화목한 가족 사진을 찍는 한 남자에게도 그랬다. 그녀는 자신의 외로움과 정체성에 대한 답을 다른 사람에게서 구해 왔다. 마치 사랑 중독증처럼 자신의 존재 의미를 사랑에서 찾으려 했던 것이다.

그러나 전남편과 마찬가지로 그녀 역시 성 불능이라고 할 수 있는데, 왜냐하면 인혜에게 있어서 성의 의미는 사랑하는 사람과의 성적 합일이라기보다는 따뜻함과 보살핌의 의미이고, 자신이 살아 있음을 확인하는 것에 지나지 않기 때문이다. 그래서 인혜는 자신처럼 이러한 보살핌을 필요로 할 것만 같은 가엾은 남자에게 사랑을 느끼고 그에게 자선하듯이 섹스를 제공한다. 그것은 자신이 필요로 하는 것을 다른 사람에게 제공함으로써 대리 만족을 하려는 보상 심리다.

인혜의 이런 사랑 방식의 원인을 설명해 주는 것은 그녀의 어린 시절에 있다. 우선 생각해 볼 수 있는 것이 그녀와 아버지의 관계다. 지방 소도시 역무원이던 아버지는 그녀의 기억 속엔 지치고 가엾은 모습으로 각인되어 있다. 성장 과정이나 가족 상황은 자세히 나와 있지 않지만 그녀의 행동으로 보건대, 그녀는 오이디푸스 갈등이 아직 해결되지 않은 채로 남아 있어서 끝없이 아버지 같은 남자를 열망한다. 이렇게 근친상간적인 욕망이 남아 있는 경우는 자신의 성적 욕구에 대해 두려움과 죄책감을 갖게 되는데, 그녀의 성적 불능은 이런 점에 기인한 것이라 생각된다.

반면 세진은 아무하고도 사랑을 하지 못한다. 그녀의 신비스럽고 이지적인 분위기와 뭔가를 갈망하는 듯한 눈빛은 많은 사람의 호감을 사지만, 정작 그녀는 아무도 자신에게 접근하지 못하도록 단단히 울타리를 친다. 그런 세진이 이사한 직후부터 원인 모르게 시름시름 앓기 시작해, 가위에 눌리는가 하면 집이란 공간 자체가 그녀에게 공포로 다가오게 된다.

이런 증상은 일종의 폐쇄 공포증으로, 밀폐된 공간을 두려워하는 병이다. 이것은 정신 역동적으로 볼 때 어머니의 자궁 안에 갇혀 조정당하고 통제당하며, 영원히 빠져나올 수 없을지도 모른다는 두려움과도 연관이 있다. 또한 자신의 분노와 공격성이 어머니의 몸을 파괴하고, 그 공격성이 자신에게 되돌아와서 자신을 파괴할지도 모른다는 두려움 때문에 밀폐된 공간을 견디지 못하게 되는 것이다.

세진에게 '집'은 그녀의 어머니를 상징한다고 볼 수 있다. 가위에 눌리는 것은 그녀의 무의식에 어머니가, 그녀를 버리고 파괴했던 그 나쁜 어머니가 투사되어 귀신의 형체로 나타나는 것이며, 그러한 강력하고 무시무시한 어머니의 몸 안, 즉 집에서 그녀는 원인 모를 병을 앓았던 것이다.

세진은 우체국 공무원이던 아버지와 전직 간호사이던 어머니 사이에서 맏딸로 태어났다. 그런데 그녀가 18개월 때 남동생이 태어나면서 어머니는 세진을 외갓집으로 보냈다. 그녀의 부모는 세진이 초등학교 5학년 때 이혼했고, 아버지는 다른 여자와 재혼해 자식을 넷이나 두었다.

세진처럼 이렇게 어릴 때 버림받은 기억이 있는 사람들은 버림받는 것에 대한 굉장한 두려움을 지닌다. 그리고 다시는 버림받지 않기 위하여 할 수 있는 한 모든 노력을 한다. 중요한 건 아이들이 자신이 버림받았거나 부모가 이혼한 일을 모두 자신의 책임으로 돌린다는 점이다. 그래서 이런 경험을 가진 사람들은 세진처럼 여간한 상황이 아니고는 절대 화를 내지 못한다. 그리고 성적인 느낌 또한 두려워하여 정상적인 이성 관계를 갖지 못한다. 이러한 태도는 자기가 아버지에 대해 나쁜 성적 욕망을 가졌기 때문에 자신이 어머니로부터 버림받았을 것이라는 자책감에서 비롯된다.

세진은 특히 남성에 대해, 아예 끈을 연결시키지 않으려 한다. 그녀를 버린 아버지는 세진에게 또 다른 가해자의 모습이다. 그리고 이러한 남성에 대한 이미지는 대학에 갓 입학한 스무 살 때 그녀를 성폭행한 선배에 의해서 강화된다. 즉 모든 남성은 자신을 유혹하고 파괴시켜 버리는 두려운 존재가 된 것이다. 그녀가 맺는 남자와의 관계를 보면, 이러한 그녀의 무의식이 반영되어 있음을 발견할 수 있다.

세진의 무의식 속에서 아버지의 상은 두 개로 분리되어 있는데, 하나는 그래도 자신을 사랑해 주는 좋은 아버지이고, 또 다른 하나는 자신을 버린 나쁜 아버지이다. 그녀가 남자와 관계를 맺는 방식은 아버지에 대한 이 두 가지 표상 중에서 어떤 것을 상대에게 투사하느냐에 따라 다르다.

그녀의 남자 친구인 경호와의 관계를 볼 때, 우선 그녀는 경호에게서 자신을 사랑해 주는 좋은 아버지의 이미지를 발견하고 그에게 다가간다. 그러나 가까워지게 되자 자신을 버린 나쁜 아버지의 상을 그에게 투사하여 분노함으로써 그에게 상처를 입힌다. 하지만 멀어지는 경호를 보면 다시 자신을 사랑해 주는 좋은 아버지에 대한 그리움을 투사시켜 그를 붙잡는다. 그래서 가까워졌다가 멀어지는 과정이 끊임없이 반복된다.

방어 기제 중에 '투사적 동일시(projective identification)'가 있다. 이것은 어떤 대인 관계에 있어서 무의식 속에 있는 자기의 모습이나 특정

135

대상의 모습을 상대에게 투사시킨 다음, 그것과 관계하는 것을 말한다. 즉 상대와 관계를 맺는 게 아니라 상대를 통해 내 안의 그 무엇과 관계를 맺는 것이다. 위 소설에서는 세진이 남자 친구에게 자기 아버지의 모습을 투사시켜 아버지와 관계를 맺고, 인혜는 누군가에게 보살핌을 받고 싶은 자기의 모습을 투사시켜 결국 상대방의 모습 중에서 자기처럼 불쌍한 모습과만 관계를 맺는 것으로 나타나 있다.

이러한 투사적 동일시는 연인이나 부부 관계에서 아주 흔하게 발견되는 자기 방어 수단이다. 보통 일반적으로 '투사'라고 하는 것은 내 무의식에 있는 어떤 속성을 상대방에게 밀어내어, 그것을 상대방의 탓으로 돌려 버리는 것을 말한다. 예를 들어 성적 유혹을 받은 남편이 자신의 성적 충동을 부인에게 돌려 부인의 정숙을 의심하는 경우가 이에 해당한다.

그러나 투사적 동일시는 자신의 어떤 속성을 다른 사람에게 완전히 밀어내 버리지 못하고 다른 사람에게서 그러한 속성을 끌어낸 다음, 그 사람을 조정함으로써 자신의 충동을 조절하려는 시도다. 상대방과 관계를 하는 것이 아니라 자신이 상대방에게 투사시키고 유도해 낸 자신의 일부분과만 관계를 맺는 것이다.

독립적인 사람은 상당히 의존적인 배우자를 선택하기 쉽다. 왜냐하면 자신이 과거에 억압하던 의존 욕구를 재경험을 통해 충족시키고 싶어하기 때문이다. 그러나 어느 순간이 되면 다시 자신의 세계에서 의존적인 배우자를 쫓아내려 한다.

다른 예로 어릴 적 두려움이 많았고 성인이 되어서는 강박적인 성격을 갖게 된 남자는 어린아이처럼 잠시 잠깐도 혼자 있기를 두려워하는 여자를 선택하게 되는 경우가 많다.

세진에게 특히 두드러지게 사용되는 또 다른 방어 기제는 '지식화(intellectualization)' 다. 그녀는 치료자가 자신의 마음속에 들어오는 것을 방어하기 위해 열심히 책을 읽어 치료자의 지식과 경쟁한다. 지식화는 약한 자기 자신을 보호하기 위해 상대의 기를 꺾고 좌절시키려는 정신 역동인 것이다.

어떤 사람들은 '반동 형성'이란 방어 기제를 사용하여 사랑을 밀어낸다. 반동 형성은 자신이 가지고 있는 욕구를 모른 척하고 그것을 강력하게 부정하려고 하는 것이다. 보통 독립적인 성향이 굉장히 강하면서 남에게 도움을 받는 것을 죽기보다 싫어하는 사람들의 내면을 들여다보면, 오히려 남에게 의존하고 싶어 하고 도움을 기다리고 있는 경우가 많다.

그리고 대개 여자들은 아버지와 같은 이미지를 가진 사람에게 호감을 느끼고, 그 안에서 과거에 아버지에게 충족되지 못한 욕구를 다시 채우려고 한다.

하지만 반동 형성을 하는 사람들의 경우 사람들을 무의식 속에서 밀어내 버린다. 이를테면 위 소설에서 세진은 결코 선생님을 좋아해 본 적이 없다.

앞에서도 얘기했지만 누구나 방어 기제를 사용한다. 문제는 그 정도가 얼마나 심하느냐에 있다. 만약 당신이 돌이켜 보건대 사랑을 함에 있어 과다한 방어 기제의 사용으로 사랑을 그르쳐 왔다면, 그리고 매

번 같은 태도를 반복해 왔다면 그것은 위험 수위일지 모른다. 달리 말하면, 당신이 사랑에 연거푸 실패해 온 데에는 이유가 있다는 것이다.

그래도 다행인 것은 그 이유가 당신 안에 있다는 것이고, 그것은 분명 극복될 수 있다는 사실이다. 비록 극복이 한순간에 이루어지지 않는다 해도 말이다.

사랑을 하려거든
사랑할 수 있는 능력부터 키워라

모든 사람들은 외롭다. 그것이 우리의 운명이다.
사랑할 수 없는 사람들은 더욱 외롭다. 그러나 그것은 그들의 운명이 아니다.

어쩌면 당신은
사랑 불능자일지도
모른다

'**사**랑 불능자?'

아마도 이 말에 거부감을 가지지 않는 사람은 없으리라 생각
된다. 현대 사회에서 '불능(不能)'이라는 말만큼 치명적인 말이 있으
랴. 하지만 사랑을 할 수 없는 사람들이 분명 있다. 그리고 나는 당신
이 사랑 불능자가 아니길 진심으로 바란다. 사랑을 할 수 없는 것만큼
안타까운 일도 없기 때문이다. 미국의 정신분석가 컨버그에 따르면 사
랑을 할 수 없는 사람들은 크게 세 유형으로 나뉜다. 여기서는 그중 보
통 사람들도 조금씩 그 증상을 보이는 두 유형에 대해서만 다루려고
한다.

첫 번째 유형은 내게 없는 걸 가지고 있는 상대를 시기하고, 상대의

감정을 공감하는 능력이 떨어져서 사랑에 빠지기 힘든 사람들이다. 이들에게 사랑은 그 시작도 물론 어렵지만 설령 사랑이 진행된다 해도 자기 자신에 도취되어 있어 순탄하지 않은 길을 걷게 된다. '자기애적 인격장애'는 바로 이러한 인격적 결함을 병적으로 가진 사람들의 장애를 지칭하는 말이다.

대학을 졸업하고 대기업에 근무하며 능력을 인정받던 6년차 주부 연화 씨. 그녀는 어려서부터 항상 공부를 잘했고, 외모에 있어서도 상당한 자신감을 가지고 있었다. 완벽하고 똑 소리 나는 그녀의 모습에 반한 호탕하고 구김살 없는 남자. 그녀는 그와의 장밋빛 미래를 꿈꾸며 결혼을 했다. 그런데 그녀는 막상 결혼을 하고 나자 남편에게 실망해서 자주 싸우게 되었고, 시댁과의 불화도 점점 깊어졌다.

그녀는 남편과 시댁을 탓했지만 문제의 씨앗은 남편뿐만 아니라 그녀에게도 있는 듯했다. 그녀는 어린 시절, 엄마의 사랑을 받지 못했다. 엄마의 죽 끓듯 하는 변덕으로 인제 혼날지 몰라서 늘 마음이 조마조마했다. 더구나 부모가 하루가 멀다 하고 싸우는 바람에 그녀는 책이나 공상 속으로 도피하곤 했다.

언젠가부터 이런 가정환경은 그녀에게 숨기고 싶은 비밀이 되어 버렸다. 자신의 어두운 면을 들키는 게 죽기보다 싫던 그녀는 단 한 번도 밖에 나가서 우울한 집안 이야기를 한 적이 없었다. 오히려 그녀는 공부를 잘하고, 가정 형편이 좋은 아이들하고만 어울려 다녔다.

그런 그녀가 사귄 남자들은 하나같이 어둡고, 경제적으로도 가난한 남자였다. 그건 그녀의 생존 방식이었다. 그녀는 늘 남들 앞에서 완벽하고 강하며 당당해 보이고 싶었다. 그런데 행복하고 넉넉한 집안에서 자란 남자를 만나면 괜히 위축감이 들고, 자신의 어두운 면을 들킬까 봐 노심초사하게 될 것만 같았기 때문이다.

그녀는 매우 차갑고 냉담하게 보이지만, 실은 사람들에게 다가가는 방법을 모르는, 사소한 일에도 쉽게 상처받는 여리고 깨지기 쉬운 사람이었다. 아마도 그녀는 어머니의 주기적인 승인과 허용, 공감 안에서 자기에 대한 확신을 키워 나가는 세 살 이전 시기에, 어머니로부터 냉담하게 거절당하거나 무시당했을 확률이 높다. 그리고 그녀는 이에 대한 방어로 과대 자기를 발달시켰던 것으로 보인다.

그래서 이러한 자기애적 인격장애는 어머니의 공감과 사랑이 결핍되어 생기는 일종의 결핍 장애로 분류되기도 한다.

하지만 대학 시절 내내 그런 어두운 남자들과의 교제에 스스로 지쳐버린 그녀는 굉장히 밝고 자신감 넘치는 지금의 남편을 만나 결혼을 결심하게 되었다. 남편이라면 자신의 모든 상처를 어루만져 줄 것 같아서였다. 그러나 그녀와 같은 성격 구조를 가진 경우 자신이 가지지 않은 면을 가진 상대에 대해 무의식적으로 강한 시기를 하게 된다. 좀 더 심해지면 그것을 비하하고 망치고 싶어한다.

때문에 그녀는 남편을 사랑했지만 그와의 관계는 악화될 수밖에 없었다. 항상 심각하던 그녀는 모든 것을 가볍게 넘기는 남편의 모습에 반했지만, 결국 후에 그것이 갈등의 이유가 됐던 것이다.

한편 남편에게 그녀는 여전히 완벽하고 똑똑하고 강한 여자로만 인식되고 있었다. 거기에는 이제껏 그녀가 그런 모습만 보여 왔다는 이유 외에도, 원래 심각한 걸 싫어하고 보지 않으려 하는 남편의 속성도 맞물려 있었다.

다행히 남편은 날마다 계속되는 그녀의 짜증에도 여전히 그녀를 사랑했다. 그녀도 내적으로 힘들던 어린 시절을 묻고 이제 그만 남편과 행복해지고 싶었지만 아직도 자기가 포장한 자기 자신을 벗어날 수가 없어서 힘들어했다.

남편에게 약한 모습을 드러내 보일 용기는 안 나고, 그 상태에서 자신의 어두운 면을 감싸 주지 못하는 남편에 대한 울분은 계속 쌓여만 갔던 것이다.

컨버그가 사랑을 못하는 사람들로 꼽은 두 번째 유형은 자아가 탄탄하지 않아서 상당히 충동적이고 혼란스러운 상태에 있는 사람들이다. '경계성 인격장애'를 갖고 있는 이들은 항상 자기 자신을 채워 줄 누군가를 찾아 헤매는데, 이들의 문제는 가까워지는 것, 즉 친밀감을 견디지 못하는 데 있다.

이들은 친밀해지면 자신이 상대와 완전히 합쳐져서 소멸해 버릴지도 모른다는 무의식적인 두려움을 가지고 있다. 또한 너무 가까워지게 되면 자신의 공격적 충동이나 분노, 채워지지 않는 욕구 등이 그대로 튀어나와 상대를 집어삼키려 하고, 이것이 곧 상대와 자신을 모두 파괴시킬지도 모른다고 생각한다. 그래서 이들은 위태위태한 외줄타기식 사랑을 할 수밖에 없게 되는데, 그것은 가까워질 수도 없고 멀어질 수도 없는, 결국은 자신을 파괴하고 마는 불행한 사랑이다.

진영 씨는 스물여섯 살의 미혼 여성으로, 폭식하는 습관과 간헐적 구토 증상, 만성적 우울감 및 불면증 등을 이유로 병원을 찾아왔다. 폭식 증상은 고등학교 시절부터 간간이 있었지만, 두 달 전 남자 친구와 헤어진 후 더 악화되었다. 그녀는 살을 뺀다고 며칠을 굶다가도 갑자기 음식을 닥치는 대로 먹어 치우곤 화장실에 가서 구토를 하는 증상을 반복했다. 게다가 지독한 우울증과 불면증 때문에 행색이 말이 아니었다.

그녀는 누군가 자신에게 관심을 표하고 잘해 주기 시작하면, 그 사람을 이상화하고 곧 열정적으로 사랑에 빠졌다. 일단 사랑에 빠지면 전적으로 그 사람에게 의지하며 매달리는 양상을 보였고, 하루에 열 번 넘게 전화하면서도 간혹 상대가 전화를 안 받으면 그 사람이 자신을 떠날 것 같은 불안감으로 안절부절못했다. 당연히 상대는 이런 그녀에게 신물이 나서 돌아서기 마련이었고, 그러면 그녀는 텅 빈 공허감과 심한 외로움으로 힘들어했다.

그녀는 끊임없이 상대를 찾아다니고, 어떤 대상이 옆에 있어야 비로소 안심하게 되는 약한 자아 구조를 가지고 있었다. 왜 그녀는 그런 사랑을 반복할 수밖에 없었을까.

그녀는 아주 어렸을 적 엄마가 가출하는 바람에 1년 동안 엄마 얼굴조차 보지 못한 적이 있었다. 그러다 엄마가 돌아오자 그녀는 엄마가 다시 가출할까 봐 두려워서 순종적으로 말을 잘 들었고, 절대로 엄마와 떨어지지 않으려 했다. 게다가 자신이 귀찮고 나쁜 아이라 엄마가 떠났다는 죄책감에 시달리며 자신을 학대했다. 한편 어떤 때는 잘해 주다가도 갑자기 짜증을 내고 매를 드는 변덕스러운 엄마의 양육 태도는 어린 그녀에게 버림받는 것에 대한 공포감을 준 듯했다.

이처럼 경계성 인격장애는 발달 과정 중 세 살까지의 분리 개별화 과정에서 아이가 과도한 좌절이나 일관되지 못한 돌봄, 혹은 아이의 자율성을 침해할 정도의 과도한 보호와 간섭을 받을 경우에 생기기 쉽다.

특히 생후 18~24개월까지의 기간에 문제가 생기면 그 확률이 더 커진다. 왜냐하면 이때 아이가 익혀야 할 것은 세상을 탐험하다가 돌아왔을 때 어머니가 거기에 있음을 확인하고 안심할 수 있는 능력이기 때문이다. 이것이 제대로 이루어지지 않으면 아이는 성인이 되어서도 옆에 누가 없으면 유난히 불안해하게 된다.

지금까지 사랑을 못하는 대표적인 두 가지 유형에 대해 살펴보았는데, 자신의 모습 중 일부분을 발견한 사람도 있을 것이다. 그렇다고 걱정할 필요는 없다. 누구나 조금씩 그런 면을 가지고 있기 때문이다. 사랑 불능자는 누가 봐도 병적으로 그 증상이 심각한 경우에 속한다.

그리고 사랑 불능자조차도 절망할 필요는 없다. 사랑 불능은 당신이 태어나면서부터 가지고 있는 병이 아니라 후천적으로 사랑할 수 있는 능력을 제대로 배우지 못해서 생긴 병이기 때문이다. 사랑 불능은 치유될 수 있다. 사랑을 '느끼지' 못하는 건 아니니까……

이제부터 필요한 것은 사랑을 하기 위한 당신의 노력이다. 얼마나 노력하느냐가 사랑의 성공 여부를 판가름할 기준이 될 것이다.

인격장애의 진단 기준

■ 자기애적 인격장애

(최소 다섯 가지 이상일 때 자기애적 인격장애로 간주한다.)

1) 별다른 성취 없이 자신의 우월성을 인정받고 싶어 하는 등 자신의 중요성과 특출함에 대해 과대한 느낌을 가진다.
2) 무제한의 성공, 권력, 훌륭함, 미모, 이상적 사랑 등에 집착한다.
3) 자신이 '특별하다'고 믿으며, 특별하거나 고귀한 사람만이 자신을 이해하고 관계를 가질 수 있다고 믿는다.
4) 자신에 대한 과도한 경탄을 요구한다.
5) 자신이 특별한 대우를 받을 권리가 있으며, 자신이 기대하는 것은 다 이루어져야 한다고 생각한다.
6) 자신의 욕망을 위해 타인을 속이거나 이용하는 등 착취적 대인 관계를 가진다.
7) 공감이 결여되어 있어 다른 사람의 기분이나 욕구를 인지하고 동일시하려고 하지 않는다.
8) 다른 사람을 시기하거나, 혹은 다른 사람이 자신을 시기한다고 믿는다.
9) 거만하고 무례한 행동이나 태도를 보인다.

■ 경계성 인격장애

(최소 다섯 가지 이상일 때 경계성 인격장애로 간주한다.)

1) 현실에서나 상상에서나 버림받기 싫어서 미친 듯이 노력한다.

2) 불안정하면서도 강렬한 대인 관계가 특징이며, 과도한 이상화와 평가 절하를 반복한다.

3) 자아상(self-image)이나 자기감(sense of self)이 현저하게, 그리고 지속적으로 불안정하다.

4) 자신을 해치는 충동적이거나 예측이 불가능한 행위(예를 들어 성, 낭비, 도박, 약물, 과속, 과식 등)를 두 가지 이상 한다.

5) 자살 기도, 위협, 혹은 자해 행위를 반복한다.

6) 감정 반응이 즉각적이어서 정서적으로 불안정하므로 가끔 강렬하게 기분 저하에 빠지거나, 자극에 예민하고, 불안이 수시간 지속된다.

7) 만성적인 공허감에 시달린다.

8) 계속 화가 나 있거나 자주 싸우는 등 부적합하고 강렬한 분노를 보이거나, 혹은 분노를 조절하지 못하는 증세를 보인다.

9) 스트레스가 있을 때 일시적으로 편집증적 사고를 보이거나 해리 상태를 경험하기도 한다.

상처 없는
사랑이란 없다

내가 전공 과목을 정신과로 선택하기 전 인턴을 돌고 있을 때의 일이다. 어느 병실에 들어가니 할아버지가 연신 미소를 띠며 할머니와 정답게 이야기를 나누고 계셨다. 그 할머니는 암 환자로 이미 병이 많이 진행된 상태였던 것으로 기억된다. 나는 여느 때처럼 주사를 놔 드리려고 할머니의 옷소매를 걷어붙였다.

잠시 후 혈관을 찾으려고 집중하는 내 귀에, 옆에 가만히 서 계시던 할아버지의 나지막한 목소리가 들려 왔다.

"아이 러브 유(I love you)."

할아버지는 마치 세상에서 가장 사랑스럽고 아름다운 여인을 바라보는 듯한 표정이셨고, 할머니는 수줍은 듯한 미소를 지으셨다. 나는 그때 '아이 러브 유'라는 말이 가진 놀라운 힘을 보았다. 옆에서 듣는 나조차도 환희에 차게 만드는 참으로 마술 같은 그 말의 힘을 말이다.

알싸해진 가슴으로 병실을 나오다가 나는 갑자기 그 노부부의 젊은 시절이 궁금해졌다. 두 분은 젊어서도 항상 그렇게 조용하고 평온하게 서로 사랑한다는 말을 속삭여 가며 살았을까……. 아마 늘 그렇지는 않았을 것이다.

할머니는 아마도 쉽지 않은 시집살이를 겪으셨을 게다. 할아버지는 사업을 하셨다는데, 모르긴 몰라도 숱한 흥망을 거듭했을 게고, 그 시절에 혹시 바람을 피우셨을지도 모르겠다. 때론 얼굴을 붉히며 큰 소리로 싸우기도 하셨겠지……. 서로가 너무도 실망스럽고 미워서 밤새 뒤척거린 적도 있으리라. 자녀를 넷이나 두셨다는데, 그 자식들을 키우면서는 또 어떤 일들이 있었을까. 두 분 모두 때론 삶의 무게가 너무 버거워 마음속으로는 몇 번이고 보따리를 쌌다 풀었다 하지 않았을까. 그래도 그 노부부는 모든 것을 같이 이겨 왔기 때문에 그토록 서로 깊이 이해하고 고통마저 나눌 수 있게 되었을 것이다.

영화 '매그놀리아'가 가르쳐 주는 사랑의 비밀

마흔이 넘어서도 옛 사랑의 상처를 극복하지 못해 다른 사람을 만날 용기가 안 난다던 친구가 있었다. 어느 날 그 친구가 말했다.

"네가 내 상처를 어떻게 이해하겠니? 제일 먼저 결혼해서 남편하고 잘 사는 애가……."

내가 아무리 그 친구에게 그만 정신 차리고 사람 좀 만나 보라고 했기로서니, 그런 식으로 말할 줄이야. 나 역시 사랑 때문에 잠 못 이룬 밤이 있었고, 그로 인해 가슴 아픈 상처가 있는 사람이다. 그리고 결혼한다고 상처가 씻은 듯 없어지나? 아니다. 오히려 상처가 덧날 때도 있고, 없던 상처가 생기기도 했다.

그러나 같은 상처를 입어도 유독 힘들어하는 사람들이 있다. 그들은 더러 차라리 사랑 없는 결혼을 하고 싶다는 무서운 말을 내뱉기도 한다. 그들이 원하는 관계는 더 이상 상처를 주지도 받지도 않는, 그러면서 그냥 옆에 있어 주는 것이다.

그러나 이러한 관계가 가능할 수 있을까? 서로 상처를 주지 않으면서도 친밀한 관계, 거기에 약간의 행복감만 더해질 수 있다면 더욱 좋을 관계가…….

하지만 나는 이제껏 살면서 이런 관계를 본 적이 없다. 그런 관계는 사이버 공간에서나 가능한 일이 아닐까? 이쯤에서 내가 소개하고 싶은 영화 한 편이 있다.

사람과 사람 사이의 관계를 조명한 영화 '매그놀리아'. 이 영화에 톰 크루즈가 나온다고 대학생 조카를 꼬드겨 같이 갔다가 괜한 원망만 들은 기억이 난다. 하긴 상영 시간이 3시간이 넘는데다가, 특히 마지막 장면은 너무 생소하고 기괴해서 관객들이 모두 입을 벌리고 기막혀 했을 정도이긴 했다. 하지만 나는 이 영화를 내가 사랑하는 영화로 꼽는 데 주저하지 않는다.

사람과 사람 사이의 관계. 그것은 우연인가, 아니면 운명인가? 영국에서 일어난 선량한 한 시민의 살인 사건과 강도 세 명의 사형, 미국에서 일어난 스쿠버다이버의 죽음과 그 사건에 책임이 있던 소방관의 자살, 자살하려고 아파트 옥상에서 뛰어내린 한 소년의 배를 관통한 그의 어머니가 쏜 총알……. 이렇듯 동시다발적으로 사람 사이에 일어나는 사건들이 말이다.

첫 번째 이야기 조각. 한때 사랑하던 아내와 아들을 버리고 젊은 여자와 결혼한 '얼'이란 노인이 암을 선고받고는 죽음을 기다리며 자신이 버린 아들을 찾아 속죄하고 싶어한다. 그의 돈을 보고 결혼한 젊은 여자는 노인의 죽음을 앞두고서야 비로소 자신이 그를 진정으로 사랑했음을 깨닫고 그에게 준 상처에 대한 죄책감으로 몸부림친다. 그가 오래 전에 버린 아들 잭은 이름을 프랭크로 바꾸고 남자들에게 여자를 정복하는 방법을 가르치는 섹스 강사가 되어 있다.

두 번째, 30년간 어린이 퀴즈쇼의 진행자로서 명성을 굳혀 온 지미의 이야기. 그에겐 어릴 적 자신에게 성적 학대를 당하고 가출한 뒤 매춘부가 되어 지금은 마약에 절어 사는 딸 클라우디아가 있다. 지미는 자신의 죽음에 이르러서야 딸에게 한 잘못을 참회하며 괴로워한다. 그리고 착하지만 무기력한 경찰관은 상처투성이의 클라우디아에게 사랑을 느낀다.

세 번째 이야기 조각. 지미가 진행하는 퀴즈쇼에서 한때 퀴즈왕으로 명성을 날리던 도니란 남자는 이제 현실에선 우스꽝스런 바보짓만 일삼는 인생의 패배자가 되어 있다. 미래의 도니가 될 것만 같은 현재의 퀴즈왕 소년은 온통 자신의 퀴즈 성적에만 관심 있는 아버지와 매스

컴, 관객들의 학대에 짓눌려 퀴즈쇼 도중 오줌을 싸고 만다.

영화는 이런 식으로 3시간 동안 서로 얽히고설켜 있는 인간 사이의 끈들을 우연인 듯 운명인 듯 정신없이 풀어 놓는다.

이 영화에서는 어떤 이에게 상처를 주는 인간이 또 한편에서는 다른 인간에게 상처를 받으면서 상처의 굴레가 돌고 돈다. 마치 상처의 전시장을 보는 듯한 기분이다. 이제 누가 누구에게 상처를 주었으며 또 누가 누구에게 고통을 주고 있는지조차 헷갈리게 된다. 결국 우리의 인생이란 것이 애초에 이러한 욕망과 상처의 굴레로부터 자유로울 수 없는 게 아닐까.

영화 후반부에 등장 인물들은 이러한 아픔을 하나의 서정시 같은 노래로 승화시켜 부른다.

"당신은 이 상태를 견뎌 낼 수 없을 거야, 우리의 고통은 영원히 지속되리……."

이 노래는, 그 긴 영화가 우리에게 던지는 메시지를 축약하고 있는 듯하다. '상처투성이 인간들아, 웬만하면 용서하면서 살고, 상처 입은 사람들끼리 서로 상처를 보듬어 주면서 살아가라' 라는…….

상처 입기를 원하는 사람은 없다. 그리고 누구나 내가 비록 상처를 입었더라도 내 아이에게만은 그 상처를 물려주지 않겠다고 다짐한다. 그런데 요즘 일상생활에 파고들어 무분별하게 적용되는 심리학적 개념들은 오히려 사람들의 관계에 대한 불안을 가중시키는 듯하다.

누군가 방송에 나와서 '이렇게 하면 아이에게 큰 상처가 된다' 라고 말하면 사람들은 화들짝 놀라서 어떻게 하면 상처를 예방하고 가장 이상적인 관계를 맺을 수 있을까 골몰하고, 거기에 합당한 이상적인 표본을 찾아 모방하기에 바쁘다. '아이를 올바르게 키우는 법' 이라든가 '부부가 대화하는 방법' 같은 책들이 이런 사람들의 손에 들어가면, 그들은 책에서 일러 주는 대로 행동하고 관계를 맺으려 한다.

문제는 감정을 가진 부모나 애인으로서 서로 부대끼며 살아가는 게 아니라 그들이 마치 서로가 서로의 심리 치료사라도 되는 듯 행동하고 말하려는 데 있다.

우리의 감정이라는 것은 때론 자기 자신도 잘 모를 만큼 복잡하고 미묘해서 매뉴얼화할 수 없다. 게다가 그러한 틀에 박힌 관계들 속에서 사랑이란 단어를 하루에 수십 번 입에 올린다 한들 무슨 의미가 있겠는가. 사람 사이의 관계에서 가장 중요한 게 다만 그 관계를 '깨뜨리지' 않기 위해 노력하는 것일까?

우리가 이쯤에서 다시 생각해 봐야 할 것은 바로 사랑의 의미다. 사람들은 흔히 사랑을 '갈등이 없는 상태' 라고 생각한다. 하지만 사소하게나마 갈등을 겪지 않는 사랑은 실제로 존재하지 않는다. 아마도 사랑을 해 본 사람들은 이 사실을 이미 몸으로 깨쳤을 것이다.

싸움 한 번 해 보지 않은 연인과 부부가 어디 있으랴. 우리는 알고 있다. 그들의 싸움이 아주 사소한 문제로부터 시작된다는 것을……. 때로 이 싸움은 그 누구에게도 이익이 되기는커녕 파괴적이며 소모적인 것으로 발전한다. 그러나 이런 소모적인 싸움은 갈등을 본질적으로 해결해 주지 못한다. 심리학자인 에리히 프롬은 이러한 싸움을 '진짜 갈등'을 회피하기 위한 불필요한 노력이라고 언급한 바 있다.

진짜 갈등은 그들이 속해 있는 내적 현실의 깊은 차원에서 비롯되는 것이다. 그러니까 진짜 갈등을 마주 대하면 갈등의 핵심이 명확해지면서 카타르시스를 창출해 서로에 대한 더 깊은 이해의 힘을 갖게 된다. 그러므로 우리가 갈등을 겪고 그것을 해결해야 하는 이유는 어쩌면 우리 모두 진정한 사랑의 관계를 갈구하고 있기 때문인지도 모른다.

서로 도움은 안 돼도 사랑은 할 수 있다고?

진정한 사랑은 단순히 사랑의 감정만으로 이루어지는 게 아님을 잘 보여 주는 영화가 한 편 있다. 흐르는 강물 아래서 낚싯대를 드리우고 있는 남자들의 모습이 인상적이던 영화, '흐르는 강물처럼'.

이 영화는 실제 인물인 노먼 매클린의 자서전을 바탕으로 하고 있다. 그는 미국의 은퇴한 대학 교수이자 작가다. 영화에서 매클린 가족은 목사인 아버지와 어머니, 이야기의 화자가 되는 노먼, 그리고 두 살 아래 동생인 폴로 이루어져 있다.

아버지는 집에서 절대적인 존재이며, 감정 표현의 억제, 원칙 고수, 인색한 칭찬으로 가족들을 엄격하게 통제한다. 그러나 그의 엄격함 뒤에는 문학과 아이들, 낚시에 대한 열정과 사랑이 자리 잡고 있다.

큰아들인 노먼은 여러 면에서 아버지를 닮은 소년이다. 그는 지나치다 싶은 아버지의 교육과 통제를 순순히 받아들여 아버지처럼 문학과 시를 사랑하게 된다. 반면 그림자처럼 형 노먼을 따라다니는 동생 폴은 그와 정반대다. 폴은 어려서부터 열정적이며 과감했고 때론 무모하기조차 했다. 노먼과 폴은 그 외에도 여러 면에서 참 달랐다. 노먼은 신중하고 사려 깊으며 순종적이지만 리더는 되지 못한다. 반면 폴은 매력적이고 충동적이며, 그만이 가진 카리스마로 항상 집단의 중심에 선다.

노먼은 아버지의 혹독한 가르침이 싫지만 순종적으로 받아들이는 가운데 나름대로의 지식과 기술을 획득해 나간다. 그러나 폴은 언제나 아버지의 규칙을 깨고 그 엄격한 통제로부터 벗어나려 반항한다. 폴은 끝내 아버지의 권위에 무릎을 꿇지 않고, 아버지 역시 그의 고집을 꺾지 못한다. 낚시할 때도 폴은 아버지가 가르쳐 준 메트로놈의 4박자 규칙을 깨고 자기만의 독특한 숭어잡이 리듬을 계발한다.

항상 아버지 말에 복종하던 노먼과 아버지의 규칙으로부터 벗어나기 위해 몸부림쳤던 폴은 나중에 전혀 다른 결과를 맞게 된다. 노먼은 아버지 곁을 떠나 먼 곳에서 대학을 다니고 대학 교수가 되지만, 항상 아버지를 벗어나고자 하던 폴은 고향을 떠나지 못하고 조그마한 신문사에서 기자로 일한다.

성인이 돼서도 폴은 여전히 규칙을 깨고 위험한 행동을 즐겨 한다. 근무 시간에 술에 취하고, 인디언 여자를 데리고 술집에 가서 일부러 눈길을 끌기 위해 도발적인 춤을 추기도 하며, 싸움판에 말려들기도 한다.

결국 그는 위험한 도박에 빠져 들어 감당할 수 없을 만큼 빚을 지게되고, 그로 인해 죽음을 맞이하게 된다.

이 영화에서 낚시는 이들 부자간의 관계를 은유한다. 두 형제 모두 강력한 아버지의 이미지에 압도당하고 거기에 영향받고 의존한다. 물고기가 낚싯바늘에서 풀려날 수 있는 길은 낚시꾼 쪽으로 헤엄쳐 가서 낚싯줄을 느슨하게 한 다음 낚시 고리로부터 자유로워질 기회를 포착하는 것이다. 노먼은 아버지에게 순종하며 결국 그 자유를 얻는 데 성공한다.

그러나 폴은 끊임없이 아버지의 규칙을 깨려 하나 그러면 그럴수록 줄은 더 팽팽해지고 갈고리는 몸 안에 더욱 깊숙이 박혀 점점 지쳐 가는 물고기와 같았다. 폴의 비극은 이렇게 몸부림치는 물고기처럼 결국 아버지를 벗어나지 못하는 데에서 기인한다.

좀처럼 감정을 드러내지 않던 아버지는 폴이 죽고 난 한참 후에야 죽은 아들에 대해 이렇게 회상한다. '그는 아름다웠다'라고. 그리고 죽은 아들을 그리워하며 교회 강단에 선 아버지는 비로소 회한에 잠겨 이렇게 말한다.

"우리는 상대방이 도움을 원하고 있다는 것을 알면서도 도움을 주지 못합니다. 오히려 때론 그들이 원하지 않는 도움을 주곤 합니다. 그러나 우린 서로에게 도움이 될 수 없다 하더라도 서로를 사랑할 순 있습니다."

폴과 아버지는 서로를 사랑했다. 하지만 그들은 본질적인 갈등을 정면으로 부딪쳐 해결하려 하지 않았다. 진짜 갈등을 겪는 것이 두려워 이것을 회피하기 위해 계속 겉돌았을 뿐이다. 아버지는 폴의 모습을 속으로는 사랑했을지 모르지만 겉으로는 절대 그것을 받아들이지 않았으며, 폴 또한 아버지를 동경하고 사랑했지만 아버지의 냉정함에 사랑하는 마음을 애써 감추었다.

어떻게 보면 그들 부자는 서로 상처 주지 않는 사랑을 꿈꾸었지만, 상처 입는 게 두려워 갈등을 피해 버림으로써 오히려 서로에게 씻을 수 없는 상처를 입히고 만 것이다.

서로에게 도움이 될 수 없더라도 사랑은 할 수 있다고? 물론 일면 맞는 말이다. 사랑을 안 하는 것보다 하는 것이 훨씬 나으니까. 그러나 사랑을 하고 있는 어떤 사람도 이렇게 회한으로만 남는 사랑은 원치 않을 것이다. 아버지를 사랑했지만 그를 감싸 안지 못하는 폴도 그랬고, 아들을 사랑했지만 아무 도움도 못 주고 바라보기만 하던 그의 아버지도 그랬다.

우리는 사실 사랑하는 사람과 더 친밀해지길 원한다. 하지만 그러기 위해서도 상처가 복병처럼 숨어 있는 계곡을 거치지 않을 수 없다. 사람들이 부대끼며 사는 곳에 상처 없는 무균실 같은 곳은 결코 존재하지 않기 때문이다.

아무리 서로 사랑하는 사이일지라도 함께 부대끼며 살아가는 동안 알게 모르게 서로 상처를 주고받을 수밖에 없다. 그러니 서로 도움은 안 돼도 사랑은 할 수 있다며 갈등을 회피해선 안 된다. 그러면 오히려 서로의 상처만 깊어질 따름이다.

사랑에 목마른, 그러나 사랑이 두려운 영혼들이여!

상처 없는 사랑이란 없다. 중요한 것은 사랑의 치명적인 상처를 어떻게 피해 가며, 상처를 입었을 때 그것을 어떻게 치유해 나가느냐다.

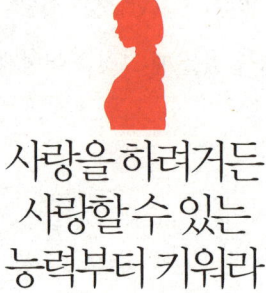

사랑을 하려거든
사랑할 수 있는
능력부터 키워라

내 수업을 들은 여학생 중에 내가 잊어버리지 않는 이름이 있다. 이름이 '김나숭' 이었는데, 모두가 아주 자연스럽게 '내숭이' 라고 불렀다. 나는 이름 가지고 장난치는 아이들을 괘씸하게 생각했는데, 알고 보니 그 별명이 딱히 이름 때문에 붙여진 것만은 아니었다.

그녀의 특징은 머리를 오랫동안 감지 않는 것인데, 매일 수업을 같이 듣는 친구들에게는 그 점을 인정하고 내보이면서도 다른 과 학생들과 수업을 같이 듣는 날이면 어김없이 달라진다고 했다. 평소엔 머리를 높게 묶어서 틀어 올리고 다니다 그날만 되면 머리를 감고 풀어서 찰랑찰랑 긴 생머리를 하고 나타난다는 것이다.

"그게 뭐가 흉볼 일이니?"

고작 그런 이유로 친구를 '내숭이' 라고 부르다니 나는 어처구니가 없었다. 그러자 한 남학생이 속이 터진다는 듯 이렇게 말했다.

"다른 과 애들은 그것도 모르고 걔한테 관심을 갖거든요. 걔네가 바로 그 전날 우리랑 같이 수업을 들어 봐야 되는데……."

그 모습을 떠올리니 나도 모르게 웃음이 나왔다. 그런데 정말로 나는 학기가 끝날 때까지 그녀의 긴 생머리를 구경하지 못했다.

남녀가 처음 만나면 늘상 묻게 되는 것이 있다. 무슨 일을 하냐, 어느 학교를 다니냐, 집은 어디냐 등등……. 그리고 두 번째 정도 만나면 좀 더 사적인 질문을 하게 된다. 형제는 어떻게 되느냐, 부모님은 어떠시냐……. 이것이 발전하면 어린 시절은 어땠는지, 학창 시절엔 어떤 모습이었는지 서로 궁금해지기 시작하고, 또 서로 말해 주고 싶어진다. 이것은 '자기 확신과 서로에 대해 말하기(self-narration)'라고 하는, 사랑하는 관계로 발전하기 위한 필수적인 과정이다.

그럼에도 불구하고 사람을 만나게 되면 어느 정도 친해지기 전까지 보여 주고 싶지 않은 면들이 있기 마련이다. 특히 상대가 이성일 경우엔 더욱 그렇다. 아무리 좋아도 자신의 적나라한 모습은 보이려 하지 않는 것이다. 맥주를 한 모금만 마셔도 얼굴이 벌겋게 달아오르고 연신 트림을 하는 여자가 첫 대면에서 흔쾌히 맥주를 같이 마실 리 없고, 못 말리는 음치인 남자가 처음 만난 자리에서 노래방에 가자고 말할 리 없다.

물론 그것은 그들이 서로 사랑하는 관계로 발전한다면 얼마든지 가능할 일이다. 왜냐하면 사랑하는 사람들은 서로의 유일함과 가치를 확신한다. 그 모든 단점에도 불구하고 아무런 비판 없이 서로를 받아들여 줄 수 있게 되는 것이다.

연인들은 현재뿐 아니라 과거 또한 공유한다. 때때로 그들은 자기가 그 과거에 없었다는 이유로 상대의 과거를 질투하기도 한다. 그래도 연인들은 상대의 과거를 알고, 그것을 통해 상대의 과거는 현재의 자기를 만나기 위한 긴 여행이었음을 확인하고 싶어한다. 마치 어린아이가 어머니 무릎에 앉아서 가족사를 들으며 '아, 이런저런 역사를 통해 내가 존재하게 된 거구나' 하며 깨닫고 스스로 확고한 정체성을 느끼듯, 연인들은 상대의 지나온 이야기를 들으며 자신이 그 이야기의 중심에 있음을 발견한다.

이렇게 서로에 대한 역사를 알고 그 감정을 이해하고 나면 여기서부터 깊은 배려가 싹트게 되고, 상대에게 감사하는 마음도 생겨난다. 인간은 선천적으로 공격적인 기질을 가지고 태어나는데, 배려와 감사는 이것으로부터 상대를 보호할 수 있게 해 준다.

특히 배려는 사랑을 하는 데 있어서 아주 중요한 요소다. 이것을 바탕으로 우리는 내 안의 공격성이 상대에게 직접적으로 치닫는 것을 조절하게 되고, 그럼으로써 관계가 도저히 회복될 수 없을 정도의 치명적인 상처는 입히지 않을 수 있게 된다.

하지만 사랑하는 사람에 대한 배려의 감정을 제대로 배우지 못한 사람은 처음엔 잘 나가다가도 어느 순간 자기도 모르게 공격성을 표출해서 공들여 쌓은 관계를 무너뜨려 버린다. 이런 사람은 자기 안의 공격성과 분노를 조절할 수 있을 때까지 사랑을 제대로 하기가 무척 어렵다.

그리고 나를 사랑해 주는 사람에 대해 감사할 줄 모르는 사람은 기본적으로 상대와 내가 분리된 존재임을 깊이 인식하지 못하고 있는 것이라 볼 수 있다. 만일 상대가 내 속에 속한 사람이 아니라, 나와 분리된 아주 독립적인 존재라는 사실을 받아들인다면 그럼에도 불구하고 나를 사랑해 주는 그에게 어찌 감사한 마음이 안 들겠는가.

그러나 사랑하는 사이가 되어 아무리 많은 부분을 공유하게 되더라도 웬만해서는 절대로 열어 보이고 싶지 않은 게 있다. 우리는 그런 부분들을 끝까지 마음속 저 밑바닥에 잘 가둬 두고 수면에 떠오르지 않도록 단속하며, 그것도 모자라 상대가 그 존재를 눈치 채지 못하도록 방어벽을 쌓는다. 하지만 그렇게 한다고 평생 그 문제가 수면 위에 떠오르지 않고 묻혀 있을 수 있을까?

영화 '굿 윌 헌팅'의 주인공 '윌 헌팅'도 그 누구에게도 절대로 자기의 상처를 보이지 않으려 애쓰는 인물이다. 자신이 사랑하는 사람에게까지도.

윌은 보스턴 빈민가에 살면서 MIT 공대에서 청소 일을 하는 청년이다. 그는 대학 교육은 받지 못했지만 어떤 분야든 혼자서 책을 통해 깨치는 비상한 머리를 가졌다. 윌은 수학 교수 램보가 학생들에게 낸 문제를 몰래 풀어냄으로써 학생들과 램보 교수를 조롱하고 무기력하게 만든다. 램보는 윌의 천재성을 아깝게 여겨 그를 친구인 정신과 의사

숀에게 보여 도움을 청한다. 밤새 심리학 책을 읽고 와서는 치료자를 질리게 하던 월은 숀도 꼼짝 못하게 하려고 애쓴다. 이 과정에서 월은 하버드 의대생인 스카일라를 사귀는데, 결국 오래가지는 못한다. 그녀를 사랑하면서도 절대 마음을 열지 않는 월에게 스카일라가 이렇게 말한다.

"너는 너의 약한 모습을 드러내면 나한테 버림받을지도 모를까 봐 두려워하는 거야."

월은 애써 그런 말을 무시한다. 그러나 숀과의 치료에서 월은 조금씩 마음을 열어 가고 마침내 어린 시절 양아버지에게 학대당하던 이야기를 하면서 그동안 꾹꾹 눌러 둔 감정을 폭발시킨다. 숀은 흐느끼는 월을 안고 이렇게 반복한다.

"그건 네 잘못이 아니다."

이후 월은 자신의 고통스런 과거의 기억을 툴툴 털어 버리고 치료를 끝내게 되며 스카일라를 다시 만나기 위해 길을 떠난다.

월은 고통스런 기억을 안고 있던 청년이다. 그는 어렸을 때 친부모로부터 버림받고, 수차례 입양되었다 파양되는 과정에서 양아버지에게도 심한 학대를 받았다. 그는 이러한 기억 탓에 세상에 대해 깊은 불신과 증오를 안게 되었고, 그런 세상이 두려워 고향인 보스턴을 절대 떠나지 않는다.

어린 시절 버림받고 학대당한 기억이 있는 아이는 자신이 나쁘기 때문에 자신이 버림받았다고 느끼며, 그 누구나 내면에 조금씩은 갖고 있는 분노와 공격성에 대해서도 심한 두려움과 죄책감을 갖는다. 윌도 마찬가지다. 그런 윌의 마음 상태는 그가 숀이 그린 그림을 분석하며 했던 말에서 잘 드러난다.

"거대한 폭풍우가 머리를 덮칠 것 같은 무서운 곳에 외로이 떠 있으면서 안전한 부둣가를 찾기 위해 무던히도 애쓰는 작은 배."

그것은 곧 윌 자신의 마음 상태이기도 했다. 그는 두렵고 위험한 세상에서 안전한 피난처를 찾기 위해 안간힘을 쓰고 있는 나약한 작은 배일 뿐이었다.

우리의 마음속엔 저마다 지울 수 없는 한 아이가 살고 있다. 더 이상 자라지 않고, 자라고 싶지 않은 아이. 아이는 네버랜드로 날아가 버린 피터 팬처럼 우리의 마음속 한구석에 자리 잡은 섬 안에서 살고 있다. 귄터 그라스의 소설 『양철북』에 나오는 오스카처럼 성장을 멈추어 버린, 그래서 어린아이의 시선과 두려움, 공상을 고스란히 간직하고 있는 아이. 그 아이의 불안을 잠재우는 길은 성장을 멈추어 버린 그 아이에게 다시금 성장할 수 있는 기회를 주는 것이다. 그리하여 그 아이가 어른의 시각과 사고로 세상과 자신을 큰 두려움 없이 바라볼 수 있는 힘을 갖도록.

사랑은 그 아이를 성장시킬 수 있는 좋은 기회다. 사랑하는 사람들이 어린아이같이 말하고, 아이처럼 유치한 장난을 치면서 깔깔거리는 모습을 본 적이 있는지……. 누군가는 그 모습을 보면서 흔히 '닭살'이라는 표현을 쓰며 눈살을 찌푸리지만 그게 바로 과거 어느 언저리에

선가 성장이 멈추어 버린 아이를 성장시키는 과정이다. 왜냐하면 연인들의 그 모습은 사랑을 갈구했지만 사랑 대신 상처만을 입은 과거의 어린아이로 돌아가 다시 사랑을 갈구하는 것이기 때문이다.

그런데 이번엔 상처 대신 사랑이 내게로 온다. "나 예쁘지?"라고 물으면 사랑하는 이에게서 "넌 어떻게 해도 예뻐"라는 피드백을 받는 것이다. 그러면 그 아이는 행복해져서 다시 성장할 용기를 내게 된다. 아무리 사랑에 치이고 데었더라도, 사람들이 다시 사랑을 찾아 떠나는 이유는 바로 여기에 있다. 그러므로 사랑하는 이가 생긴다는 것은 신이 내린 축복임에 틀림없다.

하지만 누구에게나 사랑이 축복인 건 아닌 것 같다. 윌이 처음에 그랬듯 사랑이 다가와도 그 사랑을 기쁘게 받아들이지 못하고 밀어내 버리는 경우도 많기 때문이다. 나는 영화 초반에 윌을 지켜보면서 문득 그런 생각을 했다.

'사랑받는 능력은 사랑할 수 있는 능력과 비례하지 않을까?'

스칼라 같은 좋은 사람이 다가왔는데도 윌은 그 사랑을 거부했다. 자신이 사랑받을 만한 가치가 없는, 아주 못난 사람이라고 생각했기 때문이다. 그런데 윌은 나중에 스스로 스칼라를 찾아간다. 자신이 더 이상 버림받아 마땅한, 나쁘고 못난 사람이 아님을 깨달았기 때문에…….

이처럼 사랑받는 능력은 사랑할 수 있는 능력이 얼마나 되느냐에 따라 좌우된다. 그런 의미에서 나는 당신에게 사랑을 하려거든 사랑할 수 있는 능력부터 키우라고 말하고 싶다. 그럼 아마 당신은 나에게 이렇게 물을지도 모르겠다.

"사랑을 하면서 상처를 치유해 나가라더니 이제는 나보고 사랑하기 전에 상처를 다 치유하란 말이에요? 그건 말이 안 돼요."

맞는 말이다. 상처를 보듬어 주고 싶어도 어떻게 해야 할지를 모르겠는데, 도대체 어떤 상처가 있는지조차도 잘 모르겠는데, 어떻게 상처를 스스로 치유하겠는가. 그리고 평생을 치유해도 그 뿌리는 그대로 남아 있는 경우도 많은데…….

그래도 나는 내 말을 거둘 의사가 없다. 왜냐하면 사랑하는 능력을 키우는 것은 뭔가 문제가 생겼을 때 모든 탓을 상대에게 돌리지 않고, 그 전에 자신을 한번 돌아보는 것으로부터 시작되기 때문이다. 아주 거창한 게 아니라는 말이다. 모든 것은 한 걸음으로부터 시작된다. 하지만 한 걸음 한 걸음 꾸준히 걸어 나가다 보면 어느새 자신이 저만치가 있는 걸 발견할 수 있다.

부끄럽지만 내 안에도 아직 해결되지 못하고 남아 있는 상처가 많다. 아직도 그 상처들이 정신분석 전문의라고 말하고 다니는 나를 옴짝달싹 못하게 만드는 경우도 허다하다. 그래도 나는 나를 들여다보기를 포기하지 않는다. 언젠가 저만치 가서, 사랑하는 능력이 커져 "그때는 내가 왜 그랬을까? 그렇게 하는 게 아니었는데……. 그땐 참 어렸나 보다"라고 말할 수 있기를 기대하면서…….

사랑하는 능력을 키우라는 게 상처가 치유될 때까지 사랑을 하지 말라는 소리는 결코 아니다. 사랑할 수 있는 능력은 성숙의 결과이기도 하지만 그 자체가 성숙을 이끄는 성숙 과정의 한 기능이기도 하다. 사랑 안에서 개인은 과거로부터 자유로워질 수 있고, 그럼으로써 좀 더 자유롭게 자기를 찾아 앞으로 나아갈 수 있다. 그러므로 오히려 사랑이 상처를 치유할 능력을 키우는 최선책일지 모른다. 하지만 그럼에도 각자가 그 능력을 키우는 일을 소홀히 해선 안 된다. 사랑을 두려워하는, 그래서 사랑을 하면 기쁨보다 슬픔이 많은 당신은 더욱 그렇다.

지금부터 나는 당신이 사랑하는 능력을 키우는 데 도움이 될 만한 키워드들을 제시하려고 한다. 그 키워드들을 가지고 곰곰이 돌이켜 보라. 그러면 아마도 당신은 사랑을 하는 데 있어 아주 귀중한 무언가를 얻을 수 있을 것이다.

소홀히 넘겨 버리는,
그러나
아주 중요한 문제

사랑을 하면서 누구나 느끼게 되는 것 중의 하나. 나는 중요하게 생각하는데 상대방은 중요하게 생각하지 않는 것들이 있다는 것이다. 물론 반대의 경우도 있다.

그런데 사랑을 하는 우리 모두가 소홀히 대하는, 그러나 아주 중요한 문제가 있다. 그것은 바로 사랑에 있어서 '애도할 줄 알기', '신뢰할 줄 알기'와 관련한 것이다.

지난 사랑을 떠나보내는 것, 내가 사랑하는 사람을 믿는 것, 그것은 아주 당연하다고? 하지만 그걸 잘 못하는 사람이 의외로 많은 건 왜일까? 혹시 당연하다고 여기면서 어느새 그 문제들을 소홀하게 넘겨 버린 건 아닐까? 나는 그런 물음으로부터 이야기를 시작하고자 한다.

애도할 줄 알기

탐스러운 눈이 마을 구석구석까지 온통 삼켜 버린 날, 누군가 그 눈 사이를 가로지른다. 그녀, 와타나베 히로코는 2년 전 자신의 연인 후지이 이츠키를 등반 사고로 잃었고 오늘은 그의 추모일이다. 2년 전 이날도 역시 눈이 오고 있었다.

그녀는 하늘을 쳐다보았다. 무색의 하늘에서 한없이 내리는 하얀 눈은 아름다웠다. 눈 덮인 산에서 죽은 그가 마지막으로 본 하늘도 이랬을까.

그녀가 향 피울 차례가 돌아왔다. 묘 앞에서 합장하고, 다시 그와 마주 본 그녀는 묘하게도 기분이 온화한 것에 스스로도 놀랐다. 세월이란 게 이런 것인가. 그렇게 생각하니 그녀는 좀 마음이 복잡해졌다.

'매정한 여자라서 미안해.'

그녀가 세운 향은 곧 엷은 연기를 피웠지만, 눈 한 송이가 그 끝을 건드려 불을 꺼뜨렸다. 그녀에게는 그것이 그의 장난처럼 느껴졌다. 목이 메어 왔다.

2년이란 시간이 지났으나, 그녀는 여전히 죽은 남자 친구의 연인처럼 지낸다. 그가 산에서 사고를 당한 것이 아니라, 잠시 어딘가 먼 곳으로 떠난 것처럼. 미소를 머금은 그의 얼굴은 언제나 그녀 곁을 지켜 주는 듯했다.

추도식을 끝내고 그녀는 이츠키의 집을 방문하여 그의 흔적을 더듬어 간다. 그의 어머니가 건넨 중학교 졸업 앨범에는 그의 얼굴이 10년을 거슬러 담겨 있다.

"전혀 변하지 않았네요."

주소록에서 그의 이름을 발견한 그녀는 얼른 그의 옛 주소를 팔에 옮겨 적는다. 그리고 지금은 도로가 되어 버려 사라졌다는 그의 옛 집으로 짧은 편지를 보낸다.

"잘 지내시나요? 저는 잘 있어요."

얼마 후, 죽은 남자 친구의 이름으로 답장이 날아들자 그녀는 희망으로 가득 찬다. 그녀는 그에게 다시 편지를 보내고 또 답신이 온다. 그러나 결국 그녀는 자신에게 편지를 보낸 사람이 과거 자신이 사랑한 그 이츠키가 아닌, 그와 똑같은 이름을 가진 그의 중학교 여자 동창이라는 사실을 알게 된다. 그래서 이제부터 그녀는 여자 이츠키에게 연인 이츠키에 대한 기억들을 물어 나간다.

한편 그녀는 이츠키의 친구인 시게루의 제안에 갈등하고 있다. 시게루는 그녀에게 죽은 이츠키가 살던 오타루에 가 보자고 하고, 그가 죽은 산으로 가 보자고 보챈다. 그러나 그녀는 내켜 하지 않는다. 왜냐하면 그는 아직 죽지 않았으니까. 그녀의 마음속에서 이츠키는 여전히 예전과 똑같은 그녀의 연인이었고, 그렇게 언제까지나 살고 싶었다. 그녀의 눈은 시게루에게 이렇게 반문하는 듯하다.

'나, 그냥 평생 그의 연인으로 살면 안 될까?'

그러던 그녀가 시게루의 끈질긴 설득에 넘어가 이츠키를 떠나보낸 산으로 가게 된다. 우울한 여행의 시작, 이 여행의 끝에서 그녀는 그의 죽음과 정면으로 마주해야만 한다. 그에 대한 그리움으로 불안한 마음을 억누르고 찾아간 산, 그가 마지막 순간을 보낸 산, 이제 그녀는 그 산으로 다가가 그를 부른다. 그리고 마침내 그를 보낸다.

"잘 지내시나요? 저는 잘 있어요."

당신의 지난 사랑의 기억은 지금 어디 있는가. 혹시 당신도 영화 '러 브레터'의 히로코처럼 사람은 가고 없지만 그가 아직 곁에 있는 듯이 살아가는가?

지나간 사랑을 애도하지 못한 사람은 다음 사랑을 맞이할 준비를 할 수 없다. 그리고 스스로도 아직은 사랑을 시작하기엔 너무 이르다고 생각한다. 행여 누군가 다가오더라도 결국 마음을 열지 못한 채 힘없 이 돌아서고 만다.

히로코가 떠나보내지 못하는 과거의 기억은 얼음 속에 갇혀 있는 잠 자리의 모습으로 비유된다. 어느 날 그녀는 눈길에 넘어지면서 우연히 죽어서 얼음에 갇혀 있는 잠자리를 발견한다. 썩어서 흙이 되어야 했 음에도 살아 있을 때 그 모습 그대로인 잠자리는 그녀의 마음속에 살 아 있는 이츠키의 모습과도 같다.

그래서 그녀는 잠자리를 보면서도 이렇게 말한다.

"잘 지내시나요?"

사랑하던 사람과의 이별이 오면, 그 말 못 할 아픔은 먼저 분노의 얼 굴로 드러나기 시작한다. 둘의 의도와는 전혀 무관한 이별을 하게 되 면 하늘과 운명을 향해 분노하고, 한 사람의 변심으로 인해 원하지 않는 이별을 하게 되면 그 분노의 폭풍은 회오리가 되어 여기저기를 휘젓는다. 그래서 사람들은 이별로 인한 분노를 삭이기 위해 술을 마시거나, 아니면 자신 안에 깊고 어두운 동굴을 만들어 당분간 그 안에서 칩거하기도 한다. 그러나 아무리 거센 분노의 폭풍이라도 언젠가는 잦아들기 마련이고, 이렇게 분노가 가라앉을 즈음 되면 이번에는 슬픔의 파도가 밀려온다. 잠자리에 드는 밤이면, 그리고 눈을 뜨는 아침이면 슬픔은 유독 생생하게 살아나 눈물이 베개를 적신다.

그러나 시간이 흐를수록 이별의 슬픔이 되살아나는 횟수는 서서히 줄어든다. 하루 세 번이 일주일에 세 번, 그리고 한 달에 세 번이 되면서 천천히 마음속에서 그 사람을 떠나보낸다. 그때쯤이면 떠나간 사랑의 체온이 남아 있는 마음속 빈자리에 비로소 다른 사람이 들어올 수 있게 된다. 이별로 인해 한층 성숙해진 가슴으로 새로운 사람을 받아들이는 것이다. 그리고 아직 채 아물지 못한 상처는 새로운 사랑의 도움으로 치유되기 시작한다.

이것이 애도의 과정이다. 분노하고, 슬퍼하고, 그리고 종국에는 떠나보내는……. 그러나 과거의 사랑을 애도하지 못한 사람은 새로운 사랑을 아예 받아들이지 못하거나, 어떻게 시작은 하더라도 헤어진 사람과의 기억 때문에 상대를 있는 그대로 보지 못한다. 그리고 이것이 사랑을 그르치는 장애가 된다.

그런데 왜 어떤 사람들은 애도를 유난히도 못할까? 그 사랑이 유난히 깊어서였을까? 그렇다면 떠나간 사랑이 진실했을수록 사람들은 더욱 그것을 못 잊는 걸까?

하지만 결코 그렇지 않다. 애정이 유난히 깊던 잉꼬 부부들이 사별을 하면, 다른 사람들의 예상을 깨고 금방 새로운 사랑을 찾는 것을 보라. 애도를 잘 못하고 있는 것은 그 사랑의 깊이나 진실함과는 별개의 문제다.

정신분석에서 애도는 배워야 하는 능력에 속한다. 최초의 애도를 배울 기회는 태어난 지 6개월쯤 되는 시점에 온다. 이 시기에 아기는 엄마와 내가 하나가 아니라는 사실을 서서히 알아차리기 시작한다. 거울 속에 보이던 나와 엄마의 모습이 전부 '나'였다가, 서서히 그것이 전부 내가 아님을 느끼는 것이다. 클라인이란 정신분석가에 따르면 그때 아기는 자신의 공격성이 사랑하는 어머니를 파괴시키고 자신으로부터 분리되게 만들었다는 죄책감을 갖고, 그로 인해 '슬픔'을 느끼게 된다. 그 다음엔 우울 단계로 접어드는데, 이때 아기는 파괴된 것을 되살리고자 하는 복구 충동을 느끼게 되고, 그러면서 과거의 상처를 회복하게 된다.

하지만 어머니로부터의 분리를 자신의 문제로 받아들이지 못하고 엄마에게 투사시켜서, 즉 엄마가 나빠서 자신을 버렸다고 생각하는 경우가 있다. 그러면 슬픔의 감정을 경험하지 못해서 우울 단계로 접어들지 못한다. 애도를 배우지 못해 완전한 분리를 이루지 못하는 것이다.

하지만 최초의 애도를 제대로 배우지 못한 사람들에게도, 지난 사랑의 애도를 제대로 하지 못한 사람들에게도, 애도를 해야 할 상황은 또다시 찾아온다. 살면서 사랑하는 사람을 어디론가 보내야 하는 경우는 잔인하게도 참 많기 때문이다.

나도 준비가 안 된 상황에서 사랑하는 아버지를 떠나보낸 기억이 있다. 나와 아버지는 한몸이 아니기에 불현듯 나를 떠날 수 있다고 생각했지만 막상 그런 상황이 닥치자 무척이나 힘들었다. 그러나 나는 아버지를 잘 떠나보냈다. 가끔씩 하늘을 보면서 아버지를 그리워하긴 하지만 말이다.

만약 떠나간 사랑에 대해 애도를 못하고 있다면 이제는 그만 떠나보내라. 히로코가 힘들지만 그랬던 것처럼. 그래야만 또 다른 사랑의 기회가 왔을 때, 그걸 온몸으로 느끼고 받아들일 수 있을 테니까.

신뢰할 줄 알기

어린 왕자가 여우에게 말한다.

"내려와서 나랑 같이 놀자."

"난 지금 너무 슬퍼. 난 너와 같이 놀 수 없어. 아직 길들여지지 않았거든."

"길들여진다는 게 뭐야?"

"그 말은 서로 익숙해진다는 말이지. 아직까지 너는 나에게 수만 명의 어린 소년들과 아무 차이도 없는 그냥 어린 소년에 불과해. 난 너를 필요로 하지 않고, 너도 나를 필요로 하지 않아. 나도 너에게는 수만 마리의 여우들과 전혀 다를 바 없는 한 마리의 여우일 뿐이지. 그렇지만 네가 나를 길들이면 우리는 서로를 필요로 하게 될 거야. 너는 나에게, 나는 너에게 세상에서 유일한 친구가 되는 거지."

생텍쥐페리의 『어린 왕자』에 나오는 어린 왕자와 여우의 대화. 이것은 두 사람이 관계를 맺는다는 것의 의미를 설명하고 있다. 상호 존중과 상호 간의 동의, 서로에 대한 의존, 그리고 사랑의 감정에 근거하여 서로가 조화롭게 같이 존재하는 방법을 설명하려 한 것이다. 그런데 여기서 우리가 주목할 것은 관계를 더욱 발전시키기 위해서 가장 근본적으로 필요한 덕목을 '신뢰'라고 꼽는 점이다.

"일단 내게서 조금 떨어진 풀밭으로 가서 앉아. 나는 너를 곁눈질로 몰래 훔쳐볼 거야. 넌 아무 말도 하지 마. 말이란 오해의 원인이 되거든. 그런 다음 넌 날마다 내게로 조금씩 다가오는 거야. 언제나 같은 시각에 찾아와 주면 좋겠어. 네가 만일 아무 때나 불쑥불쑥 나타난다면 내가 언제부터 너를 맞을 준비를 해야 하는지 전혀 알 수가 없잖아. 또 곱게 마음을 단장하고 널 기다리는 행복감을 맛볼 수도 없어."

즉 여우는 왕자에게 '특별한 관계'를 원한다면 "내가 너를 신뢰할 수 있도록 해 줘"라고 말하고 있는 것이다. 물론 여우는 여기서 이성 간의 사랑보다는 우정이나 동료애에 필요한 요건들을 말하고 있지만 이성 간의 사랑 역시 서로 다른 둘이 만나 관계를 발전시킨다는 면에서 그것과 다르지 않다. 오랫동안 연인 관계를 유지해 온 사람들에게, 사랑하는 사람과의 관계에서 가장 중요하게 생각하는 것이 무엇이냐고 물으면, 가장 많이 나오는 답이 '신뢰'인 것도 바로 그 때문일 거다.

신뢰는 그 사람의 기본적인 태도, 인격의 핵심, 그리고 사랑에 있어서의 변하지 않는 감정을 확신하는 것이다. 그러기 위해서는 기본적으로 나 자신에 대한 믿음과 확신이 있어야 한다. 그렇지 않으면 늘 자신을 조절해 주고 이끌어 주는 다른 사람을 필요로 하고, 항상 그 사람에게 의존하게 된다.

자신과 상대에게 믿음을 주는 법을 모르는 사람들의 사랑이 괴로워지는 이유가 바로 여기에 있다. 그들은 누군가를 사랑하게 되면 마치 아메바처럼 상대와 합쳐지려 한다. 내가 그 사람이 되려 하고, 그 사람을 나처럼 만들려고 한다. 그래서 이들의 사랑은 언뜻 강렬하게 보일 수 있다. 그러나 모든 인간은 자기를 유지하고자 하는 본능, 즉 독립적이고 자유로운 속성을 가지고 있다. 아메바처럼 상대와 합쳐지려 하는 그들이라고 이런 본능이 없는 건 아니다.

그래서 이들은 '욕구-두려움 딜레마(need-fear dilemma)'를 겪게 된다. 이는 어떤 상대에게 강렬한 욕구를 느껴 그 사람과 끝없이 가까워지길 열망하지만, 정작 가까워지면 자기가 없어져 버릴지도 모른다는 두려움을 느끼면서 다시 멀어지려는 양상을 가리키는 용어다. 자기 좋다는 사람보다 자기 싫다는 사람을 쫓아다니다가 막상 그 사람이 다가오면 도망가 버리곤 하는 사람들이 있는데, 그런 경우도 여기에 속한다고 볼 수 있다.

신뢰가 부족한 사람들이 사랑을 할 때 나타나는 또 한 가지 문제점은 상대와의 '공감'을 못한다는 것이다. 그들은 공감 대신 '동정'을 한다. 상대의 감정으로 들어가 아예 하나가 되어 버림으로써 자기를 잃어버리는 것이다. 공감은 상대의 감정을 함께 공유하지만 다시 자기 자신을 되찾는다. 그래서 상대방의 감정에 같이 휩쓸리지 않고, 그 감정에 대해 상대방이 어떤 식으로든 정리할 수 있도록 도와준다.

그러나 무엇보다 신뢰하는 능력이 떨어지는 사람들이 겪는 가장 큰 고통은 친밀해지는 것을 두려워하는 데 있다. 달라이 라마는 『행복론』이란 책에서 친밀감의 중요성을 이렇게 설명한다.

"서양에서 매우 가치 있게 여기는 관계가 있습니다. 그것은 두 사람 사이에 깊은 친밀감이 존재하는 관계입니다. 다시 말해 마음 깊은 곳에 있는 느낌과 두려움을 함께 나눌 수 있는 특별한 한 사람을 갖는 것입니다. 사람들은 그런 관계를 갖고 있지 않으면, 자신의 삶에서 무언가 빠진 듯한 느낌을 받습니다. 나 또한 그런 친밀감을 긍정적인 것으로 봅니다. …… 친밀한 관계는 단지 다른 사람들을 알고 피상적인 대화를 나누는 것이 아니라, 나의 깊은 문제와 고통을 함께 나누는 관계를 말하는 것입니다."

친밀한 관계를 바라지 않는 사람이 있을까. 하지만 신뢰하는 능력의 부족으로 안타깝게도 사랑을 제대로 하지 못하고, 번번이 실패하는 이들을 보면서 나는 문득 이런 생각을 하게 되었다.

'신뢰하는 능력은 어디에서 오는가?'

프로이트는 그 답을 아기 때 엄마와 이루는 관계에서 찾는다. 즉 신뢰는 엄마와 내가 분리된 독립체라는 것을 받아들이며 우울함에 빠졌다가 그것을 극복해 내는 과정에서 배운다는 것이다.

아기는 엄마와의 완전한 분리를 받아들이는 과정인 생후 2년까지 엄마를 찾는데, 이때 늘 엄마가 옆에서 반응을 보여 주고 안심시켜 준다고 해 보자. 아기는 자신이 혼자 놀고 있어도 엄마가 어디 도망가지 않고 내 옆에 있을 거라는 믿음, 즉 '기초적 신뢰(basic trust)'를 갖게 된다. 이것이 우리가 최초로 배우는 '신뢰'다.

어쩌면 누군가는 최초로 신뢰를 배우는 과정에서 안타깝게도 신뢰를 못 배웠을 수도 있다. 그렇다고 사랑을 안 할 게 아니라면 나를 신뢰할 수 있고, 상대방을 신뢰할 수 있도록 지금부터라도 애써야 한다. 사랑이 떠난 뒤 신뢰의 중요성을 깨닫고 후회해 봐야 무슨 소용이 있겠는가.

정신분석에서 배우는
사랑의 지혜

환자를 오랫동안 치료하다 보면, 그들은 치료자인 내 사생활을 아주 궁금해한다. 환자들은 치료가 진행되면서 차마 가족이나 연인에게조차 털어놓지 못한 지극히 개인적인 이야기를 내게 하지만, 나는 거의 내 개인사를 말하지 않기 때문이다. 만약 내가 내 이야기를 풀어 놓는다고 치자. 그럼 환자가 내게 치료와는 별개로 또 다른 감정을 가질 수 있고, 그럼 나도 그 감정에 휘말려 치료가 어려워질 수가 있다.

그래서 정신분석시 치료자는 개인사를 밝히지 않는 것을 원칙으로 한다. 물론 그게 결코 쉬운 일은 아니다. 사랑하는 것만큼 어렵다고 하면 혹시 이해할 수 있을까.

나는 어느 때부터인가 정신분석을 하는 것이 사람을 사랑하는 것과 몹시 닮아 있음을 느낀다.

그걸 설명하기 위해선 한 가지 오해 혹은 편견부터 짚고 넘어갈 필요가 있다. 대부분의 사람들은 정신분석 치료와 인지 치료를 구별하지 못하는데, 이 둘은 엄연히 다른 것이다. 만일 불면증과 우울증으로 고통받는 환자가 왔는데, 그 환자의 문제가 일부분에 국한되어 있으며 빠른 증상 제거가 필요한 경우라고 치자. 그럴 때는 인지 치료가 필요하다.

그런데 인지 치료로도 도저히 해결이 안 되는, 해결의 기미가 쉽게 보이지 않는 경우가 있다. 그것은 증세의 뿌리가 깊고 오래되어 계속 같은 문제가 반복적으로 나타나는 경우다. 그들에게 필요한 것이 바로 정신분석 치료다.

비유를 하자면 배고픈 아이에게 물고기 잡는 방법을 하나하나 가르쳐 주는 것은 인지 치료이고, 스스로 물고기 잡는 법을 터득해서 언제 어떤 상황에서도 물고기를 잡을 수 있는 능력을 키워 주는 것은 정신분석 치료다.

영화 '박하사탕'을 기억하는지……. 그 영화는 한 남자가 철교 위에서 자살하려는 순간 "나 다시 돌아갈래!"라고 외치는 장면에서부터 시작해서, 과거로 차츰 거슬러 간다. 마찬가지로 정신분석 치료를 할 때도 환자는 자신의 과거로 기나긴 여행을 떠난다. 다만 치료자가 옆에서 동행한다는 게 다를 뿐이다. 한 꺼풀, 한 꺼풀 기억을 벗겨 가는 과정에서 갈등이 명료해지고, 상황과 상황의 연결점을 발견하고, 그리고 마지막엔 가장 밑바닥에 자리한 상처와 마주하게 되는 환자. 치료자는 환자가 그 여행에서 지치거나 고통스러워서 여행을 포기하지 않고 잘 견뎌 낼 수 있도록 도와주어야만 한다.

우리가 해결하지 못한 과거의 고통스러운 기억은 외부적, 혹은 내부적인 힘에 의해 그대로 묻혀 버릴 경우 안에서 곪게 되고 언젠가는 어떤 형태로든지 터져 나오게 된다. 때로 그 고통스러운 기억은 교통사고 후 날씨만 흐려지면 통증이 되살아나는 것처럼 시도 때도 없이 튀어나와 우리를 괴롭히고, 가학적인 형태로 나타나서 다른 사람을 괴롭히기도 한다.

그렇기 때문에 우리는 과거의 사건과 우리의 내면 세계를 끊임없이 해체하고 통합할 수 있어야 한다. 그래야만 이물질로 남아 있는 그 기억들이 비로소 우리의 뼈와 살이 되어 우리를 지탱해 줄 수 있는 힘이 되기 때문이다. 일종의 소화 작용이라고나 할까.

우리의 무의식은 끊임없이 반복되며 원을 그린다. 그러나 그것은 닫힌 원이 아니며 나선형처럼 반복되지만 그 형태와 강도가 조금씩 옅어져 가면서 자기실현이라는 정점을 향해 나아간다. 이러한 과정을 축약시켜 주고 길을 찾아 주는 것이 바로 정신분석의 과정이다. 과거의 충격적 경험과 기억들이 다람쥐 쳇바퀴 돌듯 반복되어 우리를 맴돌 때, 정신분석은 우리를 그 자리에서 벗어나도록 도와주는 하나의 이론적 도구인 것이다. 이를 위해 나는 오늘도 환자들의 정신 속을, 그 사람의 무의식 속을 같이 여행한다.

누군가를 사랑한다는 것도 마찬가지 아닐까. 어차피 사랑도 단지 그 사람의 겉모습이나 능력만을 사랑하는 것이 아니라, 그 사람의 무의식 깊은 곳을 여행하면서 상대방을 온전히 받아들이는 과정이니 말이다.

올해로 벌써 정신분석을 해 온 지 20년, 어떤 일이든 마찬가지겠지만 하다 보면 '노하우' 가 생기기 마련이다. 나의 경우 노하우라고 한다면 환자를 좀 더 깊이 이해하고 공감하며, 그것을 통해 환자가 덜 고통스럽게 자신의 문제를 직면하고 풀어 갈 수 있도록 도와주는 것이다. 나는 그 노하우가 사랑을 하고, 사랑을 지켜 나가는 노하우와 다르지 않다고 생각한다. 지금부터 그것을 이야기하고자 한다.

사랑하는 이를 다 안다고 착각하지 말라

오래된 연인들의 특징 하나. 자신이 사랑하는 이에 대해 아주 잘 알고 있다고 자부한다. 문제는 그것이 더 이상 알 게 없다, 혹은 익숙해지니까 식상하고 지루하다는 생각과 연결된다는 데에 있다. 물론 이들은 가끔씩 전혀 예상치 못한 행동과 태도를 보이는 상대방을 보며 놀라기도 하지만 대수롭지 않게 생각하고 무심코 넘겨 버린다. 그리고 가동 가능한 안테나를 풀가동시켜 상대방의 몸짓과 말투 어느 하나도 그냥 넘기지 않고, 새롭게 받아들이던 때가 있었음을 기억조차 하지 못한다.

'사랑을 통해 내가 결국 나중에서야 깨달은 건 너와 나는 타인이라는 사실이다.'

언젠가 이런 문구를 읽으면서 나는 바로 이것이야말로 우리가 사랑할 때 되새겨야 할 말이 아닐까 생각했다. 우리가 평생 사랑하는 이를 알기 위해 노력해야 하는 이유, 노력을 게을리 하거나 포기하지 말아야 할 이유가 여기에 있기 때문이다.

어떤 사람을 사랑한다는 것은 그 사람을 알지 못하면 불가능한 일이다. 특히 사랑에서 필요한 지식은 주변에 머무르지 않고, 내면의 핵심을 파고드는 고도의 지식이다. 이런 지식은 상대가 나와는 독립된 존재임을 받아들이고, 온전히 상대방의 입장으로 들어가 그 입장에서 생각해 볼 수 있어야만 가질 수 있다. 정신분석을 할 때도 마찬가지다. 치료자는 환자의 있는 그대로를 보며 그 사람의 마음 상태를 알아낼 수 있어야 한다.

이를테면 나는 어떤 환자를 수차례 만나면서 그 사람의 내면을 알게 되면 그 사람이 화가 나 있다는 사실을 그가 밖으로 드러내지 않아도 알 수 있다. 그러고 나면 나는 그 사람의 더 깊은 곳을 들여다볼 수 있게 된다. 그가 단순히 화를 내고 있는 것이 아니라 뭔가 불안하고 근심이 많고 외로움과 죄책감을 갖고 있음이 보이는 것이다. 그러면 나는 그의 노여움도 그 자신의 더욱 깊은 어떤 것의 표현에 지나지 않는다는 사실을 알고, 분노하는 사람이라기보다 고통스러워하는 사람으로 바라보게 된다.

한번은 잘 알고 지내는 동료의 어머니 칠순 잔치에 초대받은 적이 있다. 가 보니 어머님께서는 연세가 믿어지지 않을 정도로 고운 모습이었는데, 그분이 하객들에게 하신 말씀이 무척 인상적이었다.

"이렇게 오래 살아서 제가 칠순을 맞으리라고는 정말 생각하지 못했습니다. 저희 부부는 올해로 결혼 45주년을 맞았는데, 제가 영감님한테 그랬어요. 당신도 참 재미있는 사람이라고. 그러니까 영감님이 저한테 무슨 뚱딴지 같은 말이냐고 되묻더군요. 생각해 보라세요. 저는 처음에 부잣집 귀공자한테 시집을 갔는데, 자식 다섯을 낳고 살다가 다시 보니 귀공자는 어디로 가고 얼음 공장 사장하고 살고 있지 뭐예요. 그때는 얼마나 무섭고 차가웠는지. 그러다가 자식들 다 시집 장가 보내고 둘이 남게 되어서 다시 봤더니 그 얼음 공장 사장은 어디로 가고 좁쌀영감이 하루 종일 저만 찾아다니면서 왔다 갔다 하는 거예요. 한 남자랑 산 게 아니라 여러 명의 남자랑 산 것 같아요.”

하객들은 아버님 눈치를 보며 웃느라 정신 없었지만 나는 그 말을 들으며, 저게 바로 사랑의 과정이지 싶었다.

인생은 시간의 경계에 의해 나뉜다. 그리고 각 단계마다 우리는 새로운 발달 과제와 새로운 사람을 만나게 된다. 그리고 사랑이란 이렇게 끊임없이 사랑하는 사람을 재발견해 가는 과정이다. 그 사람에 대해 다 안 것 같아도 살다 보면 그 사람의 내면 깊은 곳에 내가 미처 모르는 다른 모습들이 있음을 발견하게 된다. 그러한 새로운 발견이 때론 실망을 가져다주기도 하지만, 그런 발견을 통해서 우리는 늘 사랑을 새롭고 풍부하게 만들어 나갈 수 있는 게 아닐까.

그러고 보면 한 사람에 대해 끊임없이 탐구할 수 있다는 것은 사랑하는 사람만의 특권이라는 생각이 든다. 그러니 사랑하는 이를 다 안다는 착각에 빠져 재발견할 기회를 놓치지 말라. 사랑이 식고, 그 사랑이 떠나 버리는 것, 그래서 사랑을 지키지 못하는 것은 어쩌면 사랑하는 이를 알려고 더 이상 노력하지 않는 데에 그 원인이 있는지도 모른다.

환자가 문을 열고 들어오면 나는 속으로 얼른 되뇐다.

'앞서 가지 말자.'

만일 환자는 상처를 말하는 것조차 힘들어하고 있는데, 치료자가 혼자 앞서 가서 "당신이 사람들에게 푸대접받는 건 당신 자신이 그렇게 만들기 때문이라고 생각하지 않습니까?"라고 말해 버린다고 치자. 그러면 환자는 핏대를 세우고 화를 내다가 벌컥 그 방을 나가 버리기 십상이다. 그러면 그 다음에 치료를 진행시키기가 어려울 수밖에 없다.

어느 환자는 1년 동안 나를 분노에 가득 찬 눈빛으로 쩨려보기만 했다. 절대로 표출하지 않고 숨겨 두고 싶던, 어머니에 대한 오래된 분노를 이야기하게 만드는 나에게 강한 적개심을 느낀 것이다. 그녀는 나에게 마치 자신을 망친 어머니를 대하듯 했고, 나는 그 무서운 눈빛을 1년 남짓 견뎌 내야 했다.

동료 하나가 치료자 노릇 하기가 부모 역할을 하는 것보다 더 힘들다고 하더니 그 말이 맞는 듯싶다. 나도 두 아이의 엄마지만 아이를 대하면서 절대 감정적으로 대응해선 안 된다는 강박관념을 가지진 않으니까. 나는 신이 아닌 인간이다. 그렇기에 실수를 할 수 있다. 오히려 나의 실수를 인정하고 사과하며 용서를 구하는 과정을 통하여 아이와의 사랑이 더 깊어진다.

하지만 환자들은 자아가 흔들리는 위험한 상태에 있기에 나의 실수는 아주 치명적일 수 있다. 환자들은 벼랑 끝에서 오로지 나만을 의지하고 있는데, 그런 내가 실수를 하면 얼마나 불안하겠는가. 완벽해 보이는 사람이 실수를 하면 더 인간적으로 보인다는 말은 정신분석 치료에 하등 도움이 되지 않는다.

치료자는 그렇게 고통스러운 환자를 인내심 있게 지켜보면서 서서히 실타래를 풀어 갈 수 있도록 도와주어야 한다. 이때 앞서 가서 일을 그르치지 않고, 적절한 타이밍을 맞추는 게 얼마나 중요한지는 이루 말할 수 없다.

사랑도 마찬가지다. 남편이 직장에서 그늘진 얼굴로 들어와 무슨 이유에선지 자기만의 동굴을 찾고 있는데, 아내가 그에 아랑곳하지 않고 다짜고짜 아이 문제, 돈 문제를 꺼내며 힘들다고 불평한다고 해 보자. 아마 남편은 짜증을 내며 괜히 아내에게 화를 낼 것이다. 그가 자기만의 동굴에서 마음을 정리하고 나온 상황이라면 절대 그러지 않을 텐데 말이다.

그래서 사랑을 함에 있어서도 적절한 타이밍을 고르는 것은 굉장히 중요하다. 만약 타이밍이 안 좋다 싶으면 차라리 괜찮아질 때까지 인내심을 가지고 기다려라. 그것이 문제를 해결하는 가장 빠른 지름길이 될 수도 있다.

사랑을 지키려면 경계를 먼저 지켜라

정신분석 치료의 가장 큰 도구이면서도 가장 힘든 감정은 무엇일 것 같은가? 그것은 다름 아닌 '전이(transference)'다. 전이란 과거 어린 시절에 중요하던 사람, 즉 부모나 형제에 대한 감정, 소망, 갈등 등이 현재의 치료자에게 대치되어 나타나는 현상을 말한다.

환자는 치료자에게 따뜻한 보살핌과 성적 욕구 등을 느끼며, 때론 치료자로부터 사랑받기를 원한다. 이러한 현상은 분석 상황이 가지는 특수성 때문에 더 강렬하고 빈번하게 일어난다. 모든 걸 받아 주고, 이해해 주는 치료자에게 사랑을 느끼는 건 당연한지도 모른다. 이럴 때 치료자는 환자가 보이는 반응이 전이 과정이라는 것을 알고, 그 감정에 반응하기보다는 이해하고 해석해 주면서 환자로 하여금 자신의 무의식을 이해할 수 있도록 도와줘야 한다. 그러기 위해서 치료자는 환자의 말을 경청하고 그에 공감해 주면서도 원하는 만족을 주지 않고 좌절시키며 항상 일관된 태도를 보여야 한다. 그래야 환자가 다시 자신의 어린 시절로 돌아가 그때의 갈등과 소망, 감정 등을 그대로 느낄 수 있다.

그러나 문제는 치료자도 감정이 있는 인간이라는 데서 발생한다. 치료자가 환자와의 경계를 지키지 못하고 강렬한 환자의 감정에 흔들리게 되면 '역전이'가 일어나 환자와 사랑에 빠지게 된다. 이렇게 되면 치료는 더 이상 이루어질 수 없다. 그렇기 때문에 치료자는 항상 자신의 역전이 감정에 주의를 기울이고 그러한 자신의 감정이 치료에 방해가 되지 않도록 끊임없이 내적 성찰을 할 필요가 있다.

그런데 전이와 역전이의 강렬한 감정 속에서 치료자와 환자 모두 방향을 잃지 않고 살아남기 위해서 경계를 지키는 것은 정신분석 시에만 필요한 것이 아니다. 프로이트는 우리가 신에게 의지하려는 마음도 우리를 보호해 줄 수 있는 강력한 부모를 원하는 아동기의 소망이 신에게 전이된 것이라고 설명하였다. 전이는 기본적으로 나약함을 느끼는 인간 조건으로부터 발달한다는 것이다. 그래서 아이가 부모에게 힘을 부여하듯이, 우리가 성인이 되면 사랑하는 사람을 전이 대상으로 만들고 힘을 부여하게 되는 경우가 많다.

그러므로 전이는 많은 사랑의 시작이 되지만 때론 매우 위험한 사랑의 발단이 되기도 한다. 사랑하는 사람에게 전적으로 의지하려 들면서 자기 자신의 안전이나 건재가 자신의 통제하에 있지 않게 되고, 그렇게 되면 두려움도 그 전이 대상에게로 옮겨지게 된다. 이럴 경우 사랑을 통해 얻는 것은 더욱더 무기력해지는 자신과 그럴수록 강렬해지는 상대방에 대한 의존 욕구뿐이다.

그래서 사랑에 있어서도 경계를 지킨다는 것, 그것은 무척이나 중요하다. 언뜻 경계를 지키는 것은 사랑과 반대되는 개념 같아 보이지만 사랑할수록 경계를 지켜야 한다. 그것이 상대방과 나를 파괴하지 않고, 진정으로 아끼고 사랑하는 길이다.

그 밖에도 정신분석은 사랑과 유사한 점이 많다. 정신분석은 다른 사람을 깊게 이해하고 공감하며 관용하는 과정이다. 그래서 정신분석 과정을 통해 환자뿐 아니라 치료자 또한 성장한다. 다른 사람의 아픔을 이해하고 공감하며 견디고 거기서 살아남는 과정은 치료자에게도 성숙의 기회를 제공해 주기 때문이다. 그렇기 때문에 10년 전 나를 만난 환자들보다는 오늘 나를 만난 환자들이 좀 더 성숙한 치료자를 만날 수 있는 것이다.

우리는 사랑을 하면서 자신도 모르는 사이에 좋은 치료자의 역할을 하고 있다. 서로의 아픔을 공감하고 함께 있어 주는 과정을 통해, 각자가 스스로 자신의 상처를 치유하고 성숙할 수 있는 시간과 공간을 제공해 주기 때문이다. 사랑이 정신분석과 다른 게 있다면 사랑은 상호적이나 정신분석에서는 한 사람만이 자신을 내보인다는 것이다.

하지만 정신분석에서 환자를 분석하지 않고 사랑하려고 하면 결국 치료가 파국을 맞이하는 것처럼, 사랑에서 상대방을 사랑하기보다 치료를 하려 든다면 그 사랑 역시 파국으로 치닫게 된다. 누굴 사랑한다는 것은 함께하는 것이다. 그 함께하는 시간 속에서 같이 느끼고 기뻐하고 슬퍼하며 서로를 깊게 받아들이는 과정, 그 과정에서 연인들은 자기도 모르는 사이에 서로의 상처를 어루만지며 치유와 성숙의 과정을 함께한다.

그러니 만일 당신이 누군가를 사랑한다면 몸과 마음을 다해서 깊게 사랑하라. 상대를 향해 눈과 귀를 크게 열고 끊임없이 서로를 발견해 가며, 때론 서로를 기다려 주고, 상대와 자신의 경계를 지켜 준다면, 굳이 나에게 찾아오지 않아도 충분히 해결할 수 있는 문제가 많으니까 말이다.

그렇지만 마지막으로 이런 이야기는 해 두고 싶다.

흔히들 정신 치료를 할 때 환자와 치료자 궁합이 잘 맞는다, 안 맞는다는 표현을 쓴다. 궁합이 잘 맞는 환자와 치료자가 만났을 때, 그 치료는 좀 더 수월하고 편안하게 진행된다. 그러나 궁합이 안 맞을 때 환자나 치료자 모두에게 치료에 대한 부담이 커질 수 있다. 이럴 경우 치료자는 자신의 역전이를 끊임없이 성찰하고 해결하여야 한다. 그러나 이러한 전이-역전이 감정이 너무 크고 여기에 고착되어 있어서 치료에 방해가 된다면 치료자를 바꾸는 결단을 내려야 한다.

　사랑에 있어서도 마찬가지다. 사랑을 하다 보면 점차 상대에게서 도저히 내가 사랑할 수 없는 부분을 발견하는 경우가 있다. 이 부분이 내가 간과하고 넘어갈 수 있는 부분이라면 그대로 지나칠 수 있어야 한다. 그러나 이 부분이 사랑을 진행하는 데 커다란 걸림돌이 되며 서로에게 고통만을 가중시킨다면, 때론 그 사랑을 놓아주는 결단이 필요하기도 하다. 그래서 각자가 가장 잘 맞는 사랑을 다시 찾을 수 있도록……

엄마가 딸의 사랑을 망칠 수도 있다
- '마마걸'이 사랑을 제대로 못하는 이유

"저는 딸을 낳고 싶어요. 딸은 크면 엄마의 친구가 된다잖아요."

하지만 친구도 친구 나름이다. 엄마가 딸을 자기가 못 이룬 꿈을 대신 충족시켜 줄 대상으로 바라보면 문제는 심각해진다. 왜냐하면 이럴 경우 엄마가 딸의 모든 것을 조정하려 들기 때문이다. 그러면 딸의 자아 발달이 제대로 이루어질 수 없다. 엄마에 의해 조정당하는 자아만 발달할 뿐이다. 그런 딸들은 엄마가 없으면 살지 못하니까 엄마한테 모든 걸 의지하려 드는데, 그러면서도 자기를 놓지 않고 자율성을 침해하는 엄마에 대해 굉장히 분노한다. 그래서 엄마와 찰떡궁합처럼 지내다가도 갑자기 원수가 되곤 한다. 하지만 절대로 엄마를 떠나지 못한다.

이 같이 엄마와 공생하는 딸을 '마마걸'이라고 하는데, 이들은 남자와 사랑할 때 많은 어려움을 겪는다. 엄마가 가졌던 남성들에 대한 숨어 있는 증오를 그대로 이어받은 마마걸들은 남자를 원하면서도 무시하고 굴복시키려 든다. 그러니 이들이 사랑을 제대로 할 수 있겠는가.

그런데 사랑을 제대로 못해 슬픈 마마걸에게 엄마는 말한다.

"괜찮아. 내 딸이 얼마나 훌륭한데……. 그놈이 나쁜 놈이야."

그런 엄마들은 딸이 어렸을 때 '화해 시기'를 거치는 동안 적절한 행동을 보이지 않았을 확률이 높다. 화해 시기란 완전한 분리로 가기 위한 과도기로서 아기가 엄마로부터 떨어졌다 붙었다 하는 행동을 반복하는 시기를 말한다. 그런데 마마걸을 만드는 엄마는 자신의 갈등으로 인해 아기를 제대로 돌보지 않는다든지, 아니면 너무 붙어서 아기에게 자율성 자체를 주지 않는다든지, 혹은 순전히 자기 자신의 감정에 따라 아기에게 무관심과 애정을 변덕스럽게 준다. 그러면 그 아기는 엄마와 떨어지면 불안해서 한시도 살 수 없게 되는데, 그에 대해 문제 의식이 없는 엄마들은 아이의 성장기 내내 적절하지 못한 행동을 반복한다.

그런 엄마들은 아들을 낳아도 그 아들을 '마마보이'로 만들 가능성이 크다. 마마보이가 엄마와 공생하는 모습은 마마걸과 거의 다르지 않다. 다만 마마보이는 사랑을 할 때 강한 여성상을 원하는 경우가 많다. 엄마처럼 모든 걸 다 해 주는 여자를 바라는 것이다.

그러나 마마보이는 엄마 같은 여성에게 의존하면서도, 마마걸이 그러하듯 자기의 자율성을 침해하고 가로막는 걸 미워한다. 그러면 그 자신이 엄마와의 관계 속에서도 그랬듯이, 결혼해서 배우자와도 똑같은 갈등의 전철을 밟게 된다. 굉장히 의존하면서도, 어느 순간 상대에게 상처를 주고 파괴하려 하는 공격성을 드러내는 것이다.

그런데 요즘 마마보이와 마마걸이 더 많아지고 있다니 걱정이다. 나라도 그들과는 웬만해선 사랑을 하고 싶지 않을 것 같으니 말이다.

사랑하는 능력을 키우는
네 가지 방법

우리는 저마다 아무에게도 말 못 할 여러 판타지를 간직하고 산다. 우리가 알고 있고, 때론 즐기고 있는 판타지 외에도 우리 마음속엔 우리가 눈을 질끈 감아 버리고 싶을 만큼 차마 꺼내 놓을 수 없는 여러 판타지가 존재하는 것이다. 그러한 판타지들은 가끔 꿈의 형태로, 혹은 어느 순간에 뺨을 때리며 휙 지나가는 바람처럼 섬뜩한 느낌으로 존재를 드러낸다.

프로이트는 이러한 판타지를 우리의 마음속에 남아 있는 원초적인 성적·공격적 충동의 흔적이라고 풀이했다. 말하자면 우리의 자아, 즉 에고(이성)가 자라면서 원초적인 충동들은 억압될 수밖에 없는데, 이 충동들은 판타지의 형태로 남아 자연의 보고처럼 우리 마음속에서 나름대로의 생을 유지한다는 것이다.

그러고 보면 세상은 참 복잡하기도 하다. 여러 사람이 서로 어울려 사는 것도 복잡한데 각자 머리 위에 저마다의 환상의 세계를 이고 있고, 그것들은 현실 세계의 법칙과 상관없이 또 서로 얽혀 있다니 말이다. 할 수만 있다면 고개를 돌려 외면하고 싶다. 사실 모르는 것처럼 좋은 게 어디 있는가. 내 속에 판타지가 있건 말건, 사랑하는 사람의 머릿속에 판타지가 있건 말건 모르고 살면 속 편할텐데…….

판타지와 현실 세계는 엄연히 다르다. 그리고 그러한 사실은 우리에게 항상 결단을 요구한다. 판타지와 현실 중에서 어느 것 하나를 선택해야만 하는 것이다. '매트릭스'에서 주인공이 직면한 문제도 바로 그것이었다.

이 영화는 현재 우리가 살고 있는 세상이 실재하는 세상인가, 아니면 단지 만들어진 환상의 세계인가 하는 무거운 화두를 던지며 시작된다.

영화 속의 사람들은 실재하지 않는 세계 안에서 살고 있다. 그들이 느끼고 보는 모든 것은 그렇게 느끼게끔 만들어졌을 뿐이다. 심지어 섹스하는 것조차도 프로그램화돼 있을 정도다. 그래서 그들은 자신들이 상상의 세계에 살고 있다는 사실을 모른 채, 그저 행복해한다. 실제로는 인공 지능을 가진 컴퓨터에게 에너지를 착취당하며 비참하게 살고 있는데도 말이다. 주인공 또한 그런 사실을 알기 전까지 별 불만 없이 살아 왔다. 오히려 그는 처음으로 현실을 맞닥뜨렸을 때 도무지 믿을 수 없어 한다.

이제 주인공은 실재가 아닌 상상의 세계에서 전처럼 거짓 행복을 누리며 살 것인가, 아니면 피폐하고 고통스럽지만 환상을 깨고 현실을 받아들일 것인가 선택의 기로에 선다.

판타지의 특징은 그야말로 환상적이어서 달콤하다는 데 있다. 판타지는 항상 우리를 유혹한다. '왜 비참하기 이를 데 없고, 외롭기 그지없는 현실을 굳이 받아들이려고 하느냐, 판타지 안에 있으면 절대로 불행하지 않다. 상대방에게 문제가 있어서 사랑이 잘 안 되는 거지 우리 자신은 완벽하고 흠잡을 데가 없다. 그러니까 사랑 때문에 고민하지 말라. 딴 사람을 만나면 된다' 라고……

특히 다음과 같은 사람들은 그런 판타지의 유혹에 약하다. 관계가 나쁘게 진행될 때 과도하게 자신에 대해 회의하고 자신에게 고통을 주는 사람, 거절에 대한 두려움 때문에 무의식적으로 관계 맺기를 거부하는 사람, 주기적으로 상대에게 분노를 터뜨리고 처참한 심정으로 후회를 하는 사람, 관계가 깨질 것 같을 때마다 자살하고 싶다는 느낌을 갖는 사람, 때로 아무 이유 없이도 질투가 폭발하는 사람, 다가갈 수 없는 부적절한 상대만을 선택하는 사람, 자신의 부모 모습이 보이는 사람을 연인으로 선택하는 사람, 사랑에 빠져 들면 다른 모든 것을 저버리는 사람, 연인의 모습에서 현실적으로 쉽게 관찰되는 모든 문제를 하나도 보지 못하는 사람, 사랑의 감정과 싫어하는 감정이 급작스럽게 교차되는 사람, 상대에게 받았던 감정적인 상처나 모욕감을 오랫동안 억누르고 있는 사람 등등.

나는 이들이 늘 습관적으로 사랑을 갈망하면서도 계속해서 사랑에 실패하는 모습을 지켜봐 왔다. 그리고 이들이 사랑이 끝나면 얼른 판타지 안으로 숨어 버리는 것도 봐 왔다. 나는 안타깝다. 판타지 속에서 거짓 자아(false self)로 산다고 문제가 해결되는 게 아니기 때문이다. 자꾸만 사랑에 목말라 계속해서 사랑을 갈구하지 않는가. 그렇다고 판타지 안에서 그 사랑이 이루어지는가? 결코 아니다. 사랑이 이루어지는 곳은 현실이다. 그 현실 안에서 우리는 숨을 쉬고, 밥을 먹고, 사랑을 한다. 그러니까 이제라도 거짓 자아를 버리고 현실 안에 있는 참 자아(true self)를 찾아야 한다. 정말로 진실된 자신의 모습, 그것은 어쩌면 상처로 얼룩져 있을지도 모른다. 그러나 두려워한 것보다 그 상처가 대단한 게 아닐 수도 있다. 예쁜 구석이 더 많이 발견될지도 모른다. 어쨌든 중요한 건 있는 그대로, 거짓됨이 없는 자신의 모습을 그대로 인정하고 받아들여야 한다는 것이다. 데미안이 말했던가.

'새는 알을 깨고 나온다. 알은 새의 세계다. 태어나려는 자는 한 세계를 파괴하지 않으면 안 된다.'

첫째, 과거를 재구성하라

재은 씨는 치료를 시작한 지 얼마 안 됐는데 경과가 굉장히 빠른 편이었다.

그녀는 어려서부터 공부도 잘하고 장녀로서 동생들도 잘 돌보며 자랐지만, 부모에게만은 별 인정과 칭찬을 받지 못했다. 공부를 잘하는 것도 '공부만 잘하는 애'라는 흉이 됐고, 형제들과 달리 외모가 뒤처진다는 이유로 '못난이'라 불렸다.

그런 그녀가 사랑을 느끼게 된 남자는 화목한 가정의 막내였다. 자기와 같은 상처는 전혀 없는 그에게 열정적으로 빠져 든 그녀. 그러나 어느 날 믿어 오던 그 남자가 이별을 선언했다. 그 뒤 그녀는 호감을 주는 상대가 나타나면 자신도 모르게 도망을 가게 되었다. 그런 모습은 그녀 자신에게조차 생소한 것이었다.

'내가 왜 이러는 거지?' 라는 물음을 가지고 나를 찾아왔던 재은 씨는 사실 내 도움이 없어도 충분히 스스로 문제를 풀어 갈 수 있는 힘을 가지고 있었다. 그녀는 호감을 주는 상대일수록 자신이 더 멀리 도망갔던 것은 상대에게 자신의 숨어 있는 모습을 들키고 싶지 않아서인 것 같다고 말했다. 가까워져서 자신의 추하고 약한 모습을 알게 되면 과거의 그가 그랬듯이 새로운 상대도 자기를 떠날지도 모른다는 불안감이 의외로 컸던 것이다. 재은 씨는 자기를 이렇게 만든 부모에게 원망과 분노를 느꼈다. 왜 그렇게 나를 미워했을까, 왜 나를 이렇게 만들었을까 하면서…….

그런데 나와 함께 과거를 여행하면서 그녀는 달라졌다. 그녀는 자신이 늘 구박만 받았다고 생각하던 어린 시절의 상처를 되살리면서 굉장히 새로운 사실을 발견해 냈다. 엄마와 아빠가 자신을 많이 사랑했지만, 그걸 표현하는 방식이 서툴렀다는 것을 말이다. 엄마 입장이 되어 보고, 아빠 입장이 되어 보니 부모가 애초부터 자신을 미워하고 상처를 주려고 한 게 아님을 깨달을 수 있었다. 그녀는 결국 어린 시절을 보다 객관적으로 바라봄으로써 부모에 대한 분노를 거둘 수 있었다.

무언가 상황이 벌어졌을 때는 그 배경이 있는 법이다. 사람이 어떤 행동을 하고, 말을 하는 것도 마찬가지다. 그 사람의 전체를 이해하고 왜 사랑이 저렇게 표현되어 나오는지 이해한다면 불필요한 오해로 상처를 입는 일은 적어진다. 그래서 과거를 재구성하기, 즉 상처받은 과거로 돌아가되 내가 아닌 상대방의 입장으로 돌아가 보는 것, 그것은 의외로 상처로부터 벗어날 수 있는 중요한 키워드를 제공한다. 어쩌면 과거 상처의 많은 부분이 상대방의 전체를 이해하지 못하고 내 입장에서만 생각한 탓에 생긴 것인지도 모르기 때문이다.

재은 씨는 조금씩 그 상처로부터 벗어나 자유로워지는 모습을 보여 주었다. 사랑받던 과거를 발견한 것은 그녀에게 그 무엇과도 비교할 수 없는 큰 기쁨이 되었던 것이다. 그때 나는 그녀가 아마도 조만간 멋진 사랑을 할 것 같은 예감이 들었다.

둘째, 분노를 두려워하지 말라

분노를 너무 자주 폭발시키는 사람만큼이나 전혀 분노할 줄 모르는 사람도 문제다.

30대 후반의 주부 환자가 있었다. 그런데 그녀는 절대 분노할 줄 모르는 대표적인 케이스였다. 남편과 아이 등 식구가 단출했지만, 그녀가 해야 할 일은 과도하게 많았다. 우선 그녀의 남편은 한가롭게 신문을 보는 중에도 절대 걸려 오는 전화를 받는 법이 없었다. 전화기가 남편이 앉은 자리 바로 앞에 있고, 그녀는 밖에서 빨래를 널고 있는 중에도 그랬다. 말 그대로 정말 손 하나 까딱 안 하는 남편이었고, 아들도 남편이 하는 걸 그대로 따라 했다. 그런데 그녀는 화를 내기는커녕 분노를 속으로 삭이려고만 했다. 하지만 스트레스가 쌓이면서 어느 날부터인가 그녀는 악몽을 꾸고 환영을 보기 시작했다.

병원을 찾아온 건 악몽이 너무 끔찍해서 낮에도 무서움에 떨며 혼자 견디기 어려워졌을 때쯤이었다. 그녀가 꾸는 악몽은 매번 장소는 바뀌지만 늘 폭발물이 터지고 사람들이 피를 흘리며 고통스럽게 죽어 가는 끔찍한 것이었다.

나는 그녀와의 대화를 통해, 그녀가 평소에 전혀 화를 못 낸다는 것을 알았다. 그건 어렸을 적 그녀의 어머니의 책임인 듯했다. 그녀는 자기가 화를 내면 질서가 혼란에 빠질 것이라고 생각했다. 다시 말하자면, 자기 한 사람만 참으면 세상의 모든 것이 문제없이 흘러갈 수 있다고 생각했다.

그러나 수십 년 동안 이런 식으로 살아오면서 그 자신에게 어떻게 아무 문제도 없을 수 있단 말인가. 특정한 시기에 강한 외부적인 억압의 영향으로 분노를 표출하지 못하기 시작하면 그 분노가 내부에 쌓여 어느 순간 곪아 터지게 되어 있다. 그녀의 경우도 분노가 쌓여서 안에서는 이미 폭발 직전인데, 그녀의 무의식이 분노 표출을 완강하게 막고 있는 것 같았다. 그래서 자신이 화를 내면 건물이 폭파되고, 죄 없는 많은 사람이 죽는 등 아주 나쁜 일이 일어날 것이라는 환상에 시달리며 그처럼 끔찍한 꿈을 꾸는 것이었다.

그녀와 면담을 시작한 지 몇 개월 지난 어느 날 나는 꽤 늦은 시각에 그녀로부터 전화를 받았다. 그녀의 목소리는 몹시 불안하게 느껴졌다.

"또 그 꿈을 꾸셨나요?"

내가 조용히 물었다.

"아니요, 선생님. 제가 큰일을 저지른 것 같아요. 제가 남편하고 아들한테 냅다 소리를 지르고 화를 냈어요. 지금 방에 혼자 있는데, 너무 불안해서 어떻게 해야 할지 모르겠어요. 어떡하죠?"

나는 괜찮을 거니까 걱정 말고 푹 주무시라고 말하고 그녀가 어느 정도 진정되길 기다렸다. 이틀 후 그녀가 면담 시간에 왔는데, 얼굴이 밝아서 안심이 됐다. 그녀는 앉기가 무섭게 그 이후 일어난 일들에 대해 들려줬는데, 걱정하던 것과는 달리 아들도 남편도 아침 식사를 하면서 그녀에게 부드럽고 다정하게 말을 붙였다고 했다.

"선생님 말씀대로 정말 내가 화를 내도 별일 안 나더라고요. 아마 남편도 표현을 안 해서 그렇지 저한테 관심이 아주 없는 건 아닌 것 같아요."

마음속에 분노를 담아 두지 말자. 상대에게 자신이 느끼는 불만을 털어놓는 걸 두려워해선 안 된다. 내가 느끼는 그대로를 상대에게 전달했을 때, 나는 또 한 번 자유로워진다. 그것이 있는 그대로의 나의 모습이고, 그 부분에 있어서는 더 이상 '아닌 것'처럼 가장 할 필요가 없기 때문이다. 분노를 적절하게 터뜨릴 줄 안다는 것, 그것은 참으로 멋진 일이다.

셋째, 'all good, all bad'에서 벗어나라

'all good, all bad'에서 벗어난다는 것은 좋고 싫은 감정을 통합할 수 있는 능력을 가진다는 걸 의미한다.

사람은 누구나 좋은 점만큼이나 나쁜 점을 가지고 있다. 그런데 어떤 사람들은 타인을 장단점이 혼재한 인간으로 보지 못한다. 그런 사람들에게는 세상에 '모든 게 좋은 사람'과 '모든 게 나쁜 사람'이 있을 뿐이다. 그래서 지속적인 대인 관계를 맺는 데 굉장한 어려움이 따른다.

사랑을 할 때도 마찬가지다. 그런 사람들은 처음 사랑에 빠질 때는 상대를 극도로 이상화하여 상대의 모든 걸 좋게 본다. 그러다 차츰 단점이 보이기 시작하면 그걸 도저히 참지 못한다. 상대는 곧바로 온통 나쁜 점투성이인, 좋은 점이라곤 하나도 찾아볼 수 없는 사람이 되고 만다. 그러면 그들은 실망하고 바로 다른 사랑을 찾아 나선다.

그런데 생각해 보라. 어떻게 모든 게 좋기만 하고, 모든 게 나쁘기만 하겠는가. 그들의 문제는 자기 자신에게도 그런 사고 방식을 적용한다는 데 있다. 그들은 자신이 단점을 가지고 있음을 굉장한 콤플렉스로 여긴다. 상대방이 나와 가까워져서 내가 나쁘다는 것을 알면 즉시 떠나 버릴 것이라고 두려워하는 것이다.

이러한 'all good, all bad' 태도를 고치기 위해서는 자신의 마음속을 먼저 들여다볼 필요가 있다. 나쁘다고 생각하는 면들을 자신의 일부로 받아들이라는 것이다. 자신의 무의식에 있는 어둡거나 부정하고 싶은 면들과 의식적으로 대적하려 들거나, 그것들을 비관하고 비판하면서 체념하는 것은 무엇에도 도움이 되지 않는다. 그것들을 호기심 있게 들여다보자. 그러면 오히려 그것을 통해 나 자신의 풍부한 감성을 발견할 것이며, 스스로에게서 여유와 생기를 느낄 수 있을 것이다.

넷째, "So, it's me"

　내 무의식 속에 있는 상처를 알고, 그 상처의 진원지를 찾아 기억을 재구성하고, 나 자신에 대해 숨김없이 드러낼 수 있게 되면, 이제 스스로 "그래, 그것이 바로 나다(So, it's me)"라고 선언할 수 있게 된다. 자기 자신의 상처까지도 온전히 자기 것으로 받아들이고, 그것으로부터 담담해지기 시작하는 것이다.

　부부간의 갈등과 싸움이 끊이지 않던 주부 하영 씨도 치료를 통해 싸움의 원인을 제공하는 것이 자기 자신이라는 사실을 알았다. 그리고 자기가 왜 그렇게 되었는지도 알게 되었다. 그런 하영 씨가 'So, it's me' 했을 때 나는 그녀와 기쁘게 헤어졌다. "앞으로 어떻게 하면 되죠?"라고 묻는 그녀에게 나는 웃으며 말했다.

　"하고 싶은 대로 하세요. 지금껏 하영 씨의 주인은 하영 씨의 과거였지만 이제부터는 하영 씨가 주인이니까요. 가장 자신다운 선택을 하는 것, 그게 정답이에요."

　아는 것과 동시에 문제가 완전히 해결되는 것은 아니다. 안다고 해도 무의식의 반복 속에서 전과 같은 문제가 심심치 않게 튀어나올 수 있다. 그러나 어느 순간 그 문제로 인해 깊은 상처를 입기 전에 자신의 감정을 추스를 수 있게 된다. 예를 들어 무의식의 상처 때문에 자꾸 사랑하는 사람들에게 분노를 퍼붓던 사람은 어느 순간 또 심하게 욕을 하다가도 자신을 돌아보며 언행에 유의하게 된다. '내가 또 그랬네. 왜 그랬을까? 아내는 잘못한 게 없는데 또 화를 내고 말았어. 다시는 그러지 말아야지' 하고 스스로 주문을 외우게 되는 것이다.

프로이트는 정상의 기준이 '약간의 히스테리(a little hysteric), 약간의 편집증(a little paranoid), 약간의 강박(a little obsessive)을 가진 것'이라고 했다. 이것은 곧 어떤 사람도 이런 것들에서 완벽하게 자유로울 수 없다는 사실을 의미한다. 그러므로 내 안에 콤플렉스나 갈등이 있다는 것 자체가 문제 되는 건 아니다. 그것을 자신이 어떻게 받아들이고 긍정적인 방향으로 이끌어 가느냐가 관건인 것이다.

나 자신도 내부에서 일어나는 어떤 작용으로 인해 완벽하지 않으면 사랑받지 못한다는 콤플렉스를 가지고 있다. 하지만 나는 그런 콤플렉스가 있음을 부정할 생각도 없고, 그것 때문에 나를 비하하지도 않는다. 오히려 그 콤플렉스는 일을 할 때 나를 이끌어 주는 원동력이 되기도 했으니까. 지금의 내가 있는 것도 어쩌면 그 콤플렉스 때문인지도 모른다.

사랑을 할 때도 마찬가지다. 왜 모든 사람이 성숙한 사랑을 해야 하는가? 왜 모든 사람이 열정적인 사랑을 해야 하는가? 어떤 모습이든 그 안에서 행복할 수 있고 편안할 수 있다면, 그것으로 된 거다. 이런 마음이라면 우리는 굳이 이상적인 것에 매달리지 않고 다른 사랑들의 형태에 집착하지 않을 수 있다. 그리고 얼마든지 나 자신이 행복하면서도 풍부한 사랑의 감정을 느낄 수 있을 것이다.

"그래, 그게 내 모습이야. 어쩔래?"

이건 좀 건방지고 도발적으로 들리는 선언이긴 하지만 자기 자신을 건강하게 드러내는 모습이다. 그리고 이것은 자기 상처 주변으로는 누구의 접근도 불허하면서 상처를 감추고 부인하기 위한 거짓 선언이 아닐 때 의미가 있다. 자기 자신을 있는 그대로 내보일 만큼 강해지면 더 이상 두려울 것은 없다. 이제 당신에게 남아 있는 것은 당신답게 선택한 사랑에 최선을 다하고, 그 안에서 자유로워지는 것이다.

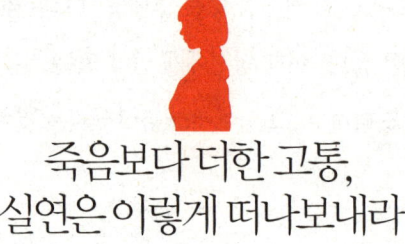

죽음보다 더한 고통,
실연은 이렇게 떠나보내라

영화 '봄날은 간다'에서 주인공인 은수와 상우가 헤어지면서 나누었던 대사.

"우리 헤어지자."

"내가 잘할게."

"헤어져."

"너 나 사랑하니? 어떻게 사랑이 변하니?"

실연은 죽음이다. 그것은 사랑하는 사람의 죽음이며, 사랑받던 자신의 죽음이며, 둘이 창조한 커플의 죽음이며, 그토록 꿈꾸던 이상적인 사랑의 죽음이다. 그렇기 때문에 실연은 때로 '죽음보다 더한 고통'으로 다가온다. 그래서 베르테르가 실연당한 후 권총 자살로 생을 마감하고, 카미유 클로델이 로댕으로부터 실연당한 후 정신병에 걸려 비참한 생을 보낸 것이다. 이처럼 극단적인 경험까지는 아니더라도 실연은 우리가 살면서 겪는 가장 큰 고통 중의 하나로, 많은 사람을 고통과 눈물, 잠 못 이루는 밤으로 내몰아 간다.

그러나 '아픈 만큼 성숙해지고'란 노랫말처럼 실연의 고통은 사람을 성숙시키기도 한다. 실연의 산을 무사히 넘은 사람은 이제 다른 산을 잘 오를 수 있는 체력을 갖게 되고, 산속에 무엇이 있는지 알게 됨으로써 다음 산행에서 위험을 피할 수 있으며, 어떤 산이 오를 만한 가치가 있는지, 또 진정한 아름다움을 간직하고 있는지 볼 수 있는 힘을 가진다. 그리고 실연의 산 정상에서 인생의 깊은 의미를 깨달아 다음 산행을 더욱 의미 있게 계획하기도 한다. 문제는 인생을 살면서 가끔 하게 되는 이 산행에서 어떤 것을 배우며 얻어 가느냐 하는 것이다.

사랑할 때 자아가 확장되는 것을 경험하는 것처럼, 사랑을 잃어버릴 때 우리는 자아가 수축하고 감소하는 것을 느낀다. 사랑 중에 맛보던 합치감의 희열과 힘은, 실연당했을 때의 외로운 자아를 더욱 상처받기 쉽게 만든다.

이제 연인들이 만들던 '우리'라는 세계는 '나'라는 원소로 환원된다. 자신만이 그의 유일한 사랑이라고 여기던 행복감도 사라지고, 그 자리에는 고갈되고 무가치하고 무의미한 자신만이 남게 된다. 또한 사랑하는 동안 받은 보살핌과 돌봄이 사라지면서 자신이 어린애처럼 굴던 것이 창피하고 모욕적으로 느껴진다. 의존이 깊던 사람은 이제 무엇이든 혼자서 해 나가야 한다는 사실에, 죽음만이 해결책인 것처럼 느끼기도 한다.

그러나 실연의 과정에서 가장 근본적이고 보편적인 고통은 아무에게도 보여 주지 않던 자신의 깊은 내면을 상대에게 보여 주었다는 사실이다. 특히나 자기 가치감이 낮은 사람들의 경우는 이 고통이 심한 자기 비하로 나타난다. 즉 자신의 영혼의 가장 깊은 곳을 들여다보던 그 누군가가 자신이 천박하고 추하며 분노로 꽉 차 있다는 걸 발견했기 때문에 떠나갔다고 생각하는 것이다.

실연은 언제고 올 수 있다. 사랑하기 시작한 지 얼마 안 돼 오기도 하고, 오랜 기간이 지난 후에, 혹은 결혼 후에도 올 수 있다. 사랑이 식는 것의 처음 단서는 아주 사소한 것으로부터 온다. 일반적으로 연인들은 그들만의 대화법과 신호를 가진다. 그러나 사랑이 식기 시작하면 이러한 것에서부터 변화가 오기 시작한다. 목소리의 톤이 바뀌고 애칭 대신 이름이나 공식적인 명칭을 부른다.

초기에 실연의 징조는 어떤 행동을 한다기보다는 기존에 해 오던 것을 안 하는 것으로 나타난다. 뭔가 변화를 눈치 챈 한쪽이 이야기를 하자고 하면, 귀찮은 듯 "다음에 하자"며 돌아누워 버리고, 점점 상대에 대한 관심을 보이지 않는다.

변화를 눈치 챈 사람은 불안해하지만 무엇을 어떻게 해야 할지 모른다. 또한 만일 그러한 느낌에 직면한다 해도 좀처럼 그 사실을 받아들이려고 하지 않는다. 그 사실을 애써 부인하면서 거짓 희망이라도 붙

잡으려 한다. 상대가 거짓말을 하고 있다고 생각하며, 이별을 알리는 명백한 신호도 읽지 않으려 한다. 그는 자신의 꿈을 보존하기 위하여 현실을 왜곡하고, 그들의 사랑이 회복될 수 있다고 생각되는 모든 신호에 집착한다. 심지어 실연당했음이 확실해진 후에도 자신의 지각을 완전히 왜곡하여, 사랑이 끝나지 않았고 위협받지 않았다는 착각 속에서 살려고 한다. 왜냐하면 그 사랑이 바로 그의 희망이요, 야망이며, 존재 이유이기 때문이다.

그러나 점점 연인의 마음이 자신으로부터 멀어지고 있다는 것을 느끼고, 그걸 자신이 어떻게 할 수 없음을 깨닫게 된다. 그리고 마침내 상대가 '더 이상 당신을 사랑하지 않는다'며 헤어질 것을 요구할 때야 비로소 현실과 맞닥뜨리게 된다. 이처럼 작은 변화를 감지하기 시작해서 진실을 직면하게 되기까지도 오랜 시간이 걸린다.

일반적인 사랑의 종말은 상처받은 쪽에서 계속 견디다가 결국 희망을 멈추고 무감각과 우울을 번갈아 경험하다가 서서히 이런 것들로부터 회복되는 과정을 밟는다. 이 오래 지속되는 고통스런 떠나보냄의 과정에서, 실연당한 이는 오랫동안 스스로 매우 수치스러워할 행동에 몰입하기도 한다. 상대방에게 수시로 전화를 걸어 목소리를 듣고는 아무 말 없이 끊기도 하고, 상대방이 있는 곳을 찾아다니며 누구와 같이 있는지 확인하려 하고, 우연한 만남을 가장하기도 한다. 여자의 경우 임신한 체하는 수도 있다.

그런데 문제는 이러한 행동을 수치스럽게 느끼지만 자신의 행동을 제어하지 못한다는 것이다. 이처럼 잃어버린 연인에 대해 집착하는 것은 사랑이 꽃피는 시기에 있던 연인에 대한 강박적 사고와는 반대되는 것이다. 사랑했을 때 연인에 대한 강박 사고가 그를 자유롭게 했던 것과 달리, 이제 그것은 그를 속박한다. 이 모든 과정을 거쳐 현실을 인정하게 되면 무력감에 주체할 수 없는 분노가 찾아온다.

하지만 대부분의 사람들은 이런 실연의 고통을 잘 이겨 낸다. 한바탕 감정의 회오리를 겪고 난 후, 이제 그 사랑의 환상이나 기억을 마음속의 영상 테이프에 담아 놓는다. 그리고 어떤 사건이 그것의 재상연을 멈추게 할 때까지, 그 테이프는 희미하고 몽롱하게나마 계속 돌아간다.

이처럼 실연을 맞이하고, 그것을 극복해 내는 과정은 우리가 사랑하는 사람의 죽음에 보이는 애도 과정과 비슷한 코스를 밟는다. 심리학자인 보울비는 애도 과정을 네 단계로 구분했는데, 첫 번째 단계에서 우리는 절망에 빠지면서 무감각해지고 항의를 하게 된다. 이때 죽음을 부정하기도 한다. 두 번째 단계는 죽은 사람을 매우 그리워하고 찾는 과정으로, 안절부절못하고 죽은 사람에게 집착하게 된다. 세 번째 단계는 와해와 절망의 단계다. 인생의 의미를 잃은 것 같고, 사회적 관계를 끊고 고립되며, 무감각해지고 불면증과 체중 감소에 시달리게 된다. 끊임없이 떠나 버린 사람에 대한 기억을 반추하며 그것이 단지 기억일 뿐이라는 사실에 실망하게 되는 것도 이 시기다. 마지막 단계는 회복의 단계다. 이제 상실의 통증은 줄어들고, 현실로 복귀하게 된다. 떠나간 그 사람이 내재화돼 가슴속에 살아 있으면서 그에 대한 기억은 기쁨과 슬픔을 동반한다.

어쩌면 실연 역시 가장 사랑하던 사람의 죽음이며, 그에게 사랑받던 자신의 죽음이기도 하기 때문에 죽음을 애도하는 과정과 비슷한 단계를 거치는 것인지도 모른다. 이런 실연의 고통과 과정을 생생하게 보여 주는 영화가 앞서 말한 '봄날은 간다'이다.

상우는 자연의 소리를 채집하여 방송하는 일에 관여하면서 은수를 만나 불같은 사랑에 빠진다. 그리움은 한밤중에 상우를 서울에서 강릉으로 달리게 만들고, 은수로 하여금 차가운 밤거리에 쪼그리고 앉아 연인을 기다리게 만든다. 그러나 영원할 것 같던 둘의 사랑이 삐걱거리면서, 은수는 차갑게 돌아서고, 혼자 남은 상우는 실연의 고통에 어쩔 줄 몰라 한다. 그는 은수의 사랑이 식었다는 사실을 부정하고 그녀에게 매달리다 분노하고 절망한다. 이제 분노가 그를 한밤중에 서울에서 강릉으로 내달리게 하고, 어쩌지 못하는 분노와 질투는 사랑하던 연인의 차를 긁어 버리는 유치한 행동으로까지 그를 몰고 간다. 아무도 만나지 않고 겨울 내내 괴로워하던 상우는 할머니의 죽음을 맞으면서 서서히 일어난다. 그리고 다시 녹음기를 잡고 자연의 소리를 채집하러 가는 그에게는 더 깊고 아름다운 세상의 소리를 들을 수 있는 청력이 선물처럼 주어져 있었다.

이 영화에서 진정으로 불행한 사람은 바로 은수다. 그녀는 애도를 못하는 사람으로 나온다. 사랑을 유혹하고 불같은 사랑에 빠졌다가, 그 열정이 식으면 곧 다른 사랑을 찾아 떠난다. 그녀에게 모든 사랑은 똑같은 방식으로 반복되며, 타인의 감정과 고통을 공감하는 능력은 결여되어 있다. 그녀는 열정적인 사랑이라는 꿈에 파묻혀 사는 치매 걸린 할머니와 같은 존재다. 상우는 그 진흙탕 같은 고통의 감정에서 벗어나 진정 아름다운 사랑의 소리를 들을 수 있게 되지만, 은수는 그 진흙탕에서 계속 몸을 굴릴 뿐이다.

사랑이 불행하게 끝났다고, 그 효과가 전적으로 부정적인 것만은 아니다. 종종 성공적이지 못한 사랑은 성장을 촉진시켜 주고 자아를 확장시켜 주기도 한다. 이러한 효과는 물론 몇 달이나 몇 년 후에 입증된다. 그리고 처음에 산산조각이 나 버린 자기 내부의 깊은 절망으로부터 뭔가가 재편성되며, 창조적인 힘이 생겨나기도 한다. 어떤 예술가들은 실연당한 후에 좋은 작품을 만들어 내기도 한다. 그런 의미에서 융의 말처럼 실연이란 창조적인 질병으로서, 자신의 내부에 있는 악마의 모습까지 여행한 후, 거기서 곧바로 솟아오르는 것이다. 즉 '우는 에로스는 도시의 건설자' 다.

어떤 사람들은 헤어진 후에도 깊은 정서적 애착을 유지한다. 그들만의 기억과 시간을 공유했다는 사실은 그들을 확대된 가족의 개념으로 남게 하기도 한다. 그렇기 때문에 어떤 위기나 힘든 일에 부닥쳤을 때 전 배우자에게 도움을 청하고, 그들은 만사를 제쳐 놓고 달려와 돕기도 하는 것이다.

또한 잃어버린 사랑에 대한 향수는 우리의 정신에 중요한 기능을 한다. '카사블랑카' 나 '바람과 함께 사라지다' 같은 영화는 그것이 보여 주는 표면의 이야기보다, 그 뒤에 흐르고 있었을지도 모르는 또 다른 이야기 때문에 사람의 심금을 울린다.

만일 '카사블랑카'의 일사 런드가 결혼을 안 했더라면, 그녀의 남편이 프랑스 레지스탕스의 지도자가 아니었다면, 만일 그가 하루만이라도 늦게 탈출했더라면. '바람과 함께 사라지다'의 스칼렛이 좀 더 일찍 깨우쳤다면, 만일 레트가 조금만 더 참아 주었더라면. 만일 '봄날은 간다'의 상우가 은수의 참모습을 일찍 볼 수만 있었더라면, 만약 은수가 그러한 성격이 아니었다면…….

우리는 그러한 뒷면에 있는 이야기를 통해 영원히 죽지 않는 사랑에 대한 꿈을 꾸게 된다. 이루어지지 못한 슬픈 사랑의 이야기 뒷면에는 우리에게 달콤한 희망과 꿈을 주는 결코 죽지 않는 완전한 사랑의 이야기가 버티고 있는 것이다. 즉 사랑의 실패는 그렇지 않았더라면 이룰 수 있었던 완벽한 사랑에의 꿈을 보증해 준다. 그럼으로써 우리는 완벽한 사랑에 대한 우리의 이상화한 믿음을 유지하고, 우리의 꿈을 이루어 줄 미래의 사랑에 대한 희망을 유지할 수 있는 것이다.

그러나 불행한 사랑의 결과가 오랫동안 나쁜 영향을 끼치는 경우도 있다. 심리적으로 상처받기 쉬운 상태였다면, 실연의 슬픔으로 계속 자존감이 저하되고 미래의 가능성에 대한 지각에 손상을 입게 되기도 한다. 그 상처에서 회복되지 못하고, 계속 상대를 이상화하며, 모든 사랑이 그에게 묶여 있어 다신 사랑을 하지 못하게 되는 경우도 있다.

사랑은 우리 인생의 중심부에 놓여 있으면서, 다른 관계를 유지시켜 주고, 그 자체가 인생의 의미를 찾아가는 길이 되기도 한다. 사랑이 살아남기 위해서는 사랑을 짓누를 수 있는 무거운 짐을 가볍게 해 주어,

사랑이 본래의 힘을 되찾게 해 주어야 한다.

실연을 맞이할 때도 마찬가지다. 아무리 사랑스럽고, 예쁘고, 잘난 사람도 실연을 당할 수 있다. 반면 남들이 보기엔 뒤처진다고 평가되는 사람이 평생 실연 한 번 당하지 않고 행복하게 살기도 한다. 그게 인생이다. 그러니 그에 너무 슬퍼하거나, 너무 분노하거나, 너무 자책하지 말자. 그러면 떠나보내야 할 마음들을 털어 버릴 수가 없으니까, 그럼 또 다른 사랑이 찾아와 문을 두드려도 빗장을 열어 그 사랑을 맞이할 힘이 없게 될 테니까……

chapter 4

사랑을 온몸으로 껴안는
사람만이 진정으로 자유롭다

사랑에 빠져 들지 않으려는 사람, 그는 고통과 슬픔을 피할 수 있을지는 모른다.
하지만 그는 배울 수 없고, 느낄 수 없고, 달라질 수 없으며, 성장할 수 없다.

당신도 혹시
첫사랑을 찾고 있는가?

드라마 '겨울연가'를 기억하는가……. 그 드라마는 '겨울연가 신드롬'을 불러일으킬 만큼 사람들 사이에 화제가 됐었다. 오죽하면 인터넷에 첫사랑 사이트가 줄줄이 생기고, 많은 사람들이 자기의 첫사랑을 찾아 떠나는 붐이 형성되었겠는가. 원래 겨울연가의 주인공 유진은 상혁과 약혼식을 올리기로 되어 있었다. 그런데 유진은 약혼식장으로 가던 중 우연히 10년 전에 강물에 띄워 보낸 자신의 첫사랑, 준상과 비슷한 사람을 보게 된다. 지금껏 준상을 잊지 못하고 있던 그녀는 그가 사라진 골목을 쉴 새 없이 헤매 다닌다. 약혼식도 팽개치고 준상의 그림자를 쫓는 유진. 그녀가 한참 뒤 정신을 차렸을 때는 이미 약혼식 시간이 한참 지나 버린 때였다.

"그런데 첫사랑이 나를 부르면 어떡하죠?"

이루지 못한 첫사랑의 안타까움. 그 안타까움은 대체 어느 정도이기에 유진으로 하여금 약혼식도 팽개치고 달려가게 만드는 걸까?

첫사랑은 대부분 이루어지지 않는다. 『탈무드』에도 '첫사랑 여인과 결혼한 남자만큼 행복한 사람도 없다'라는 구절이 있다. 그만큼 첫사랑은 으레 이루어지지 않는 것이며, 나만 실패한 것이 아니라 대부분 실패하기 때문에 서로 위안이 되기도 한다. 또한 누군가 "난 지금 첫사랑과 결혼해서 자식이 몇이고 …… 이렇게 행복하게 살고 있지"라고 하면 김이 빠져 대화는 곧 심드렁해지고 우리는 그것을 믿으려 하지 않는다.

왜 첫사랑은 이루어지기 힘든 것일까?

첫사랑을 맞이할 시기의 우리는 아직 성적인 욕망이나 주체할 수 없는 여러 감정을 처리하기엔 그 힘과 경험이 부족한 상태다. 그래서 첫사랑의 꿈은 좌절되기 쉬우며, 그 강렬하면서도 복합적인 감정은 아직 미숙한 어린 연인을 갈라놓게 된다.

또한 첫사랑은 대개 사랑하는 사람에게 자신의 이상적인 모습이나 자신이 이상적으로 생각해 오던 대상을 투사하려는 특징이 있다. 즉 연못에 비친 자기 모습에 반해 뛰어든 나르키소스의 사랑과도 유사한 것이다. 그렇기 때문에 첫사랑은 다른 어떤 사랑보다도 둘의 합일을 절실히 원하고, 이상적인 사랑의 원형을 좇는다.

하지만 그것은 단지 섣부른 기대에 지나지 않는다. 상대는 내가 바라는 것처럼 그렇게 완벽한 사람이 아니며, 나를 완전하게 받아 주고 감싸 줄 사람도 아니다. 그러나 첫사랑을 할 때는 그러한 모습을 드러내는 상대에게 말 못 할 분노와 실망을 느끼는 수가 많다. 그에 대한 실망감은 자신에 대한 좌절로 이어진다. 자기의 초라함을 확신시켜 주는 대상 곁에 계속 머무르기엔 아직 인생에 대한 경험이 부족하다고 느끼는 것이다. 또한 완벽한 이상적인 연인의 품 안에서 합일의 환희와 평안함을 추구하던 꿈은 현실의 땅 위에선 이루어질 수 없음을 확인하고 절망한다.

이 시기의 젊은이들은 아직은 성에 대한 미숙함과 두려움으로 사랑을 자유롭게 받아들이는 데 어려움을 느낀다. 굳이 프로이트를 떠올리지 않더라도, 우리는 사랑이 얼마나 사랑하는 사람에 대한 성적 욕망을 강하게 불러일으키는지 알고 있다. 그러나 첫사랑을 하는 초기 성인기에는 이 성적 욕망에 두려움을 느끼고 혼란에 빠지기도 한다. 이러한 첫사랑의 위험성을 잘 묘사하고 있는 영화가 바로 '초원의 빛'이다.

같은 고등학교에 다니며 첫사랑에 빠진 윌마와 버디는 밤마다 서로에 대한 성적 욕망으로 몸부림친다. 성적 억압과 엄격한 부모와의 갈등, 그리고 애인을 잃을지도 모른다는 두려움 속에서 우울증에 빠진 윌마는 자살을 시도하고 급기야 정신 병원에 입원한다. 이 사건으로 죄책감에 방황하던 버디는 자신을 잘 이해해 주는 여자 친구를 만나서서히 첫사랑의 상처를 회복해 간다.

이 영화에서 두 젊은이는 한바탕 사랑의 회오리를 겪은 후 성장한다. 그리고 그들은 서로가 공유한 첫사랑의 기억을 잔잔한 미소로 바라보고 가슴속 깊이 간직하게 된다.

그런데 이상한 것은 아무리 나이가 들어도 첫사랑의 기억은 대부분 잊어버리지 않는다는 사실이다. 그렇다면 왜 첫사랑은 다른 어떤 사랑보다도 아름답고 슬픈 기억으로 남아 평생토록 우리를 그 주변에서 서성이게 만드는 것일까.

오래 전에 미국으로 건너가 자수성가하신 숙부님이 몇 년 전 혼자서만 한국을 찾으셨다. 이제 나이가 들어 고향 땅이 그리우신가 보다 했는데, 그게 아니었다. 조금은 멋쩍어하면서 말씀하시길 20대 초반에 처음으로 사랑했던 여자가 어떻게 살고 있는지 찾아서 만나 보고 싶다 하셨다. 만나서 뭘 어쩌자는 것이 아니라 단지 그냥 보고 싶을 뿐이라며……. 한 달 남짓 일정으로 한국에 오신 게 그런 이유였다니, 당시 나로서는 이해하기가 좀 힘들었다.

하지만 지금은 어렴풋이 알 것도 같다. 아마도 첫사랑은 우리가 꿈꾸는 가장 이상적인 대상을 사랑하는 것이기에, 애태우던 기억이 가슴속에서 지워지지 않는 게 아닐까. 실패했음에도 불구하고 말이다. 더군다나 세월이 흐르면서 좌절과 실망의 나락에 빠진 기억은 사라지고 아름다운 기억만 남기 마련이니까. 우리가 태어나서 어머니의 품 안에서 맛보던 합일감을 평안함의 원형으로서 평생을 두고 그리워하고 갈망하는 것처럼, 첫사랑은 우리 마음속에 기쁨의 원형으로 남아 우리로하여금 평생 그것을 그리워하고 찾아다니게 만드는 것 같다.

또 하나 우리가 첫사랑을 잊을 수 없는 이유는 첫사랑이 우리 인생에 있어서 극적인 전환점에 위치하고 있기 때문이다. 첫사랑은 우리가 부모로부터의 심리적인 이별을 최종적으로 완성할 수 있게 해 주는 다리다. 모든 연인에게 그의 새로운 사랑은 그가 이전에 맞이한 다른 어떤 관계보다도 우선시된다. 첫사랑에 있어서는 특히 더 그렇다.

로미오와 줄리엣이 부모로부터 심리적으로 이별하고자 하는 욕구는 두 집안의 갈등과 전쟁으로 은유된다. 이야기가 진행되면서 줄리엣은 그녀의 부모와 유모로부터 떨어져 나가고, 마지막에는 과거로부터 자유로워져서 비로소 연인과 사랑에게로 밀착된다. 로미오 역시 친구와 가족으로부터 멀어진다. 첫사랑은 과거에 있었던 관계의 종말인 동시에 새로운 관계의 시작 지점에 있다. 따라서 첫사랑은 그것이 지속되는가의 여부와 상관없이, 우리의 성장에 있어서 중요한 이정표가 된다. 그것은 이전에 흩어져 있는 부분적인 욕망과 충동, 느낌 등을 통합하도록 하는 성인기 사랑의 첫 단추인 것이다.

괴테의 첫사랑 이야기에서도 우리는 그가 얼마나 첫사랑의 기억을 끝까지 잊지 못했는지 들여다보게 된다. 분명 그의 첫사랑 또한 좌절과 실망으로 끝났음에도 말이다.

그의 첫사랑은 스물한 살의 나이에 만난 프리데리케였다. 대학생이던 그는 어느 날 작고 평화로운 시골 마을인 제젠하임에 목사인 야콥 브리옹을 만나러 갔다. 그런데 그때 그는 야콥의 둘째 딸인 프리데리케를 보자마자 사랑에 빠져 버렸다. 그는 시골의 한적한 분위기와 아름답고 상냥한 프리데리케, 그리고 브리옹가의 가정적인 분위기에 사로잡혀 그녀와 달콤한 밀어를 속삭였다. 그러나 그들의 사랑은 이어지지 못했다. 괴테가 그녀를 멀리하게 된 이유는 두 가지였다. 하나는 그녀가 시골 처녀로서 세련된 맛을 보여 주지 못했다는 점이고, 둘째는 그녀가 체질적으로 약하고 병을 앓고 있었다는 점이다. 즉 그가 그녀에게 갑작스러운 사랑을 느낀 것은 그가 어릴 적부터 동경해 오던 목가적인 평안함과 생명력을 아름다운 그녀에게서 보았기 때문이며, 그녀와의 사랑이 식은 것은 그가 꿈꾸던 순진함이 촌스러움으로 바뀌고, 그가 어릴 적 경험한 연이은 동생들의 죽음으로 인해 그토록 두려워하던 질병과 죽음의 그림자를 그녀에게서 보았기 때문일 것이다. 즉 첫사랑에 빠진 이유는 이별의 원인이 될 수 있다. 그럼에도 나중에 괴테는 첫사랑을 그리워하며 다음과 같은 시를 남겼다.

아아 누가 돌려주랴, 그 아름다운 날

첫사랑의 그때를

아아 누가 돌려줄 것인가

그 아름다운 시절의 다만 한 토막이라도

쓸쓸히 나는 이 상처를 키우며

끊임없이 되살아나는 슬픔에

잃어버린 행복을 슬퍼하고 있으니

아아 누가 돌려주랴, 그 아름다운 나날

첫사랑의 그 즐거운 때를

괴테가 노래하듯 첫사랑은 우리가 간직할 수 있는 가장 아름다우면서도 슬픈 기억인지 모른다. 동시에 첫사랑은 성장이라는 여행길에서 우리가 성인의 사랑으로 진입하기 위해 지나쳐야 했던 땅이며, 우리의 기억 속에서 영원히 마르지 않는 생명력을 간직하고 있는 영토이기도 하다. 그렇기 때문에 예순이 넘은 노인이 첫사랑이 궁금해 서성이기도 하고, 일흔이 넘은 대문호 괴테도 이전에 못 다한 첫사랑을 회복하고 싶어 했다.

그렇다면 그들이 첫사랑을 다시 만난다면 어떻게 될까. 떠도는 이야기 중에 첫사랑은 다시 만나지 않는 것이 좋다는 말이 있다. 대부분의 경우 첫사랑을 다시 만난다 해도 관계를 지속시키다 보면 과거에 받은 좌절과 실망이 다시 떠올라 헤어지기가 쉽기 때문이다.

물론 첫사랑을 만나 그 사랑을 완성했다는 이야기도 드물게 들린다. 그것이 어떻게 가능할까. 아마도 예전의 그들은 서로 감정적으로 미성숙했을 것이고, 서로에 대한 이상과 현실 사이의 괴리 속에서 괴로워하다가 헤어졌을 것이다. 그 후 다른 사람을 만나 사랑이라는 것의 속성을 온몸으로 배우고 끌어안았을 테고……. 그래서 그들이 다시 만났을 때는 서로에 대한 소중함을 다시금 확인하며, 예전과 달리 조심스럽게 사랑을 만들어 갔을 것이다.

당신도 혹시 첫사랑을 찾고 있는가? 그러나 이러한 경험과 깨달음 없이, 그만한 마음의 준비도 없이 단지 그리움만으로 다시 첫사랑을 찾는 것은 위험천만한 일이다. 두고두고 간직할 아름다운 추억마저 없어진다면 무슨 희망으로 살아간단 말인가.

첫사랑, 그것은 쉽게 이루어질 수 없기에 우리에게 계속 꿈으로 남으며, 메마르고 냉혹한 현실 속에서 우리의 마른 목을 적셔 주어 다시 힘을 내게 만드는 오아시스가 된다. 아, 첫사랑의 꿈이여, 지금은 너무 아련해진 그 기억만으로도 나는 가슴이 뭉클해진다.

플라토닉 러브가 반쪽짜리
사랑인 이유

'**플**라토닉 러브'는 육체를 무시하고 정신적으로만 교류하는 사랑을 뜻한다. 그런데 왜 하필 그것이 '플라토닉'일까? 많은 사람이 추측하듯 그 말은 고대 그리스 철학자 플라톤의 이름에서 유래되었다.

그러나 플라톤은 사랑에서 육체적인 측면을 부정하지 않았다. 오히려 그는 『향연』에서 '사랑이란 아름다운 육체에서 시작되어 절대적인 아름다움의 완성으로 나아가는 것'이라고 말했다. 그런데 자신의 이름이 지금처럼 쓰이고 있고, 게다가 자신이 말한 사랑의 개념과 달리 쓰이는 걸 안다면 그의 기분이 어떨까?

플라토닉 러브의 개념이 지금처럼 자리 잡힌 것은 중세 시대에 이르러서였다. 금욕주의로 점철되어 있던 그때 '플라토닉 러브'는 순수한 정신적 사랑만을 강조하는 최고의 이상적인 사랑의 형태로 추앙받았다.

단테의 베아트리체를 향한 사랑은 플라토닉 러브의 대표 격이라 할 수 있다. 다섯 살 때 어머니를 여읜 그는 아홉 살에 피렌체 귀족의 딸인 베아트리체를 보고 한눈에 반했다. 그러고 나서 그는 다른 여자와 결혼했지만, 그녀에 대한 그리움은 오히려 커져만 갔다. 그러기를 10년. 어느 날 그는 길을 지나다가 꿈에 그리던 그녀를 다시 한 번 보게 되었다.

거짓말 같지만 단테는 이때부터 평생 동안 그녀를 '구원의 여인', '지상의 천사'라 칭송하면서 열정적으로 사랑했다고 한다. 평생 단 두 번 마주친 여인을 말이다. 하지만 그녀 역시 다른 사람과 결혼했고, 스물넷에 세상을 등지고 말았다. 단테의 사랑은 그녀의 죽음에도 불구하고 계속되었다. 그 자신이 죽을 때까지.

그러나 사실 단테의 사랑은 두 사람 간의 사랑이라 보기 어렵다. 그는 현실의 베아트리체가 아닌, 자신의 마음속에서 키우고 만든 그녀를 사랑한 것에 가깝기 때문이다. 그럼에도 단테의 사랑은 사람들에게 세상에서 가장 순결하고 고귀한 사랑으로 찬탄을 받아 왔다. 그리고 아직도 사람들은 플라토닉 러브가 사랑의 여러 형태 중 가장 고귀한 것처럼 말한다.

그런데 나는 그들에게 묻고 싶다. 젊은 남녀가 서로 사랑하는데 왜 굳이 육체적인 면을 무시하고 정신적인 사랑만을 고집해야 하는지.

플라토닉 러브는 '육체적인 사랑을 억압하고 정신적인 사랑을 지향

한다' 는 정의에서부터 모순을 갖고 있다. 왜냐하면 억압한다는 것은 이미 그 존재를 인정함이요, 그것도 애써 억압해야 할 정도로 그 힘이 크다는 것을 인정하는 것이기 때문이다. 그러면서도 그 관계를 우정이라 말하지 않고 굳이 플라토닉 러브라고 명명한 것은 이미 그 둘 사이에 성적 열망이 내재돼 있음을 의미하는 것 아니겠는가.

남녀 간의 우정은 존재할 수 있다. 그것은 정신적인 동료애의 형태로, 또는 실제적인 관계를 요구하지 않는 상대에 대한 찬양으로 나타난다.

그들은 서로의 건강과 행복, 성공을 바라며, 서로의 불행을 진심으로 가슴 아파하고 슬퍼하지만, 수년간 떨어져 있어도 상실이나 외로움의 느낌은 받지 않는다. 그들은 서로 만나고 싶어 하고 서로의 생각과 경험을 나누고 싶어 하지만, 헤어짐의 고통은 느끼지 않는다.

만일 가깝게 지내던 이성 친구가 외국에 유학이라도 떠난다면 가기 전에 꼭 한 번 만나서 몇 년 간 만나지 못할 것을 안타까워할 수는 있을 것이다. 그러나 친구가 떠나기 전날 밤 한숨도 못 자면서 출국하는 날 공항까지 따라가 그 뒷모습을 보며 남몰래 눈물을 흘린다면 여기에 우정이라는 이름의 감정은 어울리지 않는다. 이미 사랑으로 기울고 있는 우정이라면 모를까.

우정은 사랑처럼 단 한 사람만이 채워 줄 수 있는 게 아니기 때문에, 즉 다른 사람과도 우정 어린 관계를 맺을 수 있기 때문에, 헤어짐이 덜 고통스럽다. 오랫동안 헤어져야만 할 때 가슴이 찢어지는 듯한 고통을 느낀다면 그것은 사랑이다.

우리가 우정이 아닌 사랑이라는 말을 사용할 때, 그것은 어떤 요구나 필요를 함축하고 있다. 사랑이란 감정이 우리의 마음속에 들어온다는 것은 나의 행복을 위해서 상대가 필요하다는 의미도 된다.

만일 서로가 서로에게 필요한 존재임을 느끼고, 자주 만나 많은 부분을 공유하면서도 자신들이 플라토닉 러브를 하고 있다고 주장한다면, 이것은 언제 터질지 모르는 화약을 안고 불 곁에 가는 것과도 같다.

때로 이것은 둘 중 한쪽이 어떤 골치 아픈 문제에 빠지거나 서로에게 고통을 주기 싫어서 정신적인 사랑만을 강조하는 것의 결과일 수 있다. 혹은 성적인 측면에서 심하게 억압되어 있고 두려움이 있는 경우 사랑하는 상대에 대해 정신적인 측면만을 강조하게 된다.

사랑이란 '에로스(욕망)'와 '프시케(영혼)'가 총체적으로 결합된 상태다. 사랑에 있어서 이 두 가지 측면은 어느 한쪽이 더 중요하다고 말할 수 없을 정도로 똑같이 중요하다. 정서적으로 그리고 육체적으로 합쳐진다는 것은 인간에게 주어진 가장 황홀한 경험 중의 하나이기 때문이다.

성이 사랑의 부분이 될 때, 사랑은 육체를 영혼 결합의 도구로 만든다. 즉 에로스와 프시케를 적절히 섞어 자신과 사랑하는 사람의 행복을 추구하는 것, 서로에 대한 깊은 애정과 감사를 안고 세상이란 현실에서 그들만의 역사를 쓰는 것이 바로 사랑인 것이다.

그런 의미에서 정신적인 것을 무시하고 성적인 관계만을 맺는 것이 사랑의 온전한 모습이 아니듯, 성적인 측면을 무시하고 정신적인 관계만을 강조하는 것도 결코 이상적인 사랑이라 할 수 없다.

보여 줄 수 있는

사랑은 아주 작습니다.

그 뒤에 숨어 있는

보이지 않는

위대함에

견주어 보면

이 시는 20세기 초 레바논에서 태어나 미국 뉴욕에서 활동한 세계적
인 화가이자 시인인 칼릴 지브란이 그의 영혼의 사랑에게 보낸 시다.

이 시를 받은 여인은 그와 같은 레바논 출신으로 이집트 카이로에서
활동하던 수필가이자 여성해방운동가 마이 지아다다. 칼릴 지브란은
1912년부터 1931년 그가 세상을 떠나기까지 20년 동안 마이 지아다와
사랑의 편지를 주고받았다.

그러나 그들은 살아생전 단 한 번도 만난 적이 없고 이 수백 통의 편
지를 통해 서로를 아는 것이 전부였다. 칼릴 지브란이 보낸 편지는 그
들이 세상을 떠난 후 『러브레터』라는 책으로 출간되었는데, 이 책을
보면 문학이란 공통 관심사하에 상대에 대한 감탄으로 시작된 편지가
우정으로 이어지고, 마침내 사랑으로 막을 내리는 것을 볼 수 있다.

왜 그들은 20년 동안 그 많은 생각과 감정을 주고받으면서 한 번도
만나려는 노력을 하지 않았을까. 아마도 그들의 관계에 성적이고 현실
적인 감정이 개입되는 것을 원치 않았기 때문이리라. 그들은 처음의
순수한 감정을 죽을 때까지 유지하고 싶은 욕심을 가졌던 듯하다. 만

일 그들이 만났다면 어떻게 되었을까. 그들 자신도 아마 수없이 이런 추측을 하며 갈등했을 것이다.

그런데 칼릴 지브란이 그녀에게 보낸 시 가운데 하나가 내 눈길을 끌었다.

'지성적인 이들에게 가장 확고한 결혼의 기반은 우정입니다. 진정한 관심사를 나누어 가지는 것. 서로 다른 생각에 대해서는 논쟁하면서도, 서로의 사상을 이해해 줄 수 있는 힘.'

그들이 20년 동안 우정과 사랑의 경계선을 넘나들면서도 그 관계를 지속시킬 수 있었던 건 그들 사이에 물리적 거리라는 안전망이 있었기 때문이 아닐까.

그리고 그들이 의식적으로 만나지 않으려 한 것은 그들 자신이 사랑의 속성을 너무나 잘 이해하고 있는 '고수' 들이었기 때문일 것이다. 그들이 원하던 것은 완전한 사랑보다는 어쩌면 우정에 가까운 것이었으며, 그렇다면 굳이 만나서 관계를 변질시킬 만한 위험을 무릅쓸 이유가 없었을지도 모른다.

나는 플라토닉 러브를 현실의 사랑이라기보다는 꿈속의 사랑이라고 생각한다. 단테가 베아트리체를 사랑한 방식도 그와 다르지 않다.

그러나 이것이 사랑의 가장 높은 단계라고 말하는 데는 결코 동의할 수 없다. 플라토닉 러브는 이상화한 상대를 향한 사랑이며, 사랑하는 사람에게서 자신이 보고 싶은 측면만을 동경하고 갈망함이며, 성적인 것은 의식적으로든 무의식적으로든 억압한 사랑이기 때문이다.

그래서 나는 감히 이렇게 결론 내리고 싶다. 플라토닉 러브는 별다른 감흥을 불러일으키지 않는 반쪽짜리 사랑이라고.

첫사랑은 과연 '첫 사랑일까?

첫사랑은 과연 '첫 사랑일까? 그에 대한 내 대답은 '아니올시다'다. 첫사랑은 그냥 시작되는 게 아니다. 그게 있기까지 우리는 무수한 사랑의 전조를 밟게 된다. 사실 사랑에 빠진다는 것은 워낙 복잡한 심리적 활동이기 때문에, 우리가 성장하는 동안 사랑의 전조가 있었다는 것은 그리 놀라운 일이 아닐지도 모른다. 그럼 도대체 우리는 어떤 과정을 거쳐 첫사랑에 이르게 되는 것일까?

우리가 사랑보다 먼저 밟는 사랑의 전구물로 '이상화(idealization)'가 있다.

Idealization 1 : 우리의 첫 이상화 대상은? 바로 어머니와 아버지.

Idealization 2 : 아이들은 동성의 부모와 동일시하면서 부모를 지나치게 이상화하던 이전의 경향을 벗어나 부모의 현실적인 모습을 받아들인다. 비로소 자율성을 얻고 사랑할 수 있는 자유를 획득하게 되는 것이다.

Idealization 3 : 아이는 자신의 가족으로부터 그들의 욕망과 이상화를 떼어내어 다른 대상에게 전치시킨다. 부모에 대한 실망과 자기 가족의 불완전성을 느끼게 되면서 아이들은 '가족 로맨스'라고 불리는 일련의 판타지를 발전시킨다. 가족 로맨스란 아이들이 자신은 좀 더 높고 고귀한 집안의 자손인데, 피치 못할 사정으로 현재의 부모에게 입양되어 있다는 판타지를 말한다.

Idealization 4 : 가족 로맨스가 더 이상 잃어버린 이상화한 부모의 대치물이 되지 못하게 되면, 아이들은 더 좋은 부모를 필요로 하는 것이 아니라 이제 자기 스스로를 가장 중요한 위치에 두려 한다. 그래서 자아 이상의 투사인 영웅을 만들고 이에 열광한다. 부모의 대치물이 아닌 그들이 되고 싶은 모델을 만드는 것이다.

Idealization 5 : 아이들은 그들의 바람을 보다 넓은 세상으로 전이시켜, 동성의 10대나 어른을 이상화하기 시작한다. 현대에는 이러한 우상으로 스타가 각광을 받는다. 이 경우 상대에게 열광함은 친밀감이라기보다는 동일시라고 볼 수 있다. 그러나 때로 이러한 열광은 같은 팬끼리의 실제적인 유대감을 제공한다. 그것은 우상에 대한 동경만큼 중요한데, 왜냐하면 이러한 유대감은 이상화에서 결여된 친밀감을 제공하기 때문이다.

Idealization 6 : 이제 청소년들은 이성에 홀딱 반하는 단계로 진입한다. 동성에 대한 반함에서 이성에 대한 반함으로 이행하는 것은, 대상을 모방하고 싶은 욕구에서 이제 같이 있고 싶은 욕구로 이행함을 뜻한다. 이때 청소년들은 때로 가족의 친구나 자신과 부모 나이 중간 정도에 있는 친척에게 빠진다. 그들은 가슴이 찢어지는 '철없는 사랑'을 경험하며, 두려움과 갈망에 몸을 떤다. 또한 사랑하는 사람 앞에 서면 얼굴을 붉히고, 말을 더듬으며, 어색해 보이고, 사랑하는 사람을 소유하고 싶어지고, 그가 관심을 기울이는 대상을 질투하게 된다. 청소년은 끊임없이 사랑을 하는 상상을 하고, 첫사랑의 도박에 완전히 빠지기 전에 관계에 필요한 요소들을 따로따로 시험해 보기도 한다. 이 중 반함은 사랑에 있어서 중요한 리허설이다. 그것은 그 나이에 적절하게 일어나는 상상 속의 사랑이다. 그러나 점차 이들은 실제 생활에 있어서 상상의 사랑이 아니라 손에 잡히는 만족-친밀한 관계를 원하게 된다.

이런 모든 과정을 거친 뒤에야 비로소 가능하게 되는 것, 그것이 바로 첫사랑이다.

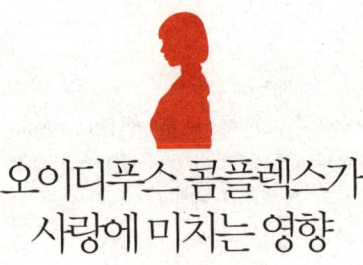

오이디푸스 콤플렉스가
사랑에 미치는 영향

인간의 무의식에 자리한 '오이디푸스 콤플렉스' 라는 것을 처음 명명한 사람은 프로이트였다. 이것은 정신분석적으로 보면 오이디푸스 시기인 4~6세 때 아이가 어머니나 아버지 중 이성의 부모를 독차지하고 싶어 하던 욕망에 기인한다. 남자 아이는 어머니를 놓고 아버지와 연적이 되고, 여자 아이는 아버지를 놓고 어머니와 연적이 되는 것이다.

그러나 대부분 우리는 그 시기를 지나면서 자연스럽게 욕망의 대상을 부모가 아닌 제3의 인물로 대치해 나간다. 하지만 그럼에도 불구하고 우리의 마음속엔 아직도 어릴 적 어머니, 아버지 그리고 나 사이에 이루어진 삼각관계, 그 근친상간적 관계에 대한 욕망의 흔적이 남아 있다. 그리고 이것을 간접적으로라도 재현하고 싶어 하는 심리가 바로 그런 종류의 드라마—이를테면 '가을동화', '아름다운 날들', '겨울 연가'—에 열광하게 만든다.

프로이트가 이러한 욕망의 이름으로 신화 속 인물인 '오이디푸스'의 이름을 그대로 따온 것도 그만큼 이것이 모든 인간이 가지고 있는 보편적인 무의식임을 강조하고 싶었기 때문 아닐까 싶다. 그렇다면 신화 속 오이디푸스는 어떤 인물이었으며, 어떻게 프로이트에 의해서 그의 이름이 학명(學名)까지 되었을까.

오이디푸스의 아버지인 '라이오스'는 그를 갖기 전 신전에서 이런 예언을 듣는다.

"아들을 낳으면 그 아들이 장차 아비를 죽이고 아비의 아내와 같은 잠자리에 들 것이니, 아들을 낳지 않는 게 좋다."

그는 이러한 예언을 듣고 절대로 아내와 잠자리를 함께하지 않으려 하지만, 어느 날 밤 술김에 아내의 침대로 들어가 아내를 임신시키게 되고, 하필이면 아들을 낳는다. 먼 훗날 해괴한 일을 겪고 싶지 않은 그는 그 아들을 죽이라고 명령하는데, 다행인지 불행인지 그 아이는 이웃 나라 왕의 손에 키워진다. 금실로 발이 묶여 있던 탓에 '퉁퉁 부은 발'이란 뜻의 '오이디푸스'라 이름 지어진 아기.

오이디푸스는 자기를 키워 준 왕 내외를 자신의 친부모로 알고 자란다. 그런데 왕의 아우로부터 자신이 친자가 아니라는 사실을 듣고 자신의 진짜 근본을 알고자 신전을 찾아간다. 그러나 그곳에서 그가 들은 한마디는 '뼈를 준 아비를 죽이고 살을 준 어미를 짝으로 삼는다'

는 예언이었다.

　그런 끔찍한 일을 겪고 싶지 않은 오이디푸스는 자신을 키워 준 왕국을 떠나기로 결심한다. 하지만 운명은 얄궂게도 그로 하여금 자신이 태어난 왕국으로 가게 한다. 도중 그는 비좁고 험준한 산을 넘다가 반대편에서 달려오는 마차를 만나게 된다. 서로 길을 비키라고 말다툼하던 끝에 혈기 넘치던 오이디푸스는 마차 안에 타고 있던 사람을 몽둥이로 때려죽인다. 물론 그때 오이디푸스가 자신의 손으로 친아버지 라이오스를 죽였다는 사실을 알 리 없다.

　오이디푸스는 그 뒤 발길 닿는 대로 한 왕국에 도착하는데, 그곳 백성들은 '스핑크스'라는 요괴 때문에 불안에 떨고 있었다. 그는 그 요괴를 처치하고 마침내 자신이 태어난 왕국의 왕위에 오른다.

　왕이 된 그는 신전의 예언대로 자신의 어머니인 이오카스테를 왕비로 맞고 슬하에 두 아들과 두 딸을 두게 된다. 그러자 그의 왕국에 재앙이 내린다. 오랜 가뭄에 초목과 곡식은 다 죽어 버리고, 살아 있는 동물과 사람들은 돌림병으로 고통받는다. 시체를 화장하는 연기로 뒤덮인 왕국. 오이디푸스는 사신을 보내 신의 뜻을 물어 오게 하는데, '왕국의 불결한 자를 제거하면 돌림병은 멈출 것이다'라는 답을 듣게 된다.

　오이디푸스는 당장 이와 관련된 온갖 사람을 불러 심판을 시작하는데, 결국 심판이 꼬리에 꼬리를 물고 이어지면서 진실이 밝혀진다. 오이디푸스는 드디어 자신이 전 왕이던 라이오스의 친아들임을, 그리고 자신이 아버지를 죽이고 어머니를 아내로 맞은 장본인임을 알게 된다.

이 사실을 같이 확인하게 된 오이디푸스의 어머니이자 아내인 왕비는 내전으로 들어가 들보에 목을 매고 자결하게 되고, 오이디푸스는 죽은 왕비의 가슴에 꽂힌 유리 장식품으로 눈을 찔러 장님이 된다. 그는 울부짖는다.

"멀어라, 내 눈아! 보고 싶어 하던 사람을 알아보지 못한 내 눈, 보지 말아야 할 것을 너무 오래 본 내 눈아 멀어라."

자신의 근본을 모른 채 아버지를 죽이고 어머니와 근친상간한 신화 속 인물, 오이디푸스. 프로이트는 그를 통해서 우리가 마음속에 흔적으로 가지고 있는 그와 같은 무의식적 욕망을 지적하고자 했던 게 아닐까. 이런 얘기를 하면 눈살을 찌푸리며 강하게 부인하는 사람도 있지만, 나는 점점 더 이 오이디푸스 콤플렉스의 보편성을 확신하게 된다. 왜냐하면 이것은 너무도 자명하게 보이는 현상이고, 이것의 극복 여부가 사랑에 있어 강력한 영향을 미치기 때문이다.

오이디푸스 콤플렉스를 잘 극복하지 못한 사람들이 보이는 대표적인 사랑의 유형이 바로 삼각관계 안에서만 사랑을 느끼는 경우다. 이런 현상은 오이디푸스 기의 욕망이 다른 제3의 인물로 옮겨지지 않아 발생하게 되는데, 은미 씨도 바로 그런 케이스였다.

당시 스물여덟 살의 직장 여성이었던 은미 씨. 그녀의 첫사랑은 대학교 2학년 때 가장 친하던 친구의 남자 친구였다. 셋이 어울릴 기회가 많아지면서 그녀는 어느 순간 자신이 그 남자에게 끌리고 있다는 사실을 알게 되었다. 그러던 중 상대 남자가 은미 씨에게 좋아한다는 감정을 내비쳤고, 그들은 마침내 친구 모르게 은밀히 만나기 시작했다.

그녀는 처음엔 친구에 대한 미안함으로 많이 괴로워했다. 그러면서도 자신의 감정과 행동을 제어하기 힘들어서 그 남자와의 만남을 끊지 못했다. 그러다 비밀스런 만남이 들통 나 친구와 크게 싸우게 되었고, 이후 그 친구와 다시는 보지 않게 되었다.

그 후에도 은미 씨는 그 남자를 계속 만났는데, 시간이 흐르면서 괴로움은 더해만 갔다. 그 남자를 만날 때마다 친구 얼굴이 떠오르고, 가장 친한 친구를 잃어버린 게 다 그 남자 때문이라는 생각이 들어 만날 때마다 싸우게 되었다.

게다가 은미 씨가 그 남자의 과거에 대해 너무 많은 것을 알고 있던 것도 싸움의 주요 원인이 되었다. 그녀는 예전에 그 남자가 친구에게 어떻게 했는지를 다 기억하고 있었으므로, 순간순간 튀어나오는 시기의 그림자를 억누를 수 없었다. 하다못해 선물을 하나 받아도 예전에 친구가 받던 선물과 비교하게 되었다. 이런 싸움이 반복되면서 서로 지쳐 갔고, 결국 그 남자가 입대하면서 둘의 관계도 끝이 났다.

그런 은미 씨가 또 한 번 사랑에 빠졌는데, 상대는 유부남이었다. 은미 씨는 그 남자가 부인과의 관계가 별로 좋지 않다는 것을 알고 나서 그와 열정적인 사랑에 빠졌다. 유부남이라는 사실이 마음에 걸렸지만 이미 그는 부인과의 사이가 악화될 대로 악화된 상태였고, 곧 이혼할 생각이라는 그의 말을 듣고 마음이 가벼워졌다. 그녀는 처음부터 그 남자에 대한 소문이 좋지 않다는 걸 알고 있었다. 주변에서도 그가 바람둥이고, 믿을 만한 사람이 못 된다는 말을 그녀에게 전했으나, 그녀는 듣지 않았다. 그녀에겐 오히려 그 남자의 그런 이기적인 면은 예민한 감성의 결과라고 판단했고, 그런 면은 자신만이 채워 주고 바로잡아 줄 수 있을 거라는 생각으로 더욱 깊게 그 남자에게 빠져 들었다.

그렇게 3년을 사귀고 나서 그 남자는 정말 이혼을 했는데, 이때부터 상황은 달라졌다. 이제 두 사람은 만나기가 무섭게 싸우기 바빴고, 얼마 안 가서 남자에게 다른 여자가 생기면서 둘은 헤어지게 되었다. 그러나 몇 개월 뒤 남자는 다시 돌아와 "내가 사랑하는 사람은 너뿐이야"라고 용서를 구했고 그래서 다시 관계를 지속하게 되었다.

하지만 그녀는 이제 그 사람만 보면 자신을 두고 다른 여자에게 갔던 것이 화가 나서 견딜 수가 없었다. 그래서 그 여자와의 일을 꼬치꼬치 캐묻고 싸우다 헤어지고, 그러고 나면 그 사람이 다시 그리워져서 사과하고 만나는 일이 반복되었다. 그녀는 그런 자신의 감정에 상당히 혼란스러워했고, 심한 불안으로 밤에 잠도 잘 못 잤다. 그가 자기에게 모질게 구는데도 그 없이는 살 수 없을 것 같았지만, 만나면 화가 나서 견딜 수 없는 감정은 이미 자기가 제어할 수 있는 선을 넘어선 듯했다.

은미 씨의 경우는 해결되지 못한 오이디푸스 콤플렉스로 인해 항상 삼각관계의 구도가 필요한 사랑만 하는 예라고 볼 수 있다. 그녀는 어릴 적부터 아무리 힘든 일이 있어도 어머니에게 도움을 청하지 않고 스스로 문제를 해결하려 했다. 말하자면 어머니와는 경쟁적인 관계에 있었던 것이다.

그녀는 삼각관계 안에서만 열정적인 사랑에 빠질 수 있었는데, 일단 사랑을 쟁취하고 나면 이전에 두 여자 사이에서 갈등하던 남자의 우유부단함에 화가 나기 시작했다. 경쟁하던 여자와 자신이 끊임없이 비교되면서 자신이 초라하게 느껴지기도 하고, 상대의 사랑에 확신이 없고 의심이 들면서 늘 싸움을 촉발시켰다.

또한 오이디푸스 경쟁에서의 성공은 그녀의 죄책감을 자극하여 결국에 가서는 자신을 파괴하는 행동을 반복하곤 했는데, 이것은 그녀의 강한 자학적 경향을 반영하는 것이다.

그녀가 유부남에게 끌린 것은 그 남자가 자신을 이해해 주고 힘든 일이 닥쳤을 때 조언과 도움을 아끼지 않은 데다가, 그가 외로움을 많이 느끼고 있었기 때문이다. 그 남자의 부인은 그녀의 어머니가 그랬듯이 직장이 있었고 가정을 잘 돌보지 않았다. 그녀는 그것이 항상 불화가 끊이지 않던 자신의 가정과 비슷해 보였다. 그런 그녀에게 그 남자는 어릴 때 바라던 이상적인 아버지의 역할을 해 주었다. 게다가 그의 힘들고 외로운 결혼 생활은 그녀의 아버지를 떠올리게 하면서 아버지에 대한 오이디푸스적 갈망이 생생하게 되살아났다.

그러나 그녀는 이 오이디푸스 시기의 갈등에 고착되어 있었기 때문에 선택에 확신이 없었고, 더구나 이혼한 그 남자의 모습은 더 이상 이상적인 아버지의 모습이 아니었기 때문에 심하게 방황할 수밖에 없었던 것이다.

이처럼 극복되지 않은 오이디푸스 콤플렉스는 사랑이라는 감정 자체의 진행을 막기도 한다. 경선 씨의 경우도 그랬다.

서른두 살의 나이에 유망한 컨설턴트로 일하던 경선 씨는 3개월 이상 같은 여성을 만난 적이 없었다. 그는 결혼 상대자로서 외부적 조건은 어디 내놓아도 '상급' 평가를 받을 만했으므로, 가만히 있어도 주변에서 먼저 소개를 하겠다고 나서는 일이 많았다. 하지만 이상하게도 친해질 만하면 갑자기 상대의 단점이 너무 크게 보이고 아무래도 아닌 것 같다는 생각이 들어서 헤어지기를 반복했다.

그도 자신의 무의식을 발견해 내기 전까진 언제나 모든 원인을 상대에게 돌렸다. 여자가 너무 나선다느니, 혹은 너무 조용해서 재미없다느니, 너무 잘 놀아서 부담스럽다느니 하는 이유들이 그의 감정을 막는 것이었다.

이런 식의 반복이 한계점에 이르렀을 때 다행히 그가 병원에 찾아왔고, 몇 번에 걸친 상담 끝에 무의식에 있는 그 원인을 찾아낼 수 있었는데, 예상대로 반복적인 실패의 원인은 그의 내부에 있었다. 그의 마음속에는 어린 시절 제대로 해결되지 못한 오이디푸스 콤플렉스가 한쪽 구석에 꾸겨져 있었는데, 이것이 그가 사랑을 하려고 할 때면 자꾸만 튀어나와 그의 감정을 막고 있었다. 그가 어머니에게 다가가서 의존하려고 할 때마다 무섭고 냉혹한 아버지의 높은 벽에 의해서 언제나 좌절되어야만 하던 기억은, 그가 어떤 여성을 사랑하려고 할 때마다 또다시 그를 좌절시키고 있는 것이었다.

오이디푸스 콤플렉스의 망령은 결혼한 중년의 남성들에게 갑자기 부활하여 나타나기도 한다. 결혼 15년째를 넘어선 40대 중반의 박성호 씨는 부인과의 성생활에 심각한 문제를 안고 있었다. 자식이 둘이

나 되는 걸 보면 이런 문제가 처음부터 있던 것은 아닌 게 분명했다. 또 나이나 스트레스 탓으로 돌리기에도 석연치 않은 부분이 있었다. 그가 나에게 고백하기를, 지금도 매춘 여성과 잘 때는 아무 문제가 없다는 것이었다.

그렇다면 이것은 분명 심리적 문제에 기인하는 것인데, 아내가 아이를 출산하고 난 후에 많은 남성이 알게 모르게 이 같은 현상을 경험한다.

아내가 아이를 낳고 어머니가 되면, 시간이 지날수록 그녀들의 모성은 더욱 강해지고 남편은 아내의 이런 모습을 통해 무의식적으로 자신의 어머니를 떠올리게 된다. 그러면 아내와 성 관계를 맺으려고 할 때마다 무의식에서는 자꾸만 어머니가 떠올라 관계를 맺을 수가 없게 된다. 그가 관계하려는 사람이 어머니가 아니고, 아내라는 것을 인식하고 있음에도 말이다.

이러한 현상이 좀 더 광범위한 대상에게 펼쳐지는 경우로 같은 나라 사람들, 즉 동족에 속하는 이성과는 사랑할 수 없는 사례도 있다. 같은 민족의 이성들과 사랑을 하려 하면 곧 상대가 자신의 어머니, 혹은 아버지의 모습과 중첩돼 버리는 것이다. 그런 사람들은 외국인하고만 사랑에 빠지는 경우가 많다.

오이디푸스 갈등의 흔적이 우리 마음 어딘가에 여전히 자리하고 있음을 부정하려 하지 말자. 우리는 '가을동화'를 보면서 은서와 준서의 사랑이 맺어지기를 간절히 바라던 사람들이고, 사랑의 이름으로 강하게 결합돼 있는 두 연인 사이에 내심 누군가 끼어들기를 바라는 사람들이다. 하지만 이 바람이 실제 생활에서 결정적인 순간마다 끼어들어 자연스러워야 할 감정의 교류를 방해한다면 문제가 있다.

오이디푸스 갈등도 우리가 겪은 사랑의 일부분이다. 우리가 그로부터 벗어나는 길은 그것을 누구나에게 있는 무의식으로 인정하고 받아들이는 수밖에 없다. 강력하게 부인하면 할수록 오이디푸스의 망령은 더 힘이 세진다는 사실을 명심하면서…….

사랑 없이는
정말 살 수 없는 걸까?

예전에 서른을 훌쩍 넘긴 후배가 풀이 죽어서 이렇게 말한 적이 있다.

"저는 아무래도 결혼할 팔자가 아닌가 봐요."

잠시 머뭇거리다가 나는 그만 모범 답안을 말하고 말았다.

"이 사람아, 그래도 사랑을 하고 살아야지. 사랑, 그게 얼마나 좋은 건데……."

하지만 이것이 내가 말하고 싶은 전부는 아니었다. 나는 그때 마치 사랑 지상주의자라도 된 양 사랑하는 사람과 짝을 이루는 행복을 이야기했지만, 꼭 사랑이 남들과 같은 모양으로 이루어져야 할 필요는 없지 않은가.

영국 작가 그레이엄 그린의 1955년 작 『사랑의 종말』은 영화로 만들어져 국내에 '애수'라는 제목으로 소개되기도 했는데, 이 소설은 사랑이라는 감정을 다차원적으로 보여 주고 있다.

제2차 세계 대전 중 런던. 소설가 모리스는 고위 관료 헨리의 파티장에서 헨리의 아내 사라를 만나 첫눈에 사랑에 빠진다. 성실하고 아내에게 헌신적이지만 정열이 없는 남자 헨리 옆에서 자신의 열정을 감추고 살아온 사라, 그녀 또한 모리스의 예술가적 기질에 푹 빠진다.

어느 날 둘은 독일군의 공습에도 아랑곳하지 않고 서로 떨어질 줄을 모르고 사랑을 나누던 중 공습으로 벽이 무너져 내려 모리스가 아래층으로 떨어지는 사고를 당한다. 순간 사라는 이 남자가 죽었다고 판단하고, 신을 향해 기도한다.

"하느님, 이 사람을 살려만 주시면 무슨 일이든 다 하겠습니다. 살려만 주신다면 저는 영원히 그를 단념하겠습니다."

얼마 뒤 그는 다시 깨어났고, 그녀는 정말 다음 날 한마디 설명도 없이 그를 떠나간다. '만나지 않아도 사랑은 영원하다'는 말을 남기고.

그의 입장에서 보면 사라는 아무런 이유 없이 사랑하는 자신을 버리고 떠나간 것이다. 하지만 그녀의 입장에서 보면 신과의 약속을 지키기 위해 어쩔 수 없이 그를 떠나간 것이다. 사라는 그 전까진 신을 한 번도 믿어 본 적이 없지만 나중에 그녀는 인간적인 사랑을 승화시켜 자기 내부의 신성을 발견하고 신을 향한 기도에만 매달리게 된다.

"평생 이런저런 남자를 만나 조금씩 사랑을 나누며 근근이 일생을 보낼 수도 있었겠지요. 하지만 얼마 안 가서 우리의 사랑은 모두 끝났고, 거기에 당신이 계셨습니다. 우리의 사랑이 끝났을 때, 남은 것이라 곤 오직 당신뿐이었습니다"라면서.

이 이야기는 결국 우리가 이성을 사랑하든지 신을 사랑하든지 그것은 결국 사랑이라는 감정에 뿌리를 두고 있다는 점에선 같은 맥락에 있음을 보여 준다. 단지 어떤 모습으로 승화되느냐에 따른 차이, 혹은 그 대상에 따른 차이만이 있을 뿐이다.

사랑은 인간의 조건이자 운명이다. 특히 성직자들의 신에 대한 사랑은 사랑을 승화시킨 전형을 보여 주는데, 마더 테레사 수녀의 신과 이웃에 대한 사랑은 그 대표적인 예라고 할 수 있겠다. 그녀는 열아홉 살에 수녀원에 들어가 스물다섯 살 때 신앙적으로 하느님과 영원히 결혼한 몸이 되었다. 그리고 서른여섯에 하느님의 부름을 받고 단신으로 인도 캘커타의 빈민촌에 들어가 평생 그곳에서 가난한 이들을 사랑으로 돌보다가 눈을 감았다. 이렇게 살다 간 테레사 수녀를 보고 그녀가 '사랑 없이 살았다'라고 말할 사람은 한 명도 없을 것이다.

사랑의 감정은 훌륭한 예술 작품으로 승화되기도 한다. 우리가 사랑을 찾아 떠나는 것이 각자의 무의식 속에 있는 상처를 치유받기 위한 바람이라면, 예술가들은 창조 활동을 통해서 자신의 내부에 있는 상처를 복원하려고 한다. 그러한 상처의 복원을 위해서 새로운 현실을 창조하고, 이것이 바로 예술 작품으로 나타난다는 것이다.

정신분석가 시걸이 말하길, 예술가들은 새로운 작업에 돌입할 때마다 어릴 적 우울하던 위치로 돌아간다고 했다. 또, 예술가의 목적은 비록 그가 인식하지 못할지라도 새로운 현실을 창조하는 것이며, 예술의 진수란 우리에게 새로운 현실에 대한 확신을 심어 주는 능력에 있다고도 했다. 이 말들을 곱씹어 보면 예술가들의 작업 활동과 그 결과물의 의미는, 우리가 일상적으로 하는 사랑의 의미와 다를 것이 없다는 것을 발견하게 된다.

예술 활동이 이와 같다면 그 예술가가 지닌 것과 같은 상처를 가지고 있는 관람객은 그가 만들어 놓은 예술품을 보면서 자기의 상처도 함께 치유받을 수 있을지 모른다. 그렇다면 인간의 상처를 어루만져 주는 치유의 예술, 이것은 얼마나 멋진 작업인가.

영화감독 앨프리드 히치콕은 어렸을 때 혼자 버스를 타고 런던 거리를 이리저리 돌아다니는 것을 좋아했다. 어느 날 저녁 그는 버스 종점에서 차비가 떨어져 집까지 걸어가는 바람에 밤 9시 넘어서야 집에 도착했다. 그의 아버지는 말없이 문을 열어 준 후 그에게 파출소로 가서 경관에게 쪽지를 전하라는 심부름을 시켰다. 그런데 그가 전해 준 쪽지를 읽고 난 경관은 그를 감옥에 가두고 5분 동안 문을 열어 주지 않았다. "못된 아이는 이렇게 벌받지"라고 말하면서……

여섯 살 때 이런 충격적인 일을 겪은 히치콕은 자신이 만든 영화 곳곳에 감옥에 갇히는 것에 대한 두려움과 법적 권위자에 대한 두려움을 드러냈다. 히치콕 또한 자신의 상처를 영화에 투영시킴으로써 이를 치유받으려 한 게 아닌가 싶다. 왜냐하면 영화 또한 하나의 예술 작품이며, 그것을 창조하는 감독은 다른 예술가들이 그러하듯 그것을 통해 자기 내부에 있는 상처를 복원하려 하기 때문이다.

팀 버턴 감독 또한 자신의 상처를 스크린에 옮겨 놓음으로써 그것을 치유하고 복원시키려 했다. 특히 그의 영화 '가위손'의 에드워드는 팀 버턴의 모습과 유사한 면이 많다. 그는 어린 시절 늘 외롭고 우울함에 차 있었다. 그런데 가위손 에드워드도 성안에 갇혀서 외롭고 우울한 날들을 보낸다. 에드워드는 그 속에서 느끼는 절망과 좌절, 분노를 얼음과 나무를 조각하면서 분출하는데, 이때 그 분노는 아름다운 조각 작품으로 승화된다. 그것은 팀 버턴 자신이 공을 들여 영화를 만들어 내는 모습과도 닮아 있다.

사람은 사랑이 있어야만 제대로 태어나고 자랄 수 있는 운명을 지녔다. 그리고 사랑은 인간을 동물과 구분지어 주는 중요한 요소들 중 하나다. 그래서 세상의 모든 사람은 사랑을 하며 살아간다. 그것이 남자든, 여자든, 가족이든, 혹은 그보다 훨씬 많은 사람들이든, 아니면 예술이나 자신이 하고 있는 일이든……. 결국 어떤 형태로든 모두 사랑을 하며 사는 것이다.

마음의 키를 재는 척도, 사랑

마음의 키는 언제까지 자랄까? 예전에는 사춘기가 지나면 사람의 인격이 완성되고 더 이상 발달은 이루어지지 않는다고 생각했다. 하지만 그간의 정신분석 연구에 따르면 사람은 죽을 때까지 성숙하고, 그가 처한 환경이나 사회적 요구에 따라 적응하고 성장한다고 한다. 정신분석가인 컬라 루소와 느미로프는 이와 관련해 아주 흥미로운 일곱 가지 가설을 제시했다.

1) 성인기 발달의 본질은 아동기와 동일하다.
2) 성인기 발달은 지속적으로 역동적이다.
3) 성인기에서는 아동기에 형성된 기존의 정신 구조의 발전과 이용이 중요하다.
4) 아동기 발달에서 중요했던 문제는 성인이 되어서도 여전히 중요하다.
5) 성인기 발달 과정은 아동기의 과거사뿐 아니라 성인기의 과거사에도 영향을 받는다.
6) 성인기 발달은 신체 변화에 큰 영향을 받는다.
7) 성인기 발달에는 인생의 유한성과 죽음의 불가피성의 인식과 수용이 중요하다.

남자 친구 없이 지낸 지 올해로 3년째인 민정 씨. 그녀는 괜찮은 남자를 소개해 주겠다는 친구의 말에 귀가 쫑긋해졌다.

"뭐 하는 사람이야? 나이는 몇 살이고?"

그녀는 먼저 그의 직업과 나이를 물었다. 물론 키는 얼마나 큰지, 덩치는 어떤지도 연이어 물었다. 그리고 새로운 사람을 만나기 전에 또 궁금한 것은 무엇이 있을까? 그녀

249

가 가장 염두에 둔 질문은 마지막에 있었다.

"그 사람, 사랑해 본 경험은 있는 사람이니?"

정신분석 치료를 시작할 때 환자에게 으레 묻게 되는 질문이 있다. 배우자 혹은 사랑하는 사람이 있느냐 하는 것이다. '사랑할 수 있다'는 사실은 좌절을 견디는 능력, 적어도 타인과 관계 맺기를 두려워하지 않는 능력이 있음을 말해 준다. 사랑을 마음의 키를 재는 척도라고 말한 것은 바로 이 때문이다. 그리고 환자에게 사랑하는 사람이 곁에 있으면, 실제로 그가 상처를 치유하고 다시 성장할 수 있는 능력과 속도가 배가되는 것을 볼 수 있다. 그러니 사랑이 사람의 정신 발달에 미치는 영향은 얼마나 지대한 것인가.

사랑을 온몸으로 껴안는 사람만이
진정으로 자유롭다

김우종 할아버지는 성격이 꼼꼼하고, 자존심도 꽤 센 편이었다. 부인과는 일찍이 중매로 만나 결혼했는데, 알콩달콩한 재미가 있던 건 아니지만 그래도 원만한 부부 생활을 유지해 왔다. 모든 것을 논리적으로 따지고 자로 잰 듯 명확한 것을 좋아하는 할아버지는 외도라는 것은 생각조차 해 본 적이 없으며, 또 그러고 싶은 마음도 별로 느끼지 못했다.

그런 할아버지의 마음에 큰 파문이 일기 시작한 것은 등산 모임에서 어떤 여자를 만난 후부터였다. 예순세 살의 그녀는 이혼한 후 오래 전부터 혼자 살고 있었는데, 등산 모임 멤버 중 한 명인 다른 할아버지의 여자 친구였다고 한다. 그런데 갑자기 그 친구가 쓰러져 병원에 입원하더니 일주일 만에 그만 세상을 떠나 버렸고, 이로 인해 함께 문병을 몇 차례 다닌 할아버지와 그녀는 급속도로 가까워지게 되었다.

그때부터 할아버지의 마음은 70년 이상을 살면서 한 번도 느껴 보지 못한 감정의 소용돌이에 휩쓸려 들어갔다. 특히 처음 6개월간은 말 그대로 황홀한 시간의 연속이었는데, 머릿속엔 온통 그녀 생각뿐이었고, 다시금 젊어지기라도 한 듯 몸과 마음은 활력으로 가득 찼다. 부인에게 미안한 마음이 들긴 했지만 그로 인해 크게 괴로울 정도는 아니었다. 단지 이 일로 인해 고통을 주고 싶지 않아서 집에서는 아무 내색도 하지 않았다. 한편 할아버지는 마음속으로 자신에게도 이러한 감정이 있다는 것에 놀라고 자랑스러워했다.

그러나 그것도 잠시. 그녀의 죽 끓듯 심한 변덕으로 괴로운 날들이 이어졌다. 할아버지는 자기가 그녀의 요구를 다 들어주지 못함으로써, 그녀가 떠나갈까 봐 몹시 괴로워했다. 하루라도 그녀를 보지 못하면 안절부절못했고, 밤이면 정리해야지 싶다가도 아침이면 또 만나고 싶어서 전화를 걸곤 했다. 그런데 좀 더 시간이 지나자 만나기만 하면 다투게 되고, 대화가 안 통해 짜증이 나기 시작했다. 그러면서도 실연당할지 모른다는 생각에 불안하고 우울한 증세가 심해져 병원을 찾아왔던 것이다.

사랑을 피할 수 있는 사람은 단 한 명도 없다

누가 노인들의 로맨스를 주책이라고 손가락질하는가. 사랑은 나이와 상관없이 어느 때고 들이닥칠 수 있다. 사람들은 나이가 들면 사랑

같은 강렬한 감정을 느끼지 못할 것이라 생각하지만, 사랑이라는 감정은 결코 나이나 장소를 가리지 않고 찾아온다. 그리고 그것이 축복받는 사랑이 될지, 축복받지 못하는 사랑이 될지는 아무도 모른다. 인간에게 그걸 선택할 권리는 없기 때문이다.

영화 '정사'에서 주인공인 서른아홉 살의 서현도 속수무책으로 사랑에 빠진다. 여동생의 약혼자와 불륜을 저지르게 되는 것이다. 그녀는 마음속으로 무수히 고개를 저었다. 그만둬야지, 그만둬야지……. 하지만 그럴수록 마음은 여동생의 약혼자 '우인'에게로 달려갔다. 제삿날 시댁을 몰래 빠져나와 우인과 전자오락실에서 섹스를 하는 그녀. 결국 그녀는 병원에 입원한 잠든 아버지 앞에서 흐느낀다. 사랑하는 사람이 생겼는데, 너무 늦게 만났다고. 그러고는 자신의 동생과 남편, 아이들에 대한 죄책감으로 몸부림친다. 그러나 결국은 그 사랑에 진다. 아무리 부정하려 해도 그 강렬한 감정은 막을 수 없었기에.

나이가 들어도 열정적인 사랑을 할 수 있음은 일면 축복일 수 있다. 하지만 열정적인 만큼 고통스러울 수밖에 없다면 그 사랑이 언제까지 축복일 수 있을까? 만약 고통이 심해진다면 그 사랑을 후회하게 될까? 오히려 힘들다고 그 사랑을 포기해 놓고는 나중에 후회하는 게 아닐까? 그런데 그렇다고 그 사랑을 좇아가면 후회하지 않을까? 그런 물음들을 묻고 또 묻는 사람들이 있다.

그것은 나일 수도 있고, 당신일 수도 있다. 어쩌면 우리 모두가 그런 물음들로부터 자유롭지 못한지도 모른다. 영화 '매디슨 카운티의 다리'의 주인공들도 마찬가지다.

미국 아이오와 주의 매디슨 카운티라는 작은 시골 마을에 살고 있는 프란체스카는 마흔다섯 살의 평범한 가정주부이다. 그녀에게는 깔끔하고 보수적이며 성실한 남편 리처드와 각각 열일곱 살과 열여섯 살인 아들과 딸이 있다. 어느 더운 여름날 아침 이들 가족은 송아지 한 마리를 가축 박람회에 출품하기 위해 나흘간의 여행을 떠난다. 프란체스카는 모처럼 혼자만의 시간을 갖고 싶어서 집에 혼자 남기로 한다. 자기 없이는 서랍장 문 하나도 열 줄 모르고, 잠도 못 자는 남편과 아이들로부터 해방되어 자유를 누리게 된 그녀. 그런 그녀 앞에 운명처럼 한 남자가 나타난다. 로버트 킨케이드, 그는 쉰두 살의 사진작가로 먼 곳에서 그녀가 사는 마을에 있는 '로즈먼 다리'를 촬영하러 온 것이었다. 프란체스카는 먼 곳에서 온 이방인에게 묘한 끌림을 느끼며 다리의 위치를 직접 가르쳐 주겠다고 나선다.

그리고 그날 저녁 식사에 초대하고 같이 저녁 준비를 하면서 서로에 대한 이야기를 주고받는 두 남녀. 이탈리아의 작은 마을 출신의 프란체스카는 군인이던 남편을 만나 미국 아이오와로 이사 온 후 한 번도 그곳을 떠나 본 적이 없는 여자였다.

선생님이던 그녀는 아이 양육 문제와 남편의 요청으로 자신의 꿈을 접고 평범한 가정주부가 되었다. 반면 킨케이드는 사진을 찍기 위해 세상을 바람처럼 돌아다니는 사진작가로, 그러한 방랑벽 때문에 이혼한 적도 있는 마지막 카우보이 같은 사람이었다. 시골 농부의 아낙네와 사진작가의 만남과 사랑은 이렇게 시작된다.

여기서 중년의 프란체스카가 낯선 남자와 갑자기 사랑에 빠지게 된

배경이 하나씩 드러난다. 그녀는 겉으로 보면 평범하고 화목해 보이는 가정을 꾸려 나가고 있지만, 실상 그녀는 반복되는 일상에 이미 오래 전부터 생기를 잃고 기계적으로 움직이는 상태였다. 가족들은 모두 그녀를 필요로 하지만 그녀의 도움을 당연하게 여겼고, 그래서 집안에서 그녀는 그저 그 가족의 어머니로서만 존재할 뿐이었다. 그녀가 문을 쾅 닫는 소리에 놀라고 그 소리를 싫어하는 것을 모두 알고 있지만 아무도 개의치 않고 하고 싶은 대로 행동한다. 아무도 그녀가 무엇을 싫어하고 무슨 노래를 듣고 싶어 하는지 알려고 하지도 않는다.

그렇게 습관처럼 살아오던 중에 그녀의 아이들은 사춘기에 들어선다. 아이들이 사춘기가 되면 부모에게도 다시 한 번 사춘기의 갈등이 되살아난다. 그녀는 자유롭고 자기주장이 강한 아이들을 보면서 억눌려 살아온 자신의 내면의 욕구가 꿈틀거리는 걸 느낀다. 게다가 무료하고 지루한 생활을 버티게 만들던 아이들에 대한 사랑은 이제 아이들이 사춘기에 접어들면서 자신을 귀찮아하고 떠나려 하자 위기를 맞이하게 된다. 그녀는 비로소 자신을 돌아보고 자신에게 남은 것이 없고 텅 비어 있음을 발견하게 된다.

아무 변화 없이 무의미하고 정체되어 있으며 단조롭고 지루한 생활, 자신을 상실한 것 같은 절망감, 그리고 사춘기 자식들을 보면서 되살아나는 젊은 시절의 추억, 이제 모든 것이 떠나고 혼자 남게 될 시간이 되었다는 막막함을 느끼는 그녀. 이런 그녀 앞에 자신의 이름을 물어봐 주고, 자신의 말과 웃음에 관심을 보여 주고, 반응을 보여 주는 한 남자가 나타난 것이다.

그 남자 앞에서 그녀는 소녀적 모습을 되찾는다. 장난을 치고, 남편이 싫어할 붙는 옷을 입고, 담배를 피우고, 아이처럼 깔깔거리며 웃는 그녀에게 킨케이드는 '당신은 평범하지 않다' 라고 말해 준다. 즉 자신을 인지하고 인정해 주는 사람을 비로소 만난 것이다. 그녀는 새삼 거울 속에 비친 자신의 몸을 들여다보고 그 몸으로 사랑의 폭풍을 받아들인다.

어떻게 시작되었든 모든 사랑의 감정은 진실하다. 그녀는 다시 시인이 되고, 웃을 수 있게 되고, 춤출 수 있는 여유를 찾는다. 그들은 이제 서로의 이야기에 귀 기울이고, 서로의 영혼의 울림이 마주쳐 아름다운 하모니를 만드는 것을 들으며, 서로의 욕망을 온몸으로 받아들인다. 이제 그 둘은 '우리' 라는 새로운 존재를 창조하고 그 '우리' 속에서 자신의 존재의 의미를 되찾는다.

킨케이드는 왜 그동안 그 자신이 바람을 따라 떠다녔는지 이해하게 된다. 프란체스카를 만나기 위해 그 긴 시간을 떠돌아다녔고, 이제 비로소 그녀 안에 안착하게 된 것임을 깨닫는 것이다. 프란체스카 역시 그 긴 시간 자신을 데려가 줄 바람을 기다렸고, 문득 어느 여름날 집 앞을 스쳐 가던 바람과 마주치게 된 것임을 알게 된다. 그래서 그들은 이 세상에 단 한 번밖에 오지 않는 확실한 감정에 서로를 내맡기게 된 것이다.

하지만 프란체스카와 킨케이드처럼 뒤늦게 만난 사랑은 그 사랑 때문에 다른 사람들을 불행하게 만들기 마련이다. 그들 또한 선택의 갈림길에서 멈칫하게 된다.

그들이 선택의 갈림길에 서서 고민하는 것은 무엇일까. 나는 그런 생각을 해 보았다. 프란체스카라는 중년의 연인은 사랑에 빠질 수 있는 모든 여건이 되었을 때, 운명처럼 사랑을 만난다. 그런데 만일 프란체스카의 마음에 새로운 사랑이 들어갈 공간이 마련되어 있지 않았다면 어땠을까. 그러니까 남편이 그녀의 안에 잠자고 있는 꿈을 인정해 주고, 꿈을 접고 가족을 위해 헌신하는 그녀에게 감사하고, 그녀 안에 숨 쉬고 있는 열정에 가끔은 화답을 해 주었다면, 그래도 그녀가 킨케이드를 사랑하게 되었을까? 아마 가족들과 가축 박람회에 같이 가서 그를 만나지조차 못했을지도 모른다. 그녀가 설령 혼자 남아 있었더라도 킨케이드는 아마 그냥 길을 묻고 지나가는 나그네에 지나지 않았을 것이다.

그리고 만일 프란체스카와 킨케이드가 20대에 만나 결혼했다면 그들은 그때도 지금처럼 그렇게 사랑했을까? 그녀가 그의 방랑벽을 온전히 견디고, 그는 그녀의 내부에 있는 다른 모습들을 발견했을까?

외로운 결정의 시간이 오면

몇 년 전 실시된 한 조사 기관의 불륜에 대한 설문 조사 결과를 보면, 응답자의 70퍼센트가 외도를 하면서 배우자에게 죄책감을 가졌다고 답했다. 하지만 외도 자체에 대해서는 80퍼센트 정도가 있을 수 있는 일이라고 답했다. 그렇지만 아직 우리 사회에서 '불륜'은 명실 공히 '불법' 행위다. 그렇기 때문에 불륜 관계는 작든 크든 불씨를 안고 가는 관계이고, 따라서 이들의 마음은 언제나 편안하지 않다. 늘 마음 한 구석에는 떳떳하지 못한 관계에 대한 불안감이 있고, 이것이 밝혀질 경우 주변 사람들에게 돌아갈 상처를 생각하면 불안감은 더욱 가중된다.

따지고 보면 불륜은 인류의 역사가 시작된 이후 현재까지 끊임없이 일어나고 있는 현상이다. 데즈먼드 모리스라는 미국의 동물학자는 『털 없는 원숭이』란 책에서 인간의 성이 진화한 목적은 커플의 유대를 돈독히 하고 가족이란 울타리를 공고히 하기 위한 것이라고 결론지었고, 이것이 정설로 받아들여져 왔다.

그러나 이후에 진행된 새들의 행태에 대한 연구는 인간이나 동물 모두에서 불륜이 보편적인 현상임을 보여 주고 있다. 암수 간 금실이 좋은 것으로 알려져 온 거위나 백조 등이 실은 바람둥이란다. 이 새들은 겉으로는 철저하게 커플을 유지하지만 실제 태어난 새끼들은 다른 수컷에 의해 태어난 것이라고 한다. 박새 새끼들의 경우도 염색체지도 조사 결과 약 40퍼센트가 불륜에 의해 태어난 것으로 밝혀졌다.

그런 의미에서 보자면 결혼을 하게 되면 한 남자 혹은 한 여자하고만 성적·심리적 유대를 깊이 가져야 한다는 이 무거운 규칙은 나약한 인간들에게 신의 엄벌이나 다름없을지도 모른다. 결혼한 사람들은 자신이 배우자 외에 다른 이성에게 사랑의 감정을 느낀다는 것에 대한 죄책감과 두려움이 있지만, 어떻게 하면 그것을 평생 피하고 살아갈 수 있는지에 대한 노하우는 없기 때문이다. 하긴 그 긴 인간의 역사가 이어져 오면서 결혼과 사랑이 묶이게 된 역사가 고작 200년 정도밖에 안 된다니 노하우가 없을 법도 하다.

그래도 우리는 어느 순간 결단을 내려야 할 때를 맞이한다. 무의식의 운명이 사랑을 하게 하지만 그 운명을 따라가느냐 마느냐는 우리들의 선택에 달려 있기 때문이다.

영화 '정사'에서 주인공 서현은 남편이 그 사실을 알게 되었을 때 선택의 기로에 섰는데, 그녀는 가족, 우인 모두와 헤어져 홀로 멕시코행 비행기를 탄다. '매디슨 카운티의 다리'에서 프란체스카와 킨케이드는 나흘간의 사랑을 보석처럼 간직한 채 헤어지는 길을 택한다. 프란체스카는 다시 가족의 품으로 돌아가기로 하고, 킨케이드는 자신의 방랑을 지속하기로 한 것이다.

현명한 선택의 절대적인 기준은 없다. 결국 자신이 가장 만족스러운 길을 가는 것이다. 그런데 어떤 결정을 내리더라도, 감당할 자신이 없는 선택은 곧 자기 파괴로 돌아온다는 사실을 명심해야 한다. 그리고 어떤 선택을 하든지 책임의 문제는 따른다. 책임에 대한 마음의 준비 없이 취하는 선택은 성숙한 판단이라고 하기 어렵다. 때로는 그 선택으로 인해 자신에게 돌아오는 처벌도 달게 받을 준비를 해야 한다. 사랑이 강렬한 만큼, 그 고통도 그만큼 따르는 것이다 생각하면서…….

그래서 나는 앞의 김우종 할아버지가 내게 어떻게 했으면 좋겠느냐고 물었을 때 이렇게 답했다.

"그 감정을 어찌하려 하지 말고 그대로 맞아 흘려보내세요. 사랑의 감정은 흘러가는 것이고 그것을 억지로 막으려 하면 오히려 압력이 더욱 세지는 법이랍니다. 그러니까 비가 오면 비를 맞고 바람이 불면 바람을 맞으세요. 그럼 아마 그 바람은 서서히 잦아들지 않을까요?"

웃는 건 바보스럽게 보일 위험이 있다.

눈물을 흘리는 건 감상적인 사람으로 보일 위험이 있다.

누군가에게 손을 내미는 건 남의 일에 휘말릴 위험이 있다.

감정을 드러내는 건 자신의 참모습을 들킬 위험이 있다.

대중 앞에서 자신의 기획과 꿈을 발표하는 건 그것을 잃을 위험이 있다.

사랑하는 것은 사랑을 되돌려 받지 못할 위험이 있고,

산다는 건 죽을지도 모를 위험이 있다.

희망을 갖는다는 건 절망에 빠질 위험이 있으며,

시도를 하는 건 실패할 위험이 있다.

하지만 위험에 뛰어들지 않으면 안 된다.

인생에서 가장 위험한 일은

아무런 위험에도 뛰어들지 않으려는 것이다.

아무런 위험에도 뛰어들지 않는 사람,

아무것도 하지 않는 사람은

아무것도 가질 수 없으며

아무것도 아닌 사람이다.

그는 고통과 슬픔을 피할 수 있을지는 모른다.

하지만 그는 배울 수 없고, 느낄 수 없고,

달라질 수 없으며, 성장할 수 없다.

자신의 두려움에 갇힌 그는 노예와 다를 바 없다.

그의 자유는 '갇힌 자유' 다.

위험에 뛰어드는 사람만이 진정으로 자유롭다.

작자 미상이라는 이 시 같은 문구는 언젠가 내게 치료를 받은 한 여고생이 이메일로 보내 준 것이다. 나는 이 문구가 참으로 마음에 든다. 어쩌면 사랑도 그와 같지 않을까. 아무리 사랑의 운명이 우리를 흔들어 놓는다고 해도, 그걸 두려워하고 피하는 게 능사는 아니다. 그러면 오히려 사랑은 우리를 더 힘들게 만들지도 모른다. 더 이상 사랑으로 인해 상처를 입지 않으려면, 역설적이지만 상처를 내보이고 사랑을 온몸으로 껴안아야 한다. 그래야만 진정으로 원하는 자유를 얻게 되지 않을까?

나는 영화 '매디슨 카운티의 다리' 의 주인공들을 사랑한다. 그들이야말로 사랑을 온몸으로 껴안고 그 안에서 마음의 키가 훌쩍 자라는 경험을 하고 자유를 찾았기 때문이다.

나흘간의 사랑 뒤 프란체스카는 가족 안에서 하나의 부품처럼 취급받는 건 여전하더라도, 그녀는 이미 이전의 그녀가 아니다. 이 세상에 단 한 사람이라도 자신의 진실을 이해해 주고 사랑해 주는 사람이 있다는 것은 얼마나 큰 축복인가. 그것은 어떤 어려움에서도 우리를 지켜 나가게 해 주는 힘이 된다. 그와의 사랑을 통해 그녀는 자신과 타인을 이해하고 더욱 사랑하는 법을 배운 것이다.

킨케이드 역시 이전처럼 무작정 떠돌아다니는 방랑자가 아니다. 그는 한 여인에 대한 사랑을 가슴 깊이 간직하고, 세상의 아름다움과 고통을 바라본다. 그녀의 사랑을 느끼며 바라보는 세상의 풍경은 이제 그 숨은 빛깔을 드러낸다. 그리고 두 연인은 서로에게 가고 싶은 욕망을 절제하며 조심스레 그 세상을 살아간다.

사랑을 온몸으로 껴안는 사람만이 진정으로 자유롭다. 어쩌면 이것이 우리의 삶의 목표인지도 모른다. 적어도 나에게는 그렇다. 나에게 허락된 삶의 마지막까지, 나는 노력할 것이다. 후회 없이 사랑하고, 사랑받다 갈 수 있도록……